조금
망한

사랑

조금
망한

사랑

김지연
소설

문학동네

차례

포기

전화를 끊기 전 별 기대 없이 어디야? 하고 물으니 민재는 고동이야, 지금 고동에 있어, 하고 대답했다. 고동이라니, 그게 도대체 어딘데, 하고 물으려는데 민재는 그럼 잘 지내, 말하고는 내 대답은 기다리지 않고 작별인사를 했다. 하지만 전원 버튼을 잘못 눌렀는지 전화는 끊어지지 않았다. 민재야, 민재야, 불러도 들리지 않는 것 같았고 휴대폰은 이미 주머니 속인지 바스락거리는 소리가 크게 났다. 민재는 옆에 있는 누군가와 대화를 시작했는데 단어의 낱낱을 모두 들을 수는 없었다. 나는 어떤 힌트를 발견하고 싶은 사람처럼 멀게 들리는 목소리에 귀를 기울였다. 누군가 웃음을 터뜨리는 소리가 희미하게 들렸을 때에야 죄책감을 느끼며 전화를 끊었다. 다시 전화를 걸어볼까 고민했지만 미선씨 잠깐만, 하고 나를 부르는 팀장의 목소리에 나중으로 미뤘다. 그리고 오후 내내 팀장이 지시한 일을 처리하느라 민재의 일을 잊고 있다가 퇴근 후 엘리베이터에 올라타서 일층 버튼을 꾹 눌렀을 때에야 다시 떠올랐다. 민재는 오랫동안 내 휴대폰의 단축번호 1번을 차지했고 그건 우리가 헤어진 지금도 마찬가지였다. 어떻게 해제하는지 방법을 까먹어서였는데, 찾아봐야지 했다가도 나중으로 미뤄버렸다. 나중으로 미루는 버릇 때문에 너는 될 일도 안 될 거야. 그렇게 말한 사람이 민재였다. 비난하는 투는 아니었다. 다만 민재는 그 버릇으로 인해 내가 앞으로 계속 평범하게 사는 것을 감당해야만 한다고 덧붙였다. 그런가. 나중으로 미루지만 않으면 특별한 삶을 살 수 있다는 걸까. 하지만 아무리 생각해봐도 내가 미룬 것들은 아주 사소한 일들로, 그 일들을 일찌감치 했다고 해서 엄청난 변화가 있었을 것 같진 않았다. 그리고 무언가를 감당해야 하는 쪽은 평범한 삶보다는 특별한 삶이 아닌가. 그때 나는 그렇게 생각했었다.

고동은 아무래도 지명일 터였다. 약속 장소로 향하는 지하철에서 휴대폰으로 고동을 검색해보았지만 너무 많은 고동이 나와서 민재가 있다는 고동이 어딘지는 여전히 알 수 없었다. 어떤 고동도 서울 토박이인 민재와는 연고가 없는 곳이었다. 대부분의 고동은 로드 뷰로는 확인할 수 없는 산골 마을이었다. 아마 충동적인 선택이었을 것이다. 그렇지 않고서야 난생처음 들어보는 고동 같은 곳에 갔을 리 없었다. 아니면 같이 간 사람이 있는 것일까? 도대체 왜 그런 짓을 한 걸까? 그런 생각들에 골똘하다가 내릴 곳을 지나칠 뻔했다.

호두는 외대앞역 출구 앞에 서 있다가 나를 발견하고 손을 흔들었다. 호두라는 별명은 호두가 늘 지압용 호두알 두 개를 가지고 다녀서 붙은 것이었는데, 마침 본명이 도영호여서 잘 어울린다고 생각했다. 호두는 만나자마자 민재 연락 받았냐? 하고 물었다. 나는 고개를 끄덕이고는 일단 뭘 좀 먹고 이야기하자며 식당으로 호두를 끌고 갔다.

"그래서, 민재 지금 어디래?"

자동으로 돌아가는 양꼬치 화로에서 눈을 떼지 않은 채 호두가 물었다. 나를 기다리느라 밖에서 오랫동안 겨울바람을 맞아서였는지 볼이 발갛게 상기되어 있었다.

"요즘엔 다 자석으로 돌아가나봐. 옛날엔 꼬치를 홈에 맞춰줘야 했는데. 더 옛날엔 손으로 돌려줘야 했고."

"왜 딴소리야."

"다들 참 열심히 산다, 그지?"

"도대체 뭔 소리냐고."

"고동에 있대."

"거기가 어딘데."

"나도 몰라."

호두는 더는 아무 말도 하지 않고 휴대폰을 꺼냈다. 고동이 어디인지 찾아보려는 것 같았다. 하지만 나처럼 인터넷 검색만으로는 민재가 있다는 고동이 어딘지 알아낼 수 없을 것이다.

"여기, 이런 데 다 전화해보자. 보니까 전부 시골 같은데 민재 같은 애가 나타났으면 동네 사람들도 알겠지."

호두는 고동 마을회관의 전화번호를 검색해 내게 보여주었다.

"일단 리스트를 만들어보자. 너 노트북 갖고 왔어?"

호두는 의욕적이었다.

"이걸 다?"

"왜, 바빠?"

나는 고개를 저었다. 금요일 저녁이었고 우리에게 시간은 많았다. 오늘 못한 일은 내일, 내일 못한 일은 모레 하면 된다. 월요일부터는 출근해야 하니까 기다렸다가 다시 또 주말에 하면 된다. 물론 주말마다 쉬지도 못하고 이 미친 짓을 반복해야 한다고 생각하면 머리가 아팠다. 다른 일을 팽개치고 주말마다 민재만 쫓아다닐 수는 없었다. 호두의 손안에서 호두알 두 개가 돌아가는 소리가 들렸다. 하루종일 그림을 그려대는 호두는 작업을 끝내고 나면 손마디가 쑤시기 때문에 근육을 풀기 위해 호두알을 굴리는 거라고 했다.

"일단 먹고, 나가서 카페에서 하자."

내 말에 호두는 호두알 굴리는 것을 멈추고는 젓가락을 들었다. 튀긴 땅콩 한 알을 겨우 집었지만 입에 넣기 전에 놓치는 바람에 테이블 아래로 떨어졌다. 나는 내 앞쪽으로 굴러온 땅콩을 질끈 밟았다. 신발을 떼자 납작해진 땅콩이 보였다.

식당 안은 왁자지껄했다. 체온을 측정하고 방역 패스를 제시했으니 마음껏 굴어도 된다는 투였다. 아니, 그전에도 식당에서는 다들 별로 거리낌이 없었다. 먹기 위해서는 마스크를 벗어야 하고 입을 크게 벌려야 하니까. 일행과 큰 소리로 이야기하는 것도 당연시하는 분위기였다. 나도 마음을 놓았다. 감염될 리가 없다는 생각이 들었다. 딱히 운이 좋다거나 유달리 건강해서라기보다는 그냥…… 점점 무감해졌다. 일평생 이렇게 어딘가 갈 때마다 체온을 측정해야 할지도 모른다는 생각, 새로 만난 누군가와 같이 음식을 먹을 만큼 친해지기 전까지는 상대의 하관을 보지 못한 채로 살아갈지 모른다는 생각도 종종 들었다. 그런데, 그래서, 그게 뭐……라는 생각이 들 만큼 현실감각이 없어지고 있었다.

식당이 역에서 멀지 않아 열차가 지나갈 때마다 뎅뎅뎅 울리는 경적이 잘 들렸다.

"너는 너무 태평해."

"애쓰고 있는 거야."

"너네 헤어진 건 맞지?"

나는 바보 같은 질문에는 대답하고 싶지 않아서 물끄러미 호두를 보았다. 호두도 시선을 느꼈는지 얼른 다른 말을 꺼냈다.

"나 양꼬치 처음 먹어본다."

그 말에는 나도 대꾸할 말이 생각났다.

"뭐? 이십구 년을 살면서 양꼬치도 안 먹고 뭐했어."

"어릴 땐 몰랐지. 그땐 양꼬칫집이 많지도 않았던 것 같은데. 대학 때는 그냥 싸구려 술집만 다녔고 취직해서는 돈 벌기바빴고. 그리고 또……"

호두는 잠깐 말을 멈췄다. 나는 무슨 말이 이어질지 알 것같았다. 괜히 물었다고 생각했다. 이즈음의 대화는 무엇으로시작하든 민재에 대한 원망으로 끝났으니까.

"민재 때문이야. 민재가 내 걸 다 가지고 가버려서……"

"호두야……"

"네가 미안해할 필요는 없어. 넌 아무 잘못 없어."

호두는 내가 할말을 잘 알겠다는 듯 미리 나를 용서해주었다. 하지만 내가 하려던 말은 그런 게 아니었다. 억지 부리지마. 민재 잘못이 아니야. 고작 양꼬치 하나에도 민재를 핑계삼지 마. 그게 다 민재 탓은 아니라고. 하지만 그렇게 말할 수는없었다. 호두가 민재를 알게 된 것은 나 때문이고 민재에게 이천만원을 빌려준 것도 민재보다는 나를 믿었기 때문이었다. 그러니까 당연히 내가 해야 할 말은 미안해, 일지도 몰랐다.

그런데도 그 말은 입에서 나오지 않았는데 호두는 이미 들은 셈 쳤다. 매사 지레짐작하는 호두 때문에 우리 사이에는 사과와 용서가 오갔고 다행히 크게 관계가 나빠질 일이 없었다. 그런 식으로 오해가 쌓여서 돈독해졌다. 하지만 그 기반에 있는 건 오해이므로 어느 날엔가는 우리도 드라마 속 식상한 대사처럼 너답지 않게 왜 그래! 나다운 게 뭔데! 하고 싸우게 되지 않을까. 그런 생각을 하며 나는 고개를 끄덕였다. 맞아, 나는 미안해하지 않을 거다. 나는 아무 잘못이 없었다.

잘못한 사람은 민재였다. 민재는 여기저기서 돈을 조금씩 빌린 다음에 사라졌고 이따금 내게만 연락해왔다. 헤어진 후였기 때문에 나는 그 전화를 어떤 의미로 받아들여야 하는지 잠깐 헷갈렸지만, 이쪽의 상황을 살피려고 할 때 그냥 제일 만만하게 찾을 수 있는 사람이 나일 거라는 결론을 내렸다. 우리는 서로에게 빚진 것도 없었고 나쁘게 헤어지지도 않았으니까. 누군가 경찰에 신고했다면 어렵지 않게 민재를 잡을 수 있었을 것이다. 휴대폰은 대체로 꺼져 있었지만 민재는 내게 연락할 때면 늘 자기 번호로 전화를 걸었다. 경찰에 신고하면 그런 정보들로 쉽게 추적이 가능하지 않나. 하지만 아무도 민재를 신고하지 않았다. 십만원부터 이백만원 정도까지, 그렇게 큰돈을 빌려준 건 아니기 때문인지도 몰랐다. 하지만 다들 신고를 안 하는 것은 액수 때문이 아니라 한 번씩은 민재에게 신세를 진 적이 있기 때문인지도 몰랐다. 민재의 자취방에서 거의 반년을 숙식한 사람도 있었다. 그가 빌려준 돈은 십오만원이었다. 가장 많이 빌려준 호두도 민재를 신고할 생각은 없어보였다. 호두는 취업이 되지 않아 갈팡질팡하고 있을 때 민재에게 게임 회사에 다니는 사람을 소개받았고 그게 인연이 되어 취직까지 했다. 게임 캐릭터를 그리는 일이었다. 호두는 일이 힘들긴 하지만 마음에 든다고 했다. 다들 그런 신세들을 진적이 있기 때문에 그들에게 민재는 완전히 나쁜 사람이 아니었다. 내게 민재가 돌아왔냐고 물어보는 사람도 있었지만 돈을 돌려받을 수 있을지 궁금해서라기보다는 그저 민재가 잘 지내는지 확인하고 싶어서인 것 같았다. 그에 관해서는 나도 아는 게 없어서 아무런 대답도 할 수 없었다. 잘 지내고 있는 걸까? 도대체 왜 그런 짓을 벌인 걸까? 돈이 필요한 것도 아니지 않았나? 그러니까 민재에게는 그런 기미가 전혀 없었다. 웬만한 사람과 두루두루 잘 지내는 예의바르고 사교적인 성격이었고 돈에 쪼들린다는 인상도 없었다. 그래서 다들 의심 없이 돈을 빌려주었을 것이다.

　호두에게 신고를 하는 게 어떻겠냐고 넌지시 물은 적이 있었다. 호두는 잠깐 고민하더니 그렇게까지? 하고 되물었다. 그렇게까지 해야 하는 거 아닌가. 하지만 호두는 그렇게까지 할 수는 없다고 말했다. 나는 우리가 할머니와 할아버지에서 아빠와 고모로 이어진 유전자를 나누어 받았음에도 닮은 점이 거의 없다는 걸 깨달을 때마다 의아해지곤 했다. 호두의 여자 친구 보미는 이 이야기를 듣고는 성격은 환경이 더 중요하지 않나, 말했다. 하지만 우리는 유년기도 함께 보냈다. 고모가 결혼한 지 십 년 만에 이혼을 하고 다시 일을 시작하면서부터 호두는 우리집에 살면서 우리 엄마 손에 자랐다. 고모는 보험 일로 번 돈을 거의 다 우리집에 생활비로 보냈기 때문에 엄마 도 큰 불만은 없는 듯했다. 그건 여전히 같이 살고 있는 지금 도 마찬가지였다. 하지만 엄마는 호두를 좋아하면서도 싫어했 는데, 어쩌면 나보다 공부도 잘하고 예의도 바른 호두가 너무 마음에 들어서 자신의 친아들이 아니라는 사실이 싫었는지도 몰랐다. 그런 이야기를 다 들은 후에 보미는 더더욱 같은 환경 이었을 수가 없지 않나, 말했다. 호두에게는 내가 있었다는 점 이, 나에게는 호두가 있었다는 점이 돌이킬 수 없는 변인이었 다. 나는 그런 것들을 다 헤아리지 못했다.

민재를 찾는 사람은 또 있었는데 우리 팀장이었다. 지난봄 에 나는 사업설명서를 디자인해줄 사람을 찾고 있던 팀장에게 민재를 소개해줬다. 헤어질 작정을 했지만 아직 마음이 갈팡 질팡하던 때였다. 민재는 잘 다니던 회사를 그만두고 외주를 받아 편집 디자인 일을 했는데 그즈음에는 들어오는 일이 거 의 없었다. 그러고 보면 내색은 안 했지만 돈이 없어 고생하고 있었는지도 몰랐다. 알아차리지 못한 것은 나뿐이었는지도 몰랐다. 민재의 포트폴리오를 마음에 들어한 팀장은 그에게 일을 맡겼다. 초안까지는 별 무리 없이 일이 진행되었는데 몇 가지 수정을 요구하려고 했을 때 민재는 이미 사라진 뒤였다. 그때 나도 팀장을 통해 민재가 연락이 되지 않는다는 사실을 처음 알았다. 소개한 사람이 나였으니 사과를 해야 했지만 그때도 나는 사과하지 않았다. 계약은 두 사람 사이에 일어난 일이었다. 선택도 팀장이 했다. 다행히 민재가 원본을 넘겨주고 갔기 때문에 일은 빠르게 다른 디자이너에게 인계되었다. 그런데도 팀장은 민재를 꼭 찾고 싶어했다. 작업비를 선금으로 받은 후에 일을 하겠다던 민재의 요구가 놀랍게도 받아들여진 탓에 수정 세 번을 포함한 비용이 모두 지급되었기 때문이었다. 팀장은 그 일부를 꼭 돌려받아야 한다고, 그 때문에 잠도 제대로 못 자고 있다고 말했다. 그래 봤자 백만원도 안 되는 돈이었다.

"민재 찾아도 돈은 못 받을지도 몰라."

"나도 그럴 거라고 생각해."

호두는 담담히 내 말을 인정했다.

"그럼 찾아서 뭐하게."

"그냥 한 대 때려주기라도 하려고."

"그게 무슨 소용이 있어."

아무 소용도 없는 일이었다. 그걸 호두라고 모를 리 없었다. 돈을 받을 수 없으리라는 것도 호두는 나보다 먼저 알았을 것이다. 그래서 한 대 때려주는 쪽으로 마음을 정해버렸는지도 몰랐다. 어릴 때부터 더부살이를 해서인지 호두는 눈치가 빨랐다. 뭐든 나보다 반박자 먼저 알아챘다. 때문에 나는 유년기와 청소년기를 보내는 내내 내가 꽤 둔한 사람이라고 생각했는데 커서 보니 무난한 편이었다. 제일 가까운 비교 대상이 호두였던 탓에 나를 오해한 것이었다.

"아프겠지?"

"뭐?"

"내가 민재 때리면 말이야. 민재 엄청 아프겠지?"

"넌 힘도 별로 안 세잖아."

"탄다, 먹자. 그냥 먹으면 되는 거야?"

호두는 난생처음이라는 양꼬치를 잘도 먹었다. 나는 호두가 뭐든 잘 먹어서 좋았다. 하지만 그것 역시 오해였는데 호두는 뭐든 필사적으로 먹었을 뿐이었다. 고모가 신신당부했기 때문이었다. 때때로 휴일을 고모와 둘이 보낸 다음 손을 잡고 우리 집으로 돌아오는 길에 고모는 호두에게 늘 이렇게 말했다고 했다. 외삼촌 집에 가서도 어리광 부리면 아주 멀리 보내버릴 거야. 바다 너머로. 외국으로. 내 생각에 그건 협박이고 아동 학대였는데 호두는 담담했다.

어떤 종류의 불운 때문이었는지 그렇게 말한 고모는 일찍 죽었다. 호두와 내가 고등학교도 졸업하기 전이었다. 직업에 충실했던 덕분인지 호두 앞으로 꽤 많은 보험금이 남았는데 아빠가 주식에 투자하겠다며 가로챘다. 물론 맡아둔다는 명목이었지만 야금야금 써버렸다. 키워준 값을 운운하기엔 호두가 크는 내내 고모는 많은 돈을 우리집에 보냈다. 그러니 그 값은 그 시절에 다 정산되었을 것이다. 고모의 유산을 완전히 다 날린 것은 아니었지만 여전히 호두의 몫은 아니었다. 갖고 있어봤자 쓰기밖에 더 하겠냐며 아빠가 호두의 결혼 자금으로 묶어두겠다고 했기 때문이었다. 호두는 그 돈을 받아서 원룸이라도 구하고 싶어했지만 아빠에게 그런 얘기는 하지 못했다. 집을 나가고 싶어 땀띠가 날 지경이었던 호두는 보증금으로 쓰려고 악착같이 돈을 모았다. 바로 그 돈을 민재에게 빌려준 것이었다. 민재에게서 돈을 돌려받는 일에 끝끝내 실패한다면 호두는 아빠에게 그 돈을 돌려달라고 말할 수밖에 없을 것이다. 그때는 나도 열렬히 호두의 편을 들 것이다. 애초에 아빠가 먼저 돌려주는 편이 낫겠지만 아빠는 그런 배려를 할 줄 아는 사람이 아니었다. 자식한테도 정을 줄 줄 모르는 사람이었고 돈이라면 조카 것까지 다 빼앗으려고 하는 사람이었다.

양꼬치를 열 개쯤 먹고 나자 밖은 어느새 어두워져 있었다.

우리는 양꼬치 일인분을 추가하고 하얼빈도 한 병 주문했다. 호두는 한 잔만 마셔도 머리끝부터 발바닥까지 새빨개지지만 아무리 마셔도 혀는 꼬이지 않았다.

"때리면 아프겠지."

했던 말을 하고 또 하는 주사가 있는 줄은 몰랐다.

"때리면 아플 거야. 그치, 미선아."

나는 대꾸하지 않았다. 호두가 원하는 건 건성으로라도 해주는 맞장구일 뿐이라는 걸 잘 알면서도 그랬다. 나는 가끔 내가 너무 냉정하다고 생각했는데 그건 아빠의 나쁜 점을 쏙쏙 빼닮는 방향으로 자랐기 때문이었다. 그 유전자는 고모에게도 있을 것이다. 호두는 가끔 내게 넌 우리 엄마 닮았어, 하고 말했다. 그 유전자가 왜 호두에게는 안 갔는지 궁금했다.

호두는 전국에 있는 고동을 다 찾아서 전화를 해봐야 한다는 둥, 민재를 만나면 한 대 때려줄 거라는 둥의 이야기를 한참 하다가 나중에는 때리면 아플 거라는 말을 반복했다. 당연하지. 맞으면 아프다. 나는 호두의 머리통을 손바닥으로 살짝 쳤다.

"어때, 아파?"

"안 아프다."

불이 사그라지는 숯을 한 번 갈아달라고 부탁한 후 새 숯에 남은 양꼬치를 모두 구웠다. 뱅글뱅글 돌아가며 앞뒤로 구워지는 양꼬치를 보다가 문득 창 쪽으로 고개를 돌렸는데, 밖이 너무 캄캄해서 창에 비친 내 얼굴만 보였다.

"밖에 춥겠지?"

"때리면 아프겠지."

뎅뎅뎅, 하는 소리와 함께 또 열차가 지나갔다. 나는 호두가 민재를 때리지 않았으면 했다.

나는 민재와 함께 산 적이 있었다. 대학생이었을 때, 민재의 자취방에서였다. 민재는 언제까지고 머물러도 된다고 했지만 자취방은 좁았고 잡동사니들로 어수선했다. 겨울 이불도 하나뿐이었다. 다행히 우리 사이가 아주 좋을 때였고 나는 두 달만 신세를 지면 됐다. 겨울방학 동안 알바를 하기로 한 회사가 집에서 너무 멀어서 그나마 가까운 민재네 자취방에서 지내기로 한 것이었다. 부모님도 내가 친구네서 지내겠다 하니 별말이 없었다. 함께 살기 시작한 지 얼마 되지 않아 우리는 사소한 일에서 자주 부딪쳤다. 먹고 난 다음 왜 설거지를 바로 하지 않는지, 바닥에 떨어진 머리카락을 왜 치우지 않는지, 다 마른 빨래를 왜 건조대에서 걷지 않고 내버려두는지, 휴지를 다 쓰고 왜 새로 채워놓지 않는지 등 대부분 청소와 관련된 문제였다. 나는 설거짓거리가 쌓여 있는 건 참을 수 없었지만 머리카락은 그럭저럭 참을 만했다. 민재는 그 반대였다. 설거짓거리를 많이 만드는 건 민재고 머리카락을 많이 흘리는 건 나라서 우리는 서로를 조금씩 미워하게 됐다. 그런 식으로 우리의 인내심이 바닥나기 전에 나는 그 집을 나왔다.

그런 사소한 것만 빼면 민재는 나와 지내는 게 좋다고 했다. 좁은 집에서 한 이불을 덮고 자는 게 불편할 법도 한데 민재는 좋다고 했다. 왜 좋은지 그 이유도 상세히 설명해주었다. 나는 민재가 해주는 설명을 들으면서 왠지 말이 안 되는 이유들도 납득하게 되는 순간이 좋았다. 민재가 설명해준 이유는 이랬다. 민재는 혼자 잘 때면 자기도 모르게 이불을 뒤집는다고 했다. 분명 가지런히 덮었는데 아침에 깨서 보면 겉면을 덮고 있다든가 머리 쪽이 발 쪽으로 가 있다든가 한다는 것이었다. 별일 아니었지만 그때마다 짜증이 났다. 옷을 뒤집어 입은 것처럼 성가시고 신발의 좌우를 바꿔 신은 것처럼 밤새 불편했던 것 같기도 했다. 그것은 가짜 기억인지도 몰랐다. 잘 때는 아무렇지 않았다가 아침에 뒤집어진 이불을 확인한 다음에야 불편했다고 느끼는 것이었으니까. 민재는 둘이서 한 이불을 덮고 자면 그런 일이 없다는 것을 내 덕에 처음으로 알았다고 했다. 그게 좋았다고 했다. 그 이야기를 들은 뒤로 나는 이불 상태에 더 신경썼다. 아침에 눈을 뜨면 이불이 바로 되어 있는지, 뒤집히지 않았는지, 프릴의 위치가 올바른지를 살펴보았다. 언제나 예외 없이 똑발랐지만 매번 확인하고 나서야 오늘도 민재는 내가 좋겠구나 싶어 안심이 됐다.

하지만 민재가 제외해버린 사소한 것들은 함께 사는 두 사람 사이에서는 도저히 뺄 수가 없는 것이어서 우리는 다투면서까지 서로를 고쳐보려고 했지만 잘되지 않았다. 별것 아닌데도 견딜 수가 없었다. 우리는 잘 맞지 않았다. 우리가 계속 만났다면 결국 누군가는 체념해야 했을 것이다. 그 사람은 아무래도 내가 됐을 것이고 그 체념은 어디 안 가고 내 안에 차곡차곡 쌓여 있다가 이상한 일로 폭발했을 것이다. 민재는 왜 내가 화를 내는지 이유를 알아차리지 못할 것이다. 그건 애초에 체념한 내 잘못이다. 체념하는 대신 미워하면서 헤어졌어야 했는데. 하지만 나는 체념할 수밖에 없었고, 같이 자고 일어난 어느 날 어째서인지 이불이 뒤집어져 있는 것을 보고는 민재와 헤어져야겠다고 결심했다. 하지만 당장 말하지는 못했는데 그즈음 민재가 일 때문에 바빠서였다. 그리고 그다음엔 내가 바빴다. 둘 다 바쁜 일이 정리되었을 무렵에는 민재의 할머니가 돌아가셨고 그 일 때문인지 민재는 이사를 했다.

정신없는 일들이 모두 끝난 다음에 민재를 만나서 헤어지자고 말했을 때, 민재는 혹시 이것도 나중으로 미룬 일이냐고 물었다. 나는 그렇다고 솔직히 대답했다. 민재는 역시 넌 그 버릇 때문에 될 일도 안 될 거라며 희미하게 웃었다. 그때는 그게 무슨 의미인지 알 수 없었다. 그 며칠 전에 호두를 만나 돈을 빌렸다는 것, 호두는 망설이다가 내 남자친구니까 빌려준다며 돈을 건넸다는 것을 그때는 몰랐다. 호두는 왜 내게 묻지 않았던 것일까. 자존심 때문에, 남자끼리 하는 부탁인데, 그런 말들 때문이었다고 했다. 나는 정말 그런 게 지긋지긋했다. 민재와 헤어졌다는 사실 역시 미루고 미루다가 민재가 사라졌다는 걸 알게 된 다음에야 호두에게 알려줬는데, 그때 호두의 이야기를 듣고 민재가 한 말이 무슨 뜻인지 알았다. 나는 나중으로 미루는 버릇 때문에 될 일도 안 될 것이다. 그로 인해 평범하게 사는 것을 감당해야 한다. 내가 상상한 평범한 삶이라는 게 웬만한 건 다 충족된 삶이었다는 것도 나중에 깨달았다. 집이 있고, 차가 있고, 일 년에 한두 번 해외여행을 가고, 함께 여행 갈 애인이나 친구나 가족이 있는, 그런 게 평범한 삶이 아닌가 생각했었다. 그런 게 평범하던 시절도 있었는지 모르겠지만 더이상은 아니었다. 그건 아주 어렵게 얻을 수 있는 특별한 삶이었다. 민재가 말한 평범한 삶이란 불운과 함께하는 삶이었다. 살면서 한두 개의 불운이란 없을 수가 없으니까 그것이야말로 평범한 삶이었다. 평범하게 살고 싶다고 함부로 말하지 말아야지. 그날 호두가 민재에게 끝없이 전화를 걸다가 연결되지 않자 끝내 울어버리는 것을 보고 그런 생각을 했다.

연거푸 맥주 세 병을 마신 호두는 전화할 곳의 리스트를 만들자는 계획은 잊어버린 것 같았다. 대신 고동을 검색해서 나온 곳으로 닥치는 대로 전화를 걸기 시작했다. 여보세요. 거기 고동이죠? 민재 있나요? 민재 몰라요? 제 사촌의 남자친구, 아니 전 남자친구인데 제 친구이기도 하고, 제 돈을 이천, 아니, 그러니까 민재가 있나요, 없나요? 없다고요? 정말 없다고요? 왜 없어요? 거기 고동인데 민재가 왜 없어요? 나는 참고 듣다가 세번째 통화에서 휴대폰을 빼앗았다. 돌려달라고 잉잉거리는 호두에게 나중에 정신 차리면 주겠다고 말하고 내 가방에 넣었다. 호두는 아직 전화할 데가 많은데, 중얼거리면서 남은 양꼬치를 먹었다.

양꼬치를 다 먹은 호두는 집에 들어가기 전에 술을 깨야 하니까 좀 걷자고 말했다. 미세먼지가 심한 날이어서인지 생각보다 그리 춥지 않아서 우리는 철로를 건너 천천히 외대까지 걸어갔다. 외대 운동장을 한 바퀴 돌고 난 다음에 집으로 가려고 했는데 호두가 아직도 술이 안 깬다고 해서 의릉까지 또 걸었다. 의릉으로 가는 길에는 낡고 작은 술집들이 많았다. 호두는 술이 깨기는커녕 점점 더 취기가 오르는지 때리면 아프겠지, 같은 말을 반복했고 나와 걸음을 맞춰 걷지도 않았으며 지나가는 사람에게 일부러 어깨를 부딪히려는 것만 같았다.

"길이 좁아서 그래."

의릉에 도착해서는 안에 들어가겠다고 우겼다. 나는 마음대로 하라고 한 다음 의릉 앞 작은 공원의 벤치에 앉았다. 어두웠는데도 산책을 나왔는지 사람들이 제법 있었는데, 대부분은 노인이거나 개를 기르는 사람이었다. 나는 내게 다가와 구두에 코를 대고 킁킁거리는 치와와 한 마리를 쓰다듬어주었다. 주인은 보이지 않았고 목줄은 벤치에 묶여 있었다. 나중에 보니 근처에서 줄넘기를 하던 사람이 주인이었다. 운동을 마친 그는 치와와를 쓰다듬는 내게 눈인사를 하고는 개를 끌고 갔다. 문득 돌아보니 호두가 보이지 않았다. 전화를 걸자 내 가방 안에서 벨소리가 울려서 나도 참 바보다 싶었다.

나는 벤치에 앉아 계속 기다릴까 찾으러 갈까 고민했다. 그 사이에 온갖 개들이 내게 다가왔다가 주인의 손에 이끌려 사라졌다. 다들 개를 키우네, 개가 참 많다, 개는 참 좋지. 나도 빨리 독립해서 개를 키우고 싶다는 생각이 드는가 하면 부모님 집에 붙어 있을 수 있을 때까지 붙어 있어야 한다는 생각도 들었다. 한참 개 구경을 하고 있자니 공원 앞에 있는 작은 가게가 영업을 마친 듯 불을 껐다. 그제야 나는 자리에서 일어나 의릉 쪽으로 갔다. 호두가 의릉 안에 들어가지는 않았을 것이다. 정확히는 몰랐지만 대부분의 유원지는 저녁 여섯시에 마감을 했다. 거기에서 일하는 사람들도 퇴근을 해야 하니까 특별한 일이 아니라면 마땅히 그래야 한다고 생각했다. 그러니까 정상적인 방법으로는 들어갈 수 없을 것이다. 정상적인 방법이 아니라면 들어갈 수 있다.

나는 능 입구 주변을 한참 서성였다. 호두가 혹시 어딘가에 쓰러져 있진 않나 하고 구석구석을 살펴보기도 했다. 혹시 먼저 택시를 타고 집에 간 것은 아닐까 싶어 집에 전화도 해보았다. 이제 들어갈 거야, 말하니까 엄마가 영호랑 같이 있니? 하고 물어서 나는 그렇다고 해버렸다. 어디 가서 호두를 찾아야 하나, 호두는 사라진 걸까, 보미한테 전화를 걸어볼까, 주저하는데 문자가 왔다. 민재였다.

─호두 좀 말려.

뭘 말리라는 것일까, 의아해하며 의릉 안을 슬쩍 들여다보았을 때 검은 그림자가 그 안을 뛰어다니는 것이 보였다.

매표소에는 사람이 없었고 의릉으로 들어가는 문은 닫히지 않은 채였다. 얼핏 보면 완전히 닫힌 것 같았는데 사람이 지나갈 만한 틈이 있었다. 그 틈으로 몸을 구겨 넣어 안으로 들어가보니 미친개처럼 능 주변의 잔디 위를 뛰어다니고 있는 호두가 보였다. 들어가면 안 되는 거 아닌가 싶었지만 호두를 잡아야 하니까 어쩔 수 없었다. 모든 책임을 호두에게 전가하고 호두를 쫓아 나 역시 뛰기 시작했다.

"안 돼, 호두야! 이리 와."

술에 취한 호두는 잘 뛰지 못했지만 하도 예상 밖의 방향으로 달려가서 잡힐 듯 잡히지 않았다.

"호두야, 제발. 미친 짓 그만하고 이리 와."

우리가 한참 잔디 위를 휘젓고 다닐 때 능 위쪽에서 사람 그림자 하나가 나타나 우리 쪽으로 내려왔다. 짧은 머리의 남자였다. 공익근무요원 제복을 입고 있는 것 같았다. 아마도 관리인이 아닐까 싶었는데 나는 우리가 쫓겨날 것이라고 생각했다. 벌금을 물게 될지도 몰랐다. 하지만 그는 천천히 걸어서, 달려가는 호두의 길을 막지 않도록 잠시 멈춰 서기도 하면서 우리를 지나쳐 입구로 걸어갔다. 밖으로 나가는 그를 보고 있을 때 호두는 지쳤는지 잔디 위에 쓰러졌다. 나는 마침내 호두를 잡을 수 있었다. 호두를 일으켜세우려고 했지만 술에 취해서 내가 감당할 수 있는 무게가 아니었고 호두는 오히려 대자로 뻗어버렸다.

"호두야, 일어나. 방금 지나간 사람 못 봤어? 우리 곧 쫓겨날 거야."

"저 사람이 문 열어줬어."

"저 사람이 누군데?"

"글쎄, 여기 직원인가. 들어가도 된댔어. 한 번쯤은 누가 야밤에 여기를 휘젓고 다니면서 고성방가하는 걸 보고 싶었대."

"너 소리는 별로 안 질렀잖아."

내 말이 끝나기가 무섭게 호두는 소리를 질러댔다. 별안간 웃음이 터졌다. 에라이 모르겠다 싶어 나도 호두 옆에 누웠다. 까슬까슬한 잔디가 목덜미에 닿았다. 고기 냄새가 밸까봐 가

방에 넣어두었던 목도리를 꺼내 얼굴을 덮었다. 쓰쓰가무시열
에 걸리면 어쩌지 잠깐 걱정했는데 나도 술을 아예 안 마신 건
아니어서 점점 더 에라이 모르겠다는 심정이 되어 호두와 같
이 소리를 질렀다. 호두는 노래도 불렀다. 안녕하신가요 요즘
밤에 잠을 잘 못 자는 것 같네요 오늘 하루는 어땠어 우린 더
잘될 거야 바빠도 건강해야 돼. 호두는 정말 노래를 못 불렀
다. 나는 호두의 노래를 들으며 웃다가 또 소리를 질렀다. 호
두의 노래도 점점 이상한 괴성이 되어갔다. 우리는 금세 지쳐
서 아무 소리도 안 내고 숨이나 쉬면서 가만히 누워 있었다.
사방에 빛이 너무 많아서인지 밤하늘은 그다지 깜깜하지 않았
고 별도 안 보였다.

"호두야, 우리 이렇게 누워 있어도 될까. 오늘 미세먼지 나
쁨이던데."

"그럼 그렇게까지 나쁜 건 아니잖아."

그것도 틀린 말은 아니었다. 늘 매우 나쁨이거나 최악이거
나 했으니까. 나쁨 정도야 감당할 수 있지. 내가 호두의 말에
설득되어 공기를 맘껏 들이마시고 있을 때 호두가 가만히 잠
꼬대하듯 말했다.

"믿을 수 있다고…… 믿었어. 친구니까."

"배신은 원래 친한 사이에 가능한 거잖아."

내 말에 호두는 웃었다. 씨발, 하고 욕도 했다. 나는 목도리

로 호두의 얼굴을 덮어버렸다. 호두는 그걸 치우지 않고 가만히 있다가 으아아악으악 박민재 개새끼! 소리를 질렀다. 목도리 때문에 소리는 멀리 퍼져나가지 않고 웅웅 울렸다. 답답해 보여 목도리를 치워줄까 했는데 호두가 붙들고 놓지 않았다. 호두는 내 목도리를 입에 악물고 최대한 크게 소리를 질렀다. 한참을 으악으아악 소리를 지르고 있을 때 다른 소리가 끼어들었다.

"이제 그만해요."

언제 왔는지 아까 지나갔던 남자가 우리 곁에 서 있었다. 그는 그렇게만 말하고 다시 돌아갔다. 우리도 몸을 일으켜 집에 가기로 했다. 택시를 탈까 했는데 호두가 또 걷고 싶다고 말해서 우리는 집까지 천천히 걸어갔다.

다음날 호두는 호두알을 잃어버렸다고, 혹시 어디서 흘렸는지 짐작 가는 데가 있느냐고 문자를 보내왔다. 지금 어디냐고 물으니 잠시 뒤 똑똑, 하고 호두가 내 방문을 두드렸다.

"들어와."

문을 열고 들어온 호두는 잠에서 덜 깬 채 여전히 침대 위에 누워 있는 나를 벽 쪽으로 밀어붙이고 옆에 드러누웠다.

"호두알 못 봤어?"

"못 봤는데. 의릉에서 흘린 거 아냐? 난 목도리 잃어버렸어."

"아, 그런가. 찾으러 가야 되나."

"그걸 찾으러 간다고? 그냥 새로 사. 내가 사줄게. 목도리도 싸구려야. 새로 사면 돼."

"그거 모형 아니고 생호두인데."

"그럼 그냥 아무거나 사면 되겠네."

"잔디밭에서 흘렸을까?"

"그렇지 않을까? 너 진짜 미친 애처럼 뛰어다녔어. 오만 고 동에 다 전화할 기세였고."

나는 민재에게 받은 문자도 보여주었다.

—호두 좀 말려.

—호두한테 전화 그만하라고 해.

—내가 있는 곳은 어떻게 안 거야?

나는 호두가 그 문자를 보면 당장 자신의 통화 내역을 뒤져 민재에게 전화할 거라고 생각했다. 호두가 전화한 곳 중 한 군 데에 민재가 있다는 명확한 증거이니 말이다. 그런데 호두는 문자를 물끄러미 보고는 내게 휴대폰을 돌려주었다. 그리고 딴소리를 했다.

"그거 거기서 자라면 어떡하지."

"뭐가?"

"호두."

"그럴 리가 있나."

나는 웃었다. 호두에서 어떻게 호두가 자라, 하는 생각에서
였는데 호두에서 호두가 자라는 건 당연한 일이었다. 침대에
누운 채로 '호두 싹'이라고 휴대폰으로 검색해보니 호두가 지
압을 하려고 들고 다녔던 그 호두로 싹을 틔운 사람들의 글이
쏟아져나왔다.

"진짜 자라면 어떡하지."

"웃기겠다. 어느 날 의릉 잔디밭 한가운데서 호두나무가 자
라기 시작하는 거야."

우리는 웃으면서도 아마 자주 잔디를 관리할 테니 호두가
싹을 틔운다고 해도 금세 뽑혀나갈 것이라고 결론을 지었다.
하지만 어제 만난 그 사람과 이야기가 잘 되면 제법 자랄 때까
지 내버려둘지도 모른다고 호두가 말했다.

"그 사람 되게 따분해 보였거든."

"그냥 평범해 보이던데."

"그게 그거 아냐?"

"그런가."

그 둘은 아주 같기도 하고 아주 다르기도 했다. 민재였다면
아주 세세하게 설명할 수 있었을 것이다. 그런 면에서 민재는
평범하지 않았다. 하지만 모두의 돈을 가지고 도망쳐버렸다는
점에서 결국 평범했다.

"고동에 전화할 거야?"

"고동이 어딘데?"

"민재 있는 곳."

"그게 어디 고동일 줄 알고."

"어제 전화한 곳 중 한 군데 아냐?"

"글쎄, 그렇게까지?"

호두는 어제 자기가 한 이야기는 다 잊은 것 같았다. 우리는 남은 주말을 이불 빨래를 하며 보냈다. 잘 마른 이불을 이불장에 넣고 겨울에 쓸 두툼한 이불을 꺼냈다. 이제 완연한 겨울이었다. 월요일에 호두는 민재에게 사기죄로 신고하겠다고 문자를 보냈다.

*

호두는 집을 나가 보미와 같이 살게 되었다. 보미가 보증금을 내고 호두가 월세를 내기로 했다. 하지만 둘 사이는 오래가지 못했다. 대신 헤어진 다음에도 그 집에서 이 년 계약 기간을 채우며 함께 살기로 합의를 봤다. 보미는 다니던 회사를 그만두고 잠시 쉬고 있을 때라 월세를 낼 여력이 안 됐고 호두는 다른 집을 구할 보증금이 없었다.

"영원히 함께하자는 말 같은 건 아무짝에도 쓸모가 없고 우리가 구둣방에서 사이좋게 파온 도장을 들고 부동산에 나란히 앉아 찍은 계약서 한 장만 쓸모가 있었어."

호두는 술에 취해서 중얼중얼했다. 호두는 술을 마실 때마다 주사가 바뀌었다. 나는 그 계약서를 본 적이 있었다. 시작되는 날짜와 끝나는 날짜가 명시되어 있고 그 기간 동안의 가격이 명쾌하게 드러나 있는 계약서였다. 호두는 민재와 연락했다고 했다. 매달 얼마씩 갚겠다는 각서를 쓰고 공증까지 받아 우편으로 주고받았다. 공증을 받지 않은 각서는 크게 효력이 없기 때문에 어쩔 수가 없었다고 했다.

"그렇게까지?"

내가 묻자 호두는 고개를 끄덕였다. 지압용 호두알은 모형으로 바꾸었다. 다음에 잃어버리더라도 어디에서 또 자라는 게 아닐까 걱정하고 싶지 않기 때문이라고 했다. 민재가 보낸 편지에는 고동리가 들어간 주소가 쓰여 있었다. 호두도 나도 '리'라는 단위의 행정 주소가 아직 남아 있는지 몰랐다. 호두도 나도 모르는 게 너무 많았다. 해가 쌓여도 알게 되는 거라곤 모르는 게 또 있다는 사실뿐이었다. 의릉에서 호두나무가 자란다는 소식은 없었다. 다음에 찾아갔을 때는 그 직원을 만나지 못했다. 공익근무 기간이 끝난 것일까? 어쩌면 직원이 아니었던 게 아닐까? 호두와는 그런 이야기를 주고받았다. 아빠는 호두에게 약속한 결혼 자금을 일부만 돌려주었다. 원룸 보증금을 대기도 빠듯한 금액이었다. 나머지는 진짜 결혼할 때 주겠다고 했다. 고모가 그렇게 하라고 유서를 남겼기 때문이라는데 사실인지는 알 수 없었다. 아빠는 이미 유언의 반을 어겼는데 완전히 다 어길 수는 없다고 했다. 아빠가 이렇게 자기 멋대로 하는 걸 보면 아마 그런 유서는 없을 것이라고 호두와 나는 생각했다. 진짜 제멋대로지, 진짜 싫다, 그런 얘기를 주고받았다. 호두는 아빠에게 그거 공증 받은 유서냐며 자기에게도 보여달라고 했다는데 아빠는 그 말을 듣고 뒷목을 잡았지만 엄마는 이제 호두도 다 커서 자기 앞가림을 하는 애가 됐다며 깔깔 웃었다.

민재는 착실히 호두의 돈을 갚았다. 그 돈이 어디에서 나오는지는 호두도 나도 몰랐다. 그렇지만 호두는 갚고 있으니 됐다, 고 했다.

"돈이 제일인 세상에서 그거만큼 확실한 안부 인사가 어딨어."

가끔 하루이틀씩 늦고, 어쩌다 일주일, 때로 보름이 늦을 때도 있었지만 안부 인사는 계속되었다. 호두는 쓸데없는 걱정도 했다.

"민재가 다 갚으면 어쩌지?"

"뭘 어떡해. 고기 파티 하러 가자. 양꼬치 실컷 먹자."

"그때는 민재가 잘 지내는지 어떻게 알지?"

알 수 없을 것이다.

"그럼 나중에는 매달 천원씩만 갚으라고 해."

민재의 완납을 영원히 나중으로 미뤄버리면 안부를 확인할 수 있었다.

"다 갚고 나면 만날 수 있지 않을까?"

"민재 만나고 싶어?"

호두는 잘 모르겠다고 말했다.

"전처럼은 못 보겠지? 하긴 너랑도 헤어졌고."

민재를 다시 보고 싶지는 않았다. 그런데도 나는 민재가 호두에게 보낸 편지에 쓰인 주소로 한 번 찾아간 적이 있었다. 마치 다른 연대에 속한 것처럼 여겨지는 시골이었고 그런 곳에 민재가 있다는 사실이 믿어지지 않았다. 민재를 만나지는 못했다. 고동은 생각보다 큰 곳이었다. 전화를 걸어볼까 하다가 관두었다. 민재가 여전히 고동에 있는지도 알 수 없었다. 그냥 난생처음 들어보는 고동이라는 장소에 한번 가보고 싶었고, 가봤으니 됐다.

남몰래 우려했던 대로 민재의 안부 인사는 완납되기 전에 끝이 났다. 민재 쪽에서 아무런 통보도 없이 일방적으로 끊은 것이었다. 이번달엔 좀 늦나봐, 생각했던 호두는 두 달 세 달이 지나도록 소식이 없자 또 배신당한 기분이었지만 이번엔 그냥 포기해버렸다. 그건 정말 원하지 않던 포기였다. 하지만 해야만 했다.

나는 요즘도 간혹 아침에 눈을 뜨면 이불이 제대로 되어 있는지 확인한다. 그때마다 나는 내가 혼자 잠자리에 들어도 이불을 뒤집는 일이 없는 인간이라는 사실을 새삼 깨닫는다. 이불을 개면서 더는 만나지 않는 친구가 어디에서 무엇을 하며 살아가고 있는지 궁금해한다. 아무한테도 말할 수 없었던 사정은 조금 나아졌는지, 모두에게 상처를 주며 잠적해야만 했던 일에서는 벗어났는지, 무슨 일을 하며 사는지, 잘 지내는지, 건강한지, 아픈 덴 없는지, 아무리 고심해봐도 나로서는 그런 질문들에 답을 내릴 수 없고 그 답을 아는 사람들이 그의 곁에 있기를 바라다가도 이내 그렇게까지 할 필요는 없다고 생각하며 고개를 저어버린다.

* 소설에 나온 노래 가사는 위아더나잇의 〈서로는 서로가〉에서 빌려왔다.

경기 지역
밖에서 사망

상욱은 잠에서 깬 뒤에도 한참을 이불 속에서 휴대폰을 들여다보며 몸을 뒤치기만 했다. 토요일이었다. 내일까지는 꼼짝도 않고 집에 누워만 있을 거라고 다짐했다. 퇴원한 지 얼마 안 되어서인지 그런 게으름을 부려도 아무도 나무라지 않았다. 다친 오른손에 깁스를 했기 때문에 휴대폰만 보고 있는 것도 쉽지는 않았다. 머리맡에 거치대로 휴대폰을 세워두고 게임 유튜버 채널을 보다가 웹툰을 보다가 했다. 볼만한 것들이 다 동난 다음에는 전날 이미 마감된 주식장을 살펴보며 주식을 살까 고민하기도 했다. 일 년 전 상욱은 아는 형의 꾐에 빠져 여름 상여금을 모두 삼성전자 주식을 사는 데 썼다. 결과적으로는 아주 잘한 일이었다. 종잣돈이 더 많으면 좋았을 텐데,

하고 아쉬워했을 정도였다. 원금의 이십 프로 가까운 수익을 올리고 팔았을 때는 무척 기분이 좋았지만 한편으로는 좀 허망했다. 있는 놈들은 다 이런 식으로 돈을 버나? 자신은 그런 있는 놈들을 위해 아주 싼값의 육체노동에 부려지고 있었다. 사고 또한 그 싼값 때문에 일어난 것이었다. 작업 현장에 신호수는 최소한 두 명이 있어야 했지만 상욱의 직장에는 한 명뿐이었고, 기계를 작동해도 좋다는 사인이 내려졌을 때 상욱의 오른손은 프레스기에 껴 있었다.

정오가 된 뒤에도 상욱은 여전히 이불 속이었다. 찾는 사람도 없어서 계속 그렇게 시간을 보내려고 했는데 갑자기 전화가 두 통이나 걸려왔다. 첫번째는 고등학교 선배 진형이었고, 그다음은 누나 선미였다. 배그나 하게 피시방으로 오라는 진형의 말에 상욱은 울컥했다.

"형, 내 손 어떻게 됐는지 모르죠?"

"왜? 손모가지 날아갔나?"

"날아가긴 뭘 날아가요. 지금 깁스했는데 배그를 어떻게 하냐고요."

"아아, 듣긴 했다. 다쳤다며? 좀 괜찮나? 깁스하고는 못하나? 신맵 나왔대서 지금 스쿼드 뛸라는데 한 명 부족하거든."

"누구누구 있는데요?"

"나랑 승호 형, 민구 형."

"아, 그 영감들. 사플*도 제대로 안 되던데."

진형도 동의하는지 낄낄거렸다. 상욱은 깁스한 손으로는 아무래도 하기 힘들 것 같다고 말했다. 무엇보다도 승호가 있는 데는 끼고 싶지 않았다. 선미가 승호를 좋아했다는 것은 동네 사람들이 다 아는 사실이었다. 그런 선미를 승호가 받아주지 않았다는 것도. 그러고 나서도 두 사람은 그전처럼 어울려 다녔다. 상욱은 그런 종류의 우정이 잘 이해되지 않았다.

상욱은 선미처럼은 살지 말아야지 생각했다. 늘 겸양을 떨며 하기 싫은 것을 하고, 막상 하고 싶은 건 양보하는 모습을 곁에서 오래 지켜보며 상욱이 다 마음이 상했다. 터울이 많이 나 선미는 거의 엄마처럼 상욱을 돌보며 많은 것을 포기했다. 선미가 할머니의 식당을 이어받는다고 했을 때 제일 반대했던 사람도 상욱이었다. 그 식당이라는 곳은 가운데에 사 인용 테이블이 하나 있고 나머지는 벽걸이 테이블로 이루어진 코딱지만한 국밥집이었다. 손님이라곤 식사에 반주로 소주 한 병씩을 곁들이는 아저씨들뿐이었다. 대개는 점잖게 밥에 술만 먹고 갔지만 어느 때나 진상이 있었다. 산전수전 다 겪었다는 할머니도 종종 술에 취해 행패를 부리는 인간들 때문에 속을 앓곤 했다. 선미는 아주 어릴 때부터 많은 시간 국밥집 일을 도

* 사운드 플레이.

와왔으므로 누구보다도 그런 사정을 잘 알았을 것이다. 급여는커녕 용돈도 거의 챙겨주지 않는 그 무보수 노동에 동원되면서도 선미는 싫은 티를 내지 않았다. 상욱은 아직 마흔도 안 된 누나에게 그런 일을 감당하라고 하고 싶지 않았다. 그러나 선미도 계속 놀 수만은 없었다. 지역에 있는 큰 공장의 사세가 점점 꺾이면서 일을 찾아 들어왔던 뜨내기들이 도시를 다 빠져나갔다. 그리고 코로나가 닥쳤다. 주로 효도관광 상품을 파는 작은 여행회사에서 일하던 선미는 하루아침에 일자리를 잃었다. 그러니까 진작 결혼이라도 했으면 좋았을 텐데. 이제 선미는 결혼을 하기에도 글렀다. 그건…… 상욱 자신의 의견이 아니었다. 이 세계가 퍼뜨리고 있는 의견이었고 상욱은 그걸 읽어낸 것뿐이었다. 제대로 된 튜터리얼이 주어지지 않은 세계에 떨어진 후 시행착오를 거치며 게임 매뉴얼을 숙지하듯이 알아낸 것이었다.

그게 이 세계의 세계관이지.

물론 전혀 다른 의견을 가진 사람들도 있을 것이다. 하지만 수많은 사람이 합의한 것이나 마찬가지인 그 사실을 모른 척할 수만은 없었다. 그게 룰이니까. 이 세계의 세계관에 따르면 상욱 자신도 좋은 신랑감은 아니었다. 집안에 재산이 있는 것도 아니었고 여자들이 선호하는 직업도 아닌 하청업체 현장직 노동자였다. 키가 크지도 않았고 인물이 좋은 것도 아니었다. 넉살 좋게 사람들에게 먼저 다가가는 성격도 아니었다. 상욱도 그걸 잘 알았기 때문에 삶에서 많은 것을 바라지 않으려 했다.

그럴 순 없지. 그런 것도 읽어내지 못하고 꿈이니 이상이니 그런 걸 좇으면 안 되는 거지. 멍청하게. 순진하게. 꼴사납게.

사람들과 대화할 때 상욱은 자주 고개를 끄덕였다. 하지만 때로는 잘 몰랐고 모르고 싶었다. 그래도 아니, 몰라, 그런 말은 절대로 하지 않았다.

상대방에게 얕보이면 안 되는 거지. 호구 되는 거 순식간이지.

선미가 전화를 한 건 예상과는 전혀 다른 이유 때문이었다. 이따 집에 들어갈 때 뭐 사갈 거 없느냐, 먹고 싶은 건 없느냐, 그런 걸 물을 줄 알았는데 아르바이트를 하지 않겠느냐는 것이었다. 다쳐서 누워 있는 사람에게 무슨 일을 시키려나 싶었는데 일이랄 것도 없는 길안내라며, 서울에서 온 무슨 예술가라는 사람이 한나절 동네 사진을 찍으러 다니는 길에 동행을 해주면 된다고 했다. 다만 그 예술가가 지방 청년들을 대상으로 그들의 삶과 일에 대한 이야기를 수집하고 있어서 간단한 인터뷰에 응해야 할 수도 있다고 덧붙였다. 상욱은 '예술' 같은 단어가 너무 낯간지러워서 거절하려 했는데 아르바이트비로 십만원이나 준다는 말에 덥석 물고 말았다. 그런 게 예술인가? 상욱은 굶어죽는 게 예술인 줄 알았다.

"어디로 가면 되는데?"

선미가 두시까지 집 앞으로 나오라고 해서 상욱은 몸을 일으켰다.

상욱이 준비를 마치고 현관을 나섰을 때 선미는 집 앞 담장 옆에 차를 세워두고 또래의 여자와 마주서서 이야기를 나누고 있었다. 상욱은 마당에서 담배를 한 대 피우고 나가기로 했다. 현관 앞 계단에 쭈그리고 앉아 깁스 끝으로 비죽 나온 손가락 사이에 겨우 담배를 걸쳐놓고 불을 붙이는데 두 사람의 대화 소리가 들려왔다.

"동생이랑은 자주 이야기 나누세요?"

"별로요. 어릴 때나 가까웠죠. 미주씨는요? 형제 있으세요?"

"전 오빠 있어요. 하긴, 나이들면서 조금 멀어지긴 하더라고요."

"어릴 땐 각별했는데 이제는 잘 모르는 사람 같아요. 나이 차가 많이 나다보니 제가 거의 키우다시피 했거든요. 제가 고등학생이었을 때 등굣길에 그애 손을 잡고 유치원에 데려다줬어요. 누구보다 저를 잘 따랐어요. 그 작고 보드라운 손을 잡고 걸을 때면 그애가 잘 자라고 있는 것만 같았어요. 요즘은 얘기할 시간이 거의 없죠. 얼굴도 잘 못 보는걸요. 이젠 동생이 좀 늦게 오거나 연락이 잘 안 되거나 하면 가슴이 두근거려요. 밖에서 무슨 나쁜 일이라도……"

선미가 말을 멈추고 머뭇거리자 미주가 대신 이었다.

"당한 건 아닌가 하고요?"

확실히 그에 대한 상상은 입 밖으로 내뱉기에 주저하게 만드는 불길함이 있었다. 일어나지 않은 일에 대한 추측일 뿐인데도 몸서리가 처지는 말이었다. 하지만 선미는 영 다른 말을 했다.

"저지른 건 아닌가 하고요."

그 때문에 상욱은 흠칫 놀랐고 가까스로 붙들고 있던 담배를 놓쳐버렸다. 하필 발아래 작은 물웅덩이에 떨어진 담배는 바로 불이 꺼져버려 흰 연기만 피어올랐다.

영춘호로 향하는 차 안에서 미주는 '지방에 사는 청년들의 일과 삶'을 주제로 한 인터뷰를 준비중이라고 말했다. 하루 동안 렌트한 차의 운전대는 미주가 잡았고 선미는 식당에 들어가봐야 한다며 돌아갔다. 무슨 일이 생기면 바로 전화하라는 말을 몇 번씩이나 했다. 마을을 안내받는 것보다 인터뷰가 더 주된 목적인지 미주는 이것저것 묻기 시작했다. 상욱은 그런 일인 줄 알았으면 응하지 않았을 거라고 생각했다. 그럴듯하게 포장한 자신의 이야기를 잠깐 상상해보기도 했으나 이내 피곤함이 밀려왔다. 자신의 일에 대해서, 삶에 대해서, 가치관 같은 것에 대해서 누구에게도 구구절절 들려주고 싶지 않았다. 상욱은 습관적으로 고개를 주억거리면서도 어떤 말로 이 시간을 모면할 수 있을까 골몰했다.

"아침에 일어나면 제일 먼저 뭘 하세요?"

그 질문에는 쉽게 답할 수 있었다.

"알람을 끄고 창문을 열어요. 그런데 왜 하필 영춘호에 가는 거예요? 거긴 그냥 동네 저수진데."

"얘기 못 들었어요? 인물 사진도 찍을 거거든요. 사진 찍을 만한 좀 한적하고 조용한 곳을 추천해달라니까 선미씨가 거길 알려줬어요."

"아, 제 사진이요? 사진은 좀 그런데."

대답하면서도 상욱은 여전히 이상하다는 생각을 했다. 사방이 바다인 이 섬마을에서 굳이 산중턱에 있는 저수지를 찾아가려는 것이.

"영 안 내키면 뒷모습만 찍을게요."

상욱은 뒷모습을 찍는 것도 내키지 않았지만 단호하게 거절하기도 애매했다. 이미 아르바이트를 하겠다고 말하고 인터뷰 장소로 향하는 차에 몸을 실은 다음이었다.

"쉴 때는 뭐하세요? 경치도 좋은 곳이고 하니까 놀러갈 때도 많아 좋겠어요."

"네, 뭐 그렇죠."

"어디가 제일 좋아요? 추천 좀 해주세요."

상욱은 이름난 관광지 몇 곳을 읊었다. 말하면서도 그곳들에 가본 지가 언제인지 기억도 잘 나지 않았다. 미주도 상욱이 기계적으로 관광지들을 읊는 걸 눈치챘는지 웃으며 물었다.

"실은 놀러 다니는 거 별로 안 좋아하시죠?"

"여기서 이십 년 넘게 살았는데 이젠 좀 지겹죠. 시내에 작은 영화관이 있어서 퇴근하고 종종 갔었는데 거기도 얼마 전에 망했어요. 갈 때마다 영 사람이 없긴 했거든요. 근데 또 멀티플렉스는 자주 갈 맘이 안 생기더라고요. 저는 혼자 영화 보는 거 좋아하는데 거기는 다 짝지어서 오니까. 시간 나면 그냥 유튜브 보고 웹툰 보고 게임하고 그러죠."

상욱은 질문에 대해 술술 말하고 있는 스스로가 어색하면서도 오랜만에 떠들어대니 어쩐지 스트레스가 좀 풀린다는 생각이 들었다. 다른 취미가 있었으면 좀더 그럴듯한 대답을 내놓을 수 있었을 텐데 그런 게 없어 아쉽기까지 했다. 한편으로 자신에 대해 말하면 말할수록 속으로는 정말 그런가……? 하는 의심이 싹텄다. 나는 그런 인간인가? 호불호를 따지는 일 없이 그냥 살아지는 대로 살아왔던 사람이라 자신이 정말 그것들을 좋아하는 건지, 선택지가 그뿐이라 그걸 고를 수밖에 없었던 건지 뒤늦게 헷갈렸다.

"저도 게임 좋아하는데, 주로 어떤 게임 하세요?"

"배틀그라운드라고 아세요?"

"알죠. 저도 아이디 있어요. 잘하세요? 언제 저랑 듀오 한번 해요."

상욱은 고개를 끄덕이면서 약간 불안해졌다. 미주가 마음에 들었기 때문이었다. 어쩌면 끝없이 질문해주며 자신의 말을 귀기울여 들어주는 사람이어서 그런지도 몰랐다. 자신의 이야기를 그렇게까지 인내심을 갖고 들어주는 사람은 그동안 거의 없었으니까. 하지만 그건 미주의 업무였다. 미주는 일종의 노동으로서 자신을 대하고 있는 것일 뿐이었다. 그래서 미주가 자신을 향해 내비치는 호기심과 관심, 질문을 이끌어내기 위해 보이는 호응과 미소를 자신에 대한 개인적인 호감과 헷갈리면 안 된다고 상욱은 생각했다.

"배그는 어떤 점이 재밌어요?"

"치킨 먹으면…… 기분이 좋죠. 그러니까 1등을 하면요. 그렇지 않나요?"

"그쵸, 엄청 신나죠. 전 많이는 못해봤어요."

"진짜요? 제가 손만 안 이랬으면 당장 버스 태워드릴 수도 있는데."

상욱은 괜한 허세를 부리며 웃었다. 웃고 나니 자신이 전혀 할 법한 말이 아니었다는 생각이 들었다. 심심할 때마다 찾아 보던 게임 스트리머의 말투를 흉내낸 것 같기도 했다. 미주가 말했다.

"사실 저는 치킨 먹을 때보다 저 기절해서 팀원이 살려줄 때가 더 좋아요. 그리고 팀원 기절했을 때 제가 달려가서 살려줄 때도 좋아하고요. 총 맞고 쓰러져도 같은 편이 있는 한 몇 번이나 더 기회가 있다는 것도 좋아요. 너무 남의 덕만 보려고 하나?"

상욱은 고개를 끄덕였다.

"그것도 좋죠."

"그리고 사실 전 비건이거든요."

"네?"

"승리했다고 '오늘은 치킨 먹는 날'이라는 메시지가 나오는 게 달갑지는 않죠."

상욱은 그게 도대체 뭔 소리야…… 생각했지만 그냥 고개를 끄덕였다.

두 사람은 영춘댐 부근 공터에 차를 세우고 내렸다. 저수지는 산으로 둘러싸여 있고 호안선은 구불구불했다. 이쪽에서는 영춘댐이 한눈에 다 보이지 않았다. 비탈의 나무들 사이로 물이 보였다. 물결이 빛에 반짝였다. 조금 더 걷자 저수지로 내려가는 길이 나왔다. 안내판이 세워져 있었다. 길이 이백육십오 미터, 깊이 오십 미터의 담수댐. 상욱이 태어났을 때는 이미 완공된 다음이었지만 과거에는 댐이 들어선 자리 아래에 마을이 있었다. 상욱이 앞장서고 미주가 뒤따랐다. 두 사람은 물가까지 내려갔다. 아무리 생각해도 사진을 찍기에는 물비린 내 나는 저수지보다는 바다가 훨씬 좋을 듯했다. 당연히 부근에는 아무도 없었다. 한낮인데 약간 음산한 분위기마저 감돌았다. 상욱은 괜히 물가에 있는 돌을 주워 저수지 가운데를 향해 힘껏 던졌다.

"저기는 뭐예요?"

미주가 저수지 건너편의 산꼭대기를 가리켰다. 그리 높지 않은 동산에 팔각정이 있는 것이 보였다.

"그냥 쉬었다 가라고 만든 거 같은데요."

"저기는 어떻게 가요?"

"왔던 길로 돌아가야 해요. 이쪽에서는 가는 길이 없어요. 저수지를 건너갈 게 아니라면."

"건너가볼까요?"

"네?"

"저쪽에서 여기 내려다보고 찍으면 사진 잘 나올 것 같거든요."

"그렇게 경치가 좋지는 않아요."

"가봤어요?"

"가봤죠."

상욱은 사실 가봤는지 안 가봤는지 가물가물했다.

"그래도 또 가봐요."

"다시 돌아나가자고요?"

"아뇨, 저수지를 건너가요."

미주는 물가에 있는 보트를 가리켰다. 노를 저어 가는 무동력 보트였다. 그게 왜 거기 있는지는 알 수 없었지만 저수지를 관리하는 사람들이 이용하는 것인지도 몰랐다.

"들어오면서 못 봤어요? 식수로 사용되는 곳이니까 들어가지 말라잖아요. 사실 여기까지 내려오는 것도 좀 꺼림칙한 일이에요."

"되게 법을 준수하는 편이신가보다."

그 말은 맞았다. 상욱은 법을 좋아했다. 머리만 좋았다면 법대에 갔을 것이다. 아니, 머리가 좋았어도 가정 형편상 대학에 가지는 못했을지도 모른다. 머리가 아주 비상하게 좋아서 장학금을 받고 다닐 수 있는 게 아닌 이상. 어쨌든 상욱은 법이 좋았다. 고등학교 시절 알바를 할 때에도 주휴 수당을 꼼꼼히 챙겨 받았다. 지금 다니는 회사에 입사할 때도 근로 계약서를 처음부터 끝까지 읽었고 초과근무를 하게 될 때면 꼭 정당한 수당을 요구했다. 이번에 사고가 났을 때도 법적으로 어떤 보상을 받을 수 있는지 확인하기 위해 근로복지공단에 몇 차례나 전화하기도 했다. 법이란 나쁘지 않은 것이라고 생각했다.

그걸 안 지키는 사람이 문제였다. 배그를 할 때도 온갖 편법을 동원하는 '핵쟁이들' 때문에 상욱은 쌍욕을 내뱉곤 했다. 모두가 룰을 따르면 훨씬 더 쾌적하게 게임을 즐기며 능력에 따라 보상을 받을 수 있을 텐데, 능력도 없으면서 부정 프로그램을 이용해 다른 사람의 승리를 앗아가는 인간들이 게임을 망치고 있었다.

"지켜서 손해볼 거 있나요."

"그런가요? 저는 법이 별로거든요. 별로 내 편도 아닌 거 같고."

"맨날 이렇게 하지 말라는 일만 하고 다녀서 그런 거 아니고요?"

"그니깐요. 왜 하면 안 될까요?"

"그래도 법은 지키는 게 맞죠."

"그렇긴 하죠."

미주는 그렇게 대답하면서도 보트 쪽으로 다가갔다.

"사실은 저 허가받았어요. 여기서 사진 찍어도 된다고요. 영춘댐도 그래서 온 거예요."

그래도 상욱은 내키지 않았다. 보트는 두 사람이 타기에 비좁아 보이진 않았지만 구명조끼는 하나밖에 없었고 저수지의 깊이는 오십 미터였다. 상욱이 깁스한 팔을 들어 보이며 뒷걸음질을 쳤다.

"저는 팔이 이래서 노도 못 저어요."

"제가 그렇게 양아치는 아니거든요."

미주가 보트를 물위로 밀어내더니 그 위에 올라탔다. 호기롭게 노를 들고 상욱에게 손짓을 했다. 상욱이 꼼짝 않자 미주는 혼자 자리를 잡고 앉더니 노를 젓기 시작했다. 구명조끼도 입지 않은 채였다. 상욱은 그 모습을 지켜보았다. 처음에는 조금 엉성해 보였지만 미주는 점점 능숙하게 노를 저어 나갔다. 노가 수면을 가르는 소리가 조금씩 멀어졌다. 물결이 밀려나며 수면 위로 둥근 무늬가 만들어졌다. 산그늘이 져 물이 검게 보였다.

미주는 저수지 한가운데에 가서 멈췄다. 그리고 한참이나 거기에 머물러 있었다. 반대편까지 간다더니 겁먹은 걸까, 지친 걸까. 상욱은 어디 가서 사람이라도 불러와야 하나, 선미에게 전화라도 걸어야 하나 초조해졌다. 하지만 이내 미주가 자신을 향해 활달하게 손을 휘젓는 것을 보고는 마음을 놓았다. 미주는 다시 노를 저어 상욱 쪽으로 가까이 왔다.

"진짜 안 탈래요? 재밌어요. 허락도 받았다니까요."

상욱은 미주가 진짜 이상한 사람이라고 생각했다. 미주의 말에 동요되어 그가 하자는 대로 하고 싶지 않았다. 상욱에게 그런 무모한 짓은 게임에서나 가능했다. 그러나 그 순간에 이상하게도 선미가 했던 말이 떠올랐다.

무슨 나쁜 일이라도…… 저지른 건 아닌가 하고요.

그 말을 듣고 제일 처음 들었던 생각은, 자신은 뭔가를 저지를 수 있는 사람이 아니라는 것이었다. 선미가 말한 '나쁜 일'이 어떤 걸 가리키는지는 충분히 짐작이 갔다. 선미는 그 말 뒤에 "절대 그럴 애가 아니긴 하지만……"이라고 덧붙였지만, 그런 불길한 의심을 품은 적이 있었을 것이다. 뭔가를 저질러버리는 것. 그런 일들은 분명 법의 테두리 바깥에 있는 것이었고 상욱은 누구보다도 법 안쪽에 있고 싶어하는 사람이었다. 선미가 왜 그런 의심을 했는지 알 수 없었다. 상욱은 자라면서 크게 나쁜 짓을 한 적도 없었다. 단지 선미와의 사이가 점점 소원해졌고 서로에 대해 잘 모르게 되었을 뿐이었다. 상욱은 망설임 끝에 보트에 올라탔다. 상욱이 상상할 수 있는 나쁜 일이란 고작 그 정도였다.

보트 안은 우려와 달리 아늑했다. 노가 만들어내는 물결의 무늬도 마음에 들었다. 미주는 저수지 한가운데까지 간 다음 보트 위에 자리를 잡고 누웠다. 상욱도 미주를 따라 누웠다. 보트는 널찍하지는 않지만 둘이 눕기에는 충분했다.

"여기서 낚시 같은 거 하면 뭐가 잡힐까요?"

"안 된다니까요. 그건 진짜 하면 안 되는 일이에요."

그러나 못할 것도 없었다. 어쩐지 상욱은 현실세계의 모든 일들로부터 멀어진 기분이었다. 단단한 땅 위에 서 있을 때와는 기분이 달랐다. 조금씩 흔들리고 있었다. 그것은 제법 규칙적인 진동이었고 상욱은 그 위에서 기분이 찹찹하게 가라앉았다.

"여기 에란겔 같지 않아요?"

"에란겔이요?"

상욱은 미주의 말에 반문했다가 그 의미를 알아차리고 피식 웃었다. 에란겔은 배틀그라운드의 맵 중 하나였다. 갑자기 게임 속에 들어온 듯한 기분이 들었다.

"아시죠? 북동쪽에 분명 이런 호수가 있어요."

북동쪽인지는 명확히 떠오르지 않았지만 분명 호수가 있긴 했다. 적의 시선을 피해 물속으로 가라앉았다 위로 올라가기를 반복하며 호수를 헤엄쳐갔던 기억이 났다.

"여기가 에란겔이면 저흰 벌써 죽었어요. 적들이 저 팔각정 능선에서 총으로 겨누고 있을걸요."

"살려면 역시 잠수를 해야겠죠."

미주는 그렇게 말하고 상체를 일으키더니 손을 뻗어 수면을 훑었다. 사방이 고요해서인지 찰랑거리는 물소리가 크게 느껴졌다. 상욱에게는 그게 곧 물속으로 뛰어들겠다는 사인처럼 느껴져 오싹했다.

"설마 진짜 뛰어들려는 건 아니죠?"

미주는 무슨 말도 안 되는 소리를 하느냐는 듯 웃으며 대답했다.

"진짜 적이 있는 것도 아니니까요."

그러고는 다시 벌렁 누워버렸다. 그 때문에 보트가 한차례 뒤흔들려 상욱은 또 심장이 쿵쾅거렸다.

"에란겔이요, 되게 경치 좋은 거 아세요? 여기 진짜 에란겔 같아요."

상욱은 다시 한번 더 그랬으면 우린 벌써 죽은목숨이라는 말을 반복하려다가 입을 다물었다. 대신 깁스한 손을 가슴팍에 올리고 눈을 감았다. 눈을 감자 다른 감각들이 더 선명해졌다. 도로 위로 차가 달려가는 소리와 산에서 들려오는 새소리, 바람이 숲을 훑고 지나는 소리가 났다. 하지만 어쩐지 그것들은 멀게 느껴지기만 했다. 상욱에게 현실감이 있는 소리는 보트에 부딪치며 찰랑이는 물소리뿐이었다. 그것만이 생생했다. 습기가 피부에 달라붙는 것을 느끼며, 보트에 와 부딪는 물소리를 들으며, 또 멀기만 한 새소리와 바람소리를 들으며 누워 있자니 잠이 쏟아졌다. 그리고 미주의 허밍 소리. 상욱은 몇 번 눈을 깜박였다. 잠들면 안 되는데.

병원에서 퇴원한 다음 상욱이 내내 집에 누워 있기만 한 것은 아니었다. 회사에 갔었다. 사고가 난 그날 경황이 없어서 휴게실에 무선 이어폰을 두고 왔는데 누구에게 좀 가져다달라고 부탁하기가 뭣했다. 다시 출근할 때까지 기다리기도 싫었다. 마음껏 볼륨을 키워 유튜브를 보고 노래를 들으려면 이어폰이 있어야 했다. 오랜만에 나간 작업 현장에는 '무재해 114일'이라고 적힌 플래카드가 아직 붙어 있었다. '무재해 100일'을 맞아 제작한 플래카드 위에다가 무재해를 하루 더 경신할 때마다 일주일 단위로 새로 쓴 종이를 덧붙였다.

"저거 왜 안 뗐어요?"

마침 휴게실에 있던 반장에게 상욱이 묻자 반장은 "뭐? 뭐가?" 하고 별거 아니라는 듯 플래카드를 바라봤다.

"아, 저거? 귀찮아서 그랬겠지."

반장은 남의 일처럼 말했다. 매주 종이를 써붙이는 건 안 귀찮았나? 새 숫자를 적어 프린트하고 플래카드에 덧대는 수고는 기꺼이 감수했으면서.

"야, 너 그거 아냐?"

"뭘요?"

"거기 털 난다."

반장은 상욱의 오른손을 턱짓으로 가리키며 말했다.

"네?"

"나도 지게차에 부딪혀가지고 왼쪽 발목이 나간 적 있었거든. 그때 깁스를 오래 했었는데 풀고 나니까 왼쪽에만 털이 엄청 나 있더라. 오랫동안 공기도 안 통하고 땀도 많이 나고 그래서 그런 거였을까?"

"그래서요?"

"뭐 그냥, 그렇다고. 깁스 풀고 나면 원상 복구되는 사람도 있다던데 난 안 그렇더라고. 한번 볼래?"

반장은 상욱의 대답을 듣기도 전에 작업복 바지춤을 걷어올렸다. 상욱은 보고 싶지 않다고 생각하면서도 그쪽으로 눈길이 갔다.

예상과 달리 반장의 다리는 희멀겠다. 새카맣게 탄 얼굴이며 목덜미와 비교하면 같은 사람의 피부라고 생각하기 어려울 정도였다. 그리고 정말 털이 많았다. 털 아래 발목 쪽에 십 센티미터 정도의 붉은색 흉터 자국이 있었다. 발목이 얼마만큼 어떻게 나갔던 것일까. 상욱은 깁스 속 손가락을 꿈지럭거려 보았다. 깁스만 풀면 예전처럼 멀쩡히 움직일 수 있겠지? 의사가 흉터는 안 남을 거라고 했으니까 흉터는 없겠지? 의사 말이 다 맞겠지? 많이 배운 똑똑한 사람이니까, 한 달에 막 몇천씩 버는 사람의 말이니까 다 맞겠지?

"그래도 내가 운동신경이 좋아서 빨리 피했으니 망정이지 안 그랬음 진짜 크게 사고 날 뻔했었어. 너도 그만해서 다행이다."

상욱은 다시 또 깁스 속 손가락의 감각을 느껴보려 애썼다. 다행인가? 정말이지 운동신경을 그런 데 발휘하면서 살아야 하는 건가? 물론 생명 연장을 위해 쓸 수 있다면 기쁠 것이다. 하지만 처음부터 그런 데에는 쓸 일이 없는 편이 훨씬 좋을 것이다. 상욱은 산재보험금 같은 걸 받고 싶지 않았다. 후유증을 앓고 싶지 않았다. 불구가 되고 싶지 않았고 일하다가 죽고 싶지 않았다. 털이 수북이 자란 다리를 내보이며 마치 무용담인 양 늘어놓는 사고 경위를 듣고 싶지 않았다. 언젠가 자신도 엇비슷한 무용담을 늘어놓게 될까봐 겁이 났다. 대수롭지 않은 듯 살아가고 싶었지 필사적으로 살아남고 싶지 않았다. 매일매일 죽기를 각오하며 살고 싶지 않았다.

"너 일은 언제부터 다시 할 수 있냐?"

"일단 산재 처리되는 거 보고……"

"그거 된대?"

"네?"

"신청하래?"

"네? 당연하죠. 일하다가 다쳤는데."

"그래? 세상 참 좋아졌다."

반장은 대수롭지 않은 듯 말하고는 작업화를 신고 일어서서 상욱의 어깨를 툭툭 쳤다.

"잘 쉬고."

상욱은 몸을 뒤치다가 출렁거리는 보트의 움직임에 놀라 깼다. 날이 어두워지는 속도보다 조금 더 빠른 속도로 저수지 주변이 검게 변해갔다. 이제는 물가에 있는 나무의 색깔을 가늠할 수 없었다. 물의 빛깔도 더 어두워지기만 했다.

"물고기가 지나간 것 같아요."

어느샌가 미주는 엎드려서 저수지를 내려다보고 있었다. 물고기를 잡기라도 하겠다는 듯 노로 물속을 휘휘 저어보기도 했다.

"그만해요. 보트가 너무 흔들려요."

상욱은 그런 미주를 말렸지만 소용이 없었다.

"안 무서우세요?"

"뭐가요?"

"보트가 뒤집힐 것 같다니까요."

"왜 이렇게 겁이 많아요?"

"이런 데서 개죽음 당하고 싶지 않다고요."

상욱이 자신도 모르게 버럭 화를 내자 미주가 사과를 했다. 자신이 내내 멋대로 군 것, 원하지 않는 곳으로 억지로 끌고 온 것, 허락받지 않았는데 허락받았다고 말한 것……

"거짓말이었어요?"

미주는 고개를 끄덕였다. 상욱은 다시 화가 치밀었고 얼른 물가로 돌아가고 싶었다. 이 여자는 왜 이렇게 겁도 없지? 물뿐만이 아니라 내가…… 무섭지도 않나? 사는 게 무섭지도 않나? 잘 알지도 못하는 남자와 외딴곳에서 단둘이…… 상욱은 미주가 자신을 무서워해야만 한다고 문득 생각했다. 그렇게 할 수 있어야 한다고. 자신에게 그런 힘이 있어야 한다고.

"미안해요."

미주는 다시 한번 사과하고는 물가 쪽으로 천천히 노를 저었다. 처음과는 주변의 온도가 완전히 달라져 있었다. 산속이어서인지 서늘한 기운이 확 끼쳤다.

다행히 두 사람은 무사히 물가로 돌아왔고 상욱은 왼손으로 깁스한 팔을 받치고 엉거주춤 보트에서 내렸다. 부스럭거리는 소리에 고개를 들어보니 웬 노인 한 명이 나무를 헤치고 나타났다. 나물 같은 걸 캐러 다니는지 손에 든 망에 풀과 열매가 담겨 있었다.

"에구 깜짝이야. 상욱이 아니냐? 여기서 뭐해? 옆엔 누구냐?"

"아, 서울에서 온……"

얼굴을 보니 같은 마을에 사는 노인이었다. 노인은 한참이나 미주를 훑어보았다. 뭔가를 찾아내려는 사람처럼 얼굴을 뜯어보고 옷차림새를 살피고 다시 얼굴을 보았다.

"해 금방 진다. 일찍 내려가라."

그리고 돌아서면서 "여자가 겁도 없이……" 하고 혼잣말처럼 중얼거렸지만 두 사람에게 충분히 다 들렸다.

미주가 작게 코웃음을 쳤다. 그 순간 상욱은 다시 또 그런 생각이 들었다. 이 여자는 내가 안 무서운가. 체구도 작고 힘도 없어 보여서 그런가. 상욱은 자신이 누군가에게 전혀 위협적이지 않은 존재라는 것, 어쩌면 남성성이라는 걸 전혀 어필할 수 없는 존재라는 것을 어떻게 받아들여야 좋을지 헷갈렸다. 학창시절 반에서 남자답다고 일컬어지는 애들은 모두 위협적이었다. 그야말로 수컷 같았던 애들. 짐승 같았던 애들. 그런 애들을 선망하지는 않았다. 한심하다고 생각할 때도 있었다. 하지만 교실의 룰을 만드는 건 그애들이었고 상욱도 그 룰에 따라 움직여야만 했다. 룰을 만드는 사람들은 조금씩 다 그런 폭력적인 데가 있는 것 같았다. 룰 자체가 폭력적인 것이기도 했다.

"저희도 어두워지기 전에 내려가죠."

"아, 사진을 못 찍었어요. 한 장 찍고 싶은데 괜찮으세요?"

"뒷모습도 되죠?"

"네, 그럼요."

미주가 작은 카메라를 꺼냈고 상욱은 저수지를 바라보며 뒤돌아섰다.

"깁스한 손은 들어줄 수 있어요?"

상욱이 손을 번쩍 들어올리자 플래시가 몇 차례 터졌다.

"됐어요. 고마워요."

사진을 찍고 나니 사방이 더 어두워져 있었다.

"서둘러야겠어요. 금방 캄캄해질 거 같아요."

"오늘 같이 와주셔서 고마웠어요. 이런저런 이야기 들려주신 것도요. 여기 저수지에 와보고 싶었는데 혼자서는 좀 무서웠거든요. 사실 그래서 동행이 필요했던 것이기도 하고요. 덕분에 맘 편히 다녀가요."

"저는 안 무서우세요?"

미주의 말에 상욱은 불쑥 그렇게 물었다. 한참이나 대답이 없어서 상욱은 그 말을 한 것을 후회했다. 하지만 그 순간에는 어쩐지 묻지 않을 수가 없었다. 다른 말은 떠오르지 않았다. 미주는 상욱의 질문에 영 답을 안 하고 싶은 눈치였지만 어쨌든 입을 열었다.

"무서워했으면 좋겠어요?"

"아뇨, 당연히 아니죠. 그런 건 아니지만……"

상욱은 손사래를 쳤다.

"그래도 만난 지 얼마 안 됐고 거의 모르는 사람이고…… 요즘 또 세상이 험하다는 말들 많으니까 불편해할 수도 있다고, 이런 데서 단둘이 있는 건 싫을 수도 있다고 생각하거든요."

"여자들이 누구 때문에 제일 많이 죽는지 알아요?"

상욱은 신문 기사들을 떠올렸다. 매일같이 죽는 사람들. 죽어가는 사람들. 휴게실에서 잠깐 눈을 붙였다가 깨어나지 못하는 사람들. 퇴근하지 못하는 사람들. 여자, 남자, 중년, 장년,

청년 할 것 없이 어떤 때는 그들의 가장 좋은 점이기도 했을 성실성의 대가로 죽어버렸다. 그런데 여자들은 또다른 방식으로도 죽었다. 그냥 길을 걷다가 공중화장실에 갔다가 택시를 탔다가 골목길에서 주차장에서 밤에 새벽에 아침에 대낮에…… 왜 말대꾸를 하냐고 왜 안 만나주냐고 왜 겁도 없이 밤늦게 돌아다니냐고 왜 웃냐고 왜 안 웃냐고 추궁을 당하다가 죽어버렸다.

"남자친구 아니면 남편이에요."

그리고 사랑했던 사람들에게 죽임을 당하기도 했다. 가장 자주. 매일같이 그런 뉴스들이 쏟아져나왔다. 보지 않으려고 해도 보이는 뉴스들. 너무 자주 쏟아져서 어제인지 한 달 전인지 일 년 전인지 헷갈리는 그런 뉴스들.

두 사람의 걸음이 빠른 탓에 앞서간 노인을 금방 따라잡았다. 상욱은 다시 한번 그에게 인사한 후 곧장 그를 앞질렀다. 미주도 상욱을 따라 노인을 추월했다. 그런 미주의 등뒤에 대고 노인이 귀한 충고를 해준다는 듯 소리를 쳤다.

"이봐요, 젊은 아가씨가 해질 시간까지 이런 산속을 싸다니면 흉한 일을 당해도 할말이 없는 거예요. 내가 너무 걱정이 돼서 하는 말이에요."

미주는 뒤돌아보지도 대꾸하지도 않고 더 빨리 걷더니 상욱마저 앞질렀다.

"저 할아버지가 나쁜 사람은 아닌데요. 워낙 옛날 분이다보니……"

차를 주차해둔 공터에 도착해 상욱은 자신도 모르게 노인을 변호했다. 그게 미주의 기분을 덜 상하게 하는 일이라고 생각해서였다.

"여기 진짜로 에란젤인가 했지 뭐예요. 뭐, 괜찮아요. 그럴 수 있어요. 이런 날도 있는 거죠."

상욱은 미주가 속이 좋다고 생각했다. 그래서 괜한 말을 덧붙이지 않고 그냥 고개만 끄덕였다. 근데 맨날 이런 날만 있으면 어떡해요? 그런 것도 묻지 않았다. 두 사람은 다시 차를 타고 돌아 나왔고 구불구불한 임도를 따라 미주가 가고 싶다던 팔각정까지 올라갔다. 미주는 거기서 원 없이 사진을 찍었다. 다시 마을로 돌아와서 약속한 돈을 받았을 때 상욱은 그 돈이 도대체 무엇에 대한 보상인지 도무지 알 수 없다는 생각을 했다.

미주가 서울로 돌아간 뒤로 두 사람은 당연하게도 다시는 만나지 않았다. 만날 일이 없었다. 지방에 사는 청년들을 인터뷰하겠다는 그런 이상한 기획이 아니었다면 두 사람 사이에는 접점이라는 게 있을 수가 없었다. 생활 반경도 달랐고 어울리는 부류도 달랐다. 같은 세계에서 살고 있었지만 시공간이 다른 것과 마찬가지였다. 비슷한 점이라면 배틀그라운드를 한다는 정도뿐이었다.

두 사람 다 알아차리지는 못했지만 다시 만난 적이 한 번 있었다. 배틀그라운드에서였다. 상욱은 깁스를 푼 날 오랜만에 게임에 접속했다. 금요일 밤 아홉시였다. 평소 게임을 같이하던 친구들은 방역 수칙이 완화된 것을 기념해서 술을 마시러 나간다고 했다. 상황이 언제 또 어떻게 급변할지 알 수 없는 게 코로나 시국이라며 간만에 찾아온 기회를 놓칠 수 없다고 했다. 상욱은 오늘 깁스를 풀었으니 다음에 가겠다고 둘러댔다. 몇 번이나 랜덤 듀오를 돌리던 상욱은 아이디 'mimi...7979'와 만났다. mi가 몇 번 반복됐는지는 잊어버렸다. 안녕하세요, 1번님. 게임에서는 그냥 입장한 순번으로 서로를 불렀다. 네 안녕하세요, 2번님. 잘하세요? 저 버스 좀 태워주세요. 1번이 그렇게 말했을 때 상욱은 죄송해요, 저 완전 배린이예요, 하고 말했다. 오랜만에 하는 게임이라 잘할 자신이 없기도 했고 상대방의 기대치를 낮추고 싶기도 했다. 그럼 으레 상대방은 같이 한번 잘해보자든가, 자기만 믿고 따라오라든가 그런 말을 했는데 'mimi...7979'는 정색했다.

그런 멸칭은 쓰시면 안 되죠.

상욱은 딱히 할말이 없어서 알겠습니다, 하고 말았다. 그뒤로는 거의 침묵하며 게임만 했다. 가끔씩 '보정기 있으세요?'

'125 나무 뒤에 적' 같은, 게임에 꼭 필요한 말을 나누기는 했지만 다른 사람들과 함께 게임할 때처럼 농담을 나누지는 않았다. 둘은 말없이 경기 지역 안으로 달려들어갔고 물이 나타났을 때는 빙 둘러가는 대신 헤엄쳐가기로 했다. 상욱은 자신의 캐릭터가 물결을 헤쳐가며 내는 소리를 들으면서 영춘호를 떠올렸다. 괜히 뒤돌아 언덕 위를 바라보기도 했다. 한가롭게 뱃놀이를 할 수 있다면 무척 경치가 좋다고만 생각했을 텐데. 하지만 상욱은 그런 태평한 생각은 할 수 없는 전쟁터에 있었다. 한참을 헤엄쳐 뭍으로 나왔을 때 멀리서 총알이 날아와 상욱의 머리에 박혔다. 상욱은 적의 위치를 가늠해보지도, 총을 고쳐들어보지도 못하고 쓰러졌다.

으악, 저 기절이요.

먼저 물에서 나와 나무 뒤에 몸을 숨기고 있던 'mimi…7979'가 안타까운 목소리로 말했다.

이쪽으로 올 수 있어요?

자기장 오는데 그냥 가세요. 지금 들어가야 돼요.

자기장은 경기 지역의 경계면을 이루는 장벽으로 그 안에 들어가면 에너지가 점점 줄어들었다.

그럼 버릴게요.

네, 네. 가세요, 그냥 가세요. 저는 경밖이에요.

사실 살려달라고 말하고 싶은 마음이 아예 없지는 않았다.

제발 나 좀 살려달라고, 둘러메고 자기장 안으로 같이 들어가 달라고 말하고 싶었다. 하지만 그건 합리적인 선택이 아니었다. 결국은 둘 다 죽게 될 것이기 때문이었다. 상욱은 자신에게서 점점 멀어지는 발소리와 자기장이 가까이 오는 소리를 들었다. 이내 상욱은 자기장에 잠겼고 빠른 속도로 에너지가 닳기 시작하더니 곧 경기 지역 밖에서 죽어버렸다. 바로 게임을 나가버릴까 하다가 'mimi...7979'를 관전하기로 했다. 하지만 풀숲에 엎드려 있던 'mimi...7979'도 곧 적의 수류탄에 맞아 죽어버렸다. 수고하셨습니다. 수고하셨습니다. 두 사람은 마지막으로 그런 인사를 나누고 헤어졌다.

다음 판은 상욱 혼자서 한다. 같은 게임에 들어온 백 명 중 자신을 제외한 구십구 명은 모두 적이다. 그들을 다 죽여야만 승리할 수 있다. 상욱은 술을 마시러 간 친구들이 자랑삼아 올린 인스타그램의 사진을 보느라 잠깐 한눈을 팔다가 지도 끄트머리에서 낙하산을 펼친다. 외딴곳에 떨어지고 보니 주변에는 아무도 없는 듯 바람소리와 파도 소리뿐이다. 적당히 아이템을 줍고 나서 지도 안쪽으로 달려들어가는데도 여전히 고요하다. 총소리도 아주 멀리서 겨우 들려온다. 상욱은 자신이 없는 곳에서, 자신과는 멀리 떨어진 곳에서 열띤 격전이 벌어지고 있을 거라는 데, 흥미진진한 게임이 펼쳐지고 있을 거라는 데 아쉬운 마음이 든다. 이쪽은 고요하기만 한데. 게임에 참여

한 지 한참이나 지났는데 아직 아무런 게임도 시작되지 않은 것만 같다. 자기장이 가까이 오는 소리가 들린다. 상욱은 지도를 보며 어느 쪽으로 가면 좋을지를 가늠해본다. 적에게 발각되지 않도록 적당히 몸을 은신할 수 있으면서도 상욱 쪽에서는 적을 발견하기 좋은 곳으로. 자신을 엄폐할 만한 곳이 아무것도 없는 개활지를 마구 달려가고 싶지는 않다. 이렇게 똥줄 타게 달려가는 중이라는 것을 들키고 싶지 않다.

상욱은 외따로 떨어진 곳에서 홀로 죽지 않기 위해 총소리가 나는 쪽으로 달려간다. 거기서 타인을, 그러니까 적을 발견할 것이고, 숨을 참으며 총을 겨눌 것이고, 운이 좋다면 그의 머리를 맞히는 데 성공할 것이다. 카구팔이나 에땁 같은 총기를 가지고 있다면 적은 멀뚱히 있다가 죽는지도 모르고 죽어버릴 것이다. 더 운이 좋다면 상욱은 다른 모두를 죽이고 홀로 살아남을 수도 있다. 홀로 살아남는 것. 최후의 일인이 되는 것. 그것이야말로 진짜 승리다. 이 게임 안에서 다른 방식의 승리는 없다. 그래서 상욱은 어떤 식으로든 자기 홀로 살아남는 때가 오기를 바란다. 그런 때가 오면 상욱은 총을 모두 내려놓고 적들의 시체 상자 앞에서 춤을 추며 승리의 기분을 만끽할 것이다. 하지만 그보다는 타인이 쏜 총에 맞고 먼저 쓰러져버리는 일이, 죽어버리는 일이, 패배해버리는 일이 훨씬 더 많다. 때로는 경기 지역 안으로 들어가지도 못하고 밖에서 죽어버린다. 그게 상욱을 초조하게 한다. 주식을 살 때 가장 설득력이 있었던 말도 그것이었다. 지금 들어가야 된다니까. 남들은 다 들어가 있어. 들어가야 한다, 들어가야 한다. 상욱은 살아서 들어가고 싶다는 마음으로 전력 질주한다.

반려빛

"너는 강아지나 고양이 중 한 마리만 키워야 한다면 어느쪽이야?"

"둘 다 별로. 난 동물 안 좋아하잖아."

마트의 반려동물 용품 코너 앞을 지나며 선주가 물었을 때 정현은 망설임 없이 그렇게 대답했다. 그 말에 선주는 입을 떡 벌리고 정현을 돌아보았다. 어떻게 인간 된 자로서 개나 고양이를 싫어할 수 있단 말인가! 하고 바라보는 얼굴이었지만 곧 그 이유를 알았다는 듯 고개를 끄덕이며 물었다.

"너 알레르기 있었지?"

정현은 차라리 심한 알레르기라도 있었으면 했다.

"집에 털 날리는 것도 싫고, 내 한몸 건사하기도 힘든데 먹여주고 씻겨줘야 하는 것도 벅차고……"

개나 고양이가 아프기라도 하면 돈도 엄청 든다는 말은 속으로 삼켰다. 어쩌면 그게 가장 큰 이유인지도 몰랐지만 돈 얘기를 너무 많이 한다고 선주에게 잔소리를 들은 적이 있기 때문이었다. 그건 맞는 말이어서 반박을 할 수 없었다.

정현은 거의 매 순간 돈에 대해 생각했다. 아침에 알람을 끄며 십 분 더 자고 택시를 타고 출근할까 생각하는 순간부터, 점심 메뉴를 고를 때나 퇴근 후 마트에 들러 오렌지를 살까 고민하는 순간까지. 유튜브 중간 광고를 강제로 보며 프리미엄 구독을 할까 싶은 때에도. 정현은 순간순간 나가야 할 돈과 들어올 돈에 대해 생각했다. 아주 많은 돈을 바라는 건 아니었다. 그저 맘 편히 레드콤보 한 마리를 시켜 먹을 수 있는 정도면 됐다. 물론 치킨을 먹으며 볼 왓챠를 정기 구독할 돈도 있어야 했다. 소파도 좀 편한 게 있으면 좋긴 하겠지. 그러려면 소파가 들어갈 만큼은 넓은 집도 있어야 하고. 거기에 집이 자가면 더 바랄 게 없을 것이다.

"그럼 넌 결혼도 안 하고 개나 고양이도 안 키우면 무슨 낙으로 살아?"

"낙 없이 사는 사람도 있어……"

그 말을 듣고 선주가 정현의 등짝을 가볍게 찰싹 쳤다.

"아니, 무슨 정신 나간 소리야? 낙이 있어야 살지. 그리고 인간은 혼자 못 살아. 반려자가, 하물며 반려동물이라도 있어야 해. 서로 보듬어주고 보살펴줄 그런 존재가! 죽고 싶다 생각했다가도 내가 저거 때문에 못 죽지 그런 생각이 들게 해주는 거. 우리 연어 사서 반씩 나눌까?"

정현은 연어도 싫었다. 그 기름지고 물컹거리는 살을 씹을 때면 욕지기가 솟았다. 선주에게도 몇 번이나 말했는데 선주는 기억을 못했다. 중학교 때부터 벌써 이십 년째 알고 지냈지만 선주와 가까워진 건 둘 다 고향을 떠나 상경해 같은 동네에 살면서부터였다.

선주의 말대로 정현은 반려자도 반려동물도 없었지만 자신이 완전히 혼자라고 생각해본 적은 별로 없었다. 자신에게는 아직 사이가 틀어지지 않은 친언니와 부모가 있었다. 선주 같은 동네 친구 말고도 종종 카톡을 주고받는 친구도 있었고, 자주는 아니어도 두세 달에 한두 번씩 만나는 친구들도 있었다. 물론 선주의 말이 어떤 뜻인지 모르지는 않았다. 선주는 그보다 훨씬 더 친밀한 사이가 필요하다고 말하는 것일 테니까. 연어를 싫어한다는 것쯤은 까먹지 않을 사람. 자신의 치부도 다 내보일 수 있는 그런 사이. 서로에게 영순위가 될 수 있는 존재. 그야말로 인생의 동반자 같은 것. 정현이 마지막으로 연애를 한 것도 벌써 이 년 전이었다.

긴 연애의 끝에 정현에겐 빚이 남았다. 일억 육천 정도……

여자친구 서일과 동거할 집을 구할 때 정현의 이름으로 빌린 전세 자금 대출금 팔천을 포함한 금액이었다. 정현은 여전히 그 집에서 살고 있었다. 전세 대출금은 저금리의 이자만 내고 있으니 별로 부담이 되지 않는다고 여겨졌고 대출 잔액을 헤아릴 때 아예 포함시키지 않기도 했다. 서일 때문에 생긴 빚의 월 상환액이 부담이었다. 만기 일시 상환으로 이자만 내고 있던 대출금의 만기일이 돌아왔을 때는 원금을 갚을 형편이 안 돼 대출 기간을 연장해야 했는데, 갱신이 되지 않을까봐 조마조마했다. 서일이 반년 안에 돌려주겠다고 말하고 빌려간 돈이었다. 그게 벌써 삼 년 전이었다. 조금만 더, 몇 달만 더, 하다가 지금까지 왔고 서일이 떠나고 연락이 끊긴 다음에도 빚은 정현의 곁에 남았다.

정현은 다 때려치우고 싶다거나 죽고 싶다가도 그래도 저건 다 갚고 죽어야지……라는 생각을 했다. 죽으면 어차피 다 끝인데 그걸 왜 군이 다 갚으려는 건지 스스로가 이해 안 되기도 했지만 그래도 정현은 빚진 것 없이 깨끗하게 죽고 싶었다. 자신의 부채를 언니나 부모에게 떠넘기고 싶지도 않았다. 만약 그런 일이 벌어진다 해도 상속 포기를 하면 그만이겠지만 아무것도 모르는 가족들이 자신의 속사정을 낱낱이 알게 되는 것이 싫었다. 저거 어디 가서 사람 구실은 하고 살려나, 늘 걱정하는 가족들에게 변변한 사람으로 보이고 싶어서 그동안 갖은 노력을 다 했는데 빚이 일억 육천이나 있다는 사실을 들켜서는 안 됐다. 다른 가족들보다 장수를 하든가 빚을 다 갚든가 둘 중 하나는 해야만 했다. 하지만 한국에서 태어난 죄로 과로하며 살고 있으니 장수는 이미 물건너간 것 같고 살아 있는 동안 빚을 다 갚는 수밖에 없었다.

빚이야말로 정현이 잘 돌보고 보살펴 임종에 이르는 순간까지 지켜봐야 할 그 무엇이었다. 빚 역시 앞으로 수년간은 정현의 옆자리를 떠나지 않을 것이고, 정현이 죽었나 살았나 그 누구보다도 두 눈 부릅뜨고 계속 지켜볼 것이다. 빚이야말로 정현의 반려였다.

"나는 그런 거 없어. 그리고 난 연어 안 좋아해."

정현은 선주의 말에 그렇게 대답하면서도 계속 빚을 떠올렸다. 연어를 좋아하지 않아서 다행이라고도 생각했다. 좋아했다면 당연히 사고 싶어졌을 텐데 그러면 동시에 자신의 통장 잔고를 헤아리지 않을 수 없었을 테니까.

*

그날 밤 꿈에서 정현은 반려빚과 함께 산책을 나갔다. 목줄을 한 쪽이 정현이고 목줄을 쥔 쪽이 반려빚이었다는 점이 좀 다르긴 했지만 개와 산책하는 것도 이와 비슷하리라 생각했다. 정현은 집으로 돌아가는 길에 목이 말라 시원한 아이스 아메리카노를 마시고 싶어져 반려빚에게 넌지시 말을 건넸다. 카페에 잠깐 들를까? 반려빚은 정현이 꽤 가엾다는 듯이, 그러나 목줄을 쥔 자로서 단호해야만 한다는 듯이 줄을 잡아당기며 말했다. 집에 커피믹스 있잖아. 정현은 카페 쪽으로 향하는 발걸음을 쉽사리 포기하지 못하고 꽤 오래 낑낑거렸지만 별도리가 없었다. 정현은 낑낑대다 잠에서 깼고 깬 뒤에도 꿈속에서의 기분이 그대로 남아 좀 찝찝했다. 온몸이 뜨겁고 얼굴도 화끈거려 전기장판의 전원을 껐다. 꿈인데. 꿈에서만이라도 좀 맘대로 먹게 해주지.

왜 원하는 걸 주장하지도 못했을까. 정현은 돈 앞에서는 한없이 작아지고 말았다. 어떤 때는 그런 마음이 정현을 완전히 사로잡았다. 한없이 작아지고 싶다는 마음이…… 부피도 질량도 거의 없다시피 한 아주 작은 존재가 되고 싶다는 마음이…… 반려빚의 가장 아름다운 형태 역시 점점 작아지다가 완전히 사라지고 마는 것이듯 정현은 자신도 크게 다를 게 없다고 생각했다.

*

"차용증은 왜 안 썼어?"

선주가 오늘이 만료일인 쿠폰을 써야겠다며 스타벅스로 정현을 부른 날이었다. 어쩌다 서일에 관한 이야기가 화제에 올랐는지는 알 수 없었다. 정현은 생크림 카스텔라를 아주 오래 씹으며 입안에 음식이 있어서 대답하지 못하는 척을 했다. 정현이 요새 동네 카페 케이크들은 왜 이렇게 비싸냐는 얘기를 한참이나 떠들어댔기 때문인지도 몰랐다. 돈 얘기는 늘 서일에 관한 이야기를 불러왔다.

정현은 선주에게 모든 이야기를 털어놓았던 것을 후회했다. 선주의 원룸에서 같이 술을 마시다가 언제나처럼 주량을 조절하지 못해 마구 퍼마시고는 결국 완전히 취해버려서 신세한탄을 했던 것이다. 선주의 엄마는 정현의 엄마와 친분이 있었고 그래서 혹시라도 이야기가 새어 들어갈까 걱정이 되기도 했지만 선주는 입이 무거운 편이었다.

차용증을 썼다면 뭔가 달라졌을까? 그때 정현은 서일을 백 퍼센트 신뢰하고 있었기 때문에 그런 걸 쓸 생각도 하지 않았다. 자신이 얼마만큼 믿고 있는지를 서일에게 보여주고 싶었던 것 같기도 했다. 우리 사이에 이런 건 필요 없어.

"아직도 연락 없지?"

정현은 고개만 끄덕였다.

"하여튼 걔는 돈에 미친 애야."

아니야, 그냥 돈이 필요했던 것뿐이야. 좀 많이…… 정현의 머릿속에 반사적으로 서일을 변호할 말이 떠올랐다. 사실 서일도 잘못한 건 없었다. 서일은 전세 사기의 피해자였다. 정현과 동거를 하기 위해 서일이 살던 원룸을 빼려고 했을 때 집주인이 전세 보증금을 돌려줄 돈이 없다고 했다. 알고 보니 집주인은 이미 상당한 빚이 있었고 세금 체납액도 한두 푼이 아니었다. 그 전세 보증금은 고등학교를 졸업하자마자 취업한 서일이 이십대 내내 벌어 마련한 돈이었다. 주말도 없이 일해서 돈을 모은 서일은 탈출하듯 집에서 독립했고, 보증금을 높여가며 반지하 원룸에서 지상 원룸으로 올라왔다. 서일은 정현과 동거하기로 결심한 후 자신의 전세 보증금으로는 가계약을 해둔 네일숍의 잔금을 치르려던 상황이었다. 서일은 그저 돈이 필요했다. 원래 자신의 몫인 그 돈이 있기만 하면 됐다. 집주인은 법대로 합시다, 라는 말만 반복했고 법대로⋯⋯ 하자니 서일이 보상받을 수 있는 돈은 원금의 반의반도 안 됐다.

정현은 자신이 줄 수 있는 최대치를 서일에게 주고 싶었다. 그 당시에는 줄 수 있는 게 있어서 천만다행이라고 생각했다. 자신의 부채마저도 줄 수 있는 것이라고 착각했던 게 문제라면 문제였겠지만.

"너 지금 속으로 걔 편들었지?"

정현은 아무 말도 못했다.

"너야말로 진짜 미친년이야. 정신 좀 차려. 걘 결혼도 해서 잘 산다며."

정신을…… 차리자. 정현이 자신에게 가장 자주 되뇌는 말이었다. 하지만 좀처럼…… 정신이…… 차려지지가 않았다.

사귀는 동안 정현은 서일에게 자주 부채감을 느꼈다. 왜 빚진 마음이 드는지, 왜 미안하다는 말을 입에 달고 사는지 알 수 없었다. 늘 자신이 훨씬 더 부족한 것만 같아서 서일의 기분이 어떤지를 자주 살폈다. 자신이 아무런 잘못을 하지 않았을 때도, 서일이 영 다른 일로 기분이 저조할 때에도 정현은 서일에게 미안했다. 자신이 부족해서 서일을 만족시키지 못하는 것만 같았다. 그걸 만회하고 싶어서 더 무리를 했는지도 몰랐다. 정현은 제1금융권을 돌며 빌릴 수 있는 만큼 돈을 빌렸고 몽땅 서일의 계좌로 이체했다. 당시 무직 상태나 다름없었던 서일은 대출받을 수 있는 상황이 아니었다. 서일은 당연히 고마워했지만 그런데 이게 은행에서 빌릴 수 있는 전부냐고 조심스레 물었다. 정현의 연봉이나 신용으로는 그게 전부였다. 제2금융권이나 캐피털로 간다면 사정이 다르겠지만 그렇게 많이 빌리면 제대로 상환할 수 있을 리가 없었다. 서일은 곧 갚겠다고, 반년 내에는 대출을 받아 돌려주겠다고 말했다. 정현은 서일의 빚이나 자신의 빚이나 함께 갚아나가야 할 돈이라고 생각했으므로 어찌하든 상관없었다.

정현은 서일과 헤어진 이유가 돈 문제 때문만은 아니라고 생각했다. 하지만 제법 중요한 요소였던 것은 분명했다. 동거를 하면 안정적인 생활을 할 수 있을 거라 여겼는데 시간이 지날수록 둘 사이는 삐거덕거리기만 했다. 네일숍이 생각만큼 잘되지 않아서 서일은 월세를 내기도 벅찼고 갈수록 더 많은 돈을 필요로 했다. 사랑 같은 건 필요하지 않았을지도 모른다. 서일은 자신에게 필요한 것을 찾아서 떠났는지도 모른다. 헤어질 때 서일은 자신이 빌린 돈에 대해서는 조금만 기다려달라고 말했다. 때문에 두 사람은 헤어진 뒤에도 종종 연락했다. 서일은 조금씩 돈을 갚았고 그때마다 얼마를 보냈다고 알려왔다. 하지만 언제부턴가 먼저 연락해오는 일이 뜸해졌고 정현의 연락도 피하기 시작했다. 얼마 지나자 전화번호도 바꾸어버렸다.

연락이 끊긴 이유를 가장 비참한 방법으로 알게 되었을 때 정현은 절망했다. 머리끝까지 화가 치밀었고 자기가 무얼 잘못했나 자책했으며 이제 앞으로 사람을 어떻게 믿나…… 하고도 생각했다. 앞으로는 사람을 쉽게 믿을 수 없을 것만 같았다. 하지만 시간이 흐르면서 정현은 자신에게 그런 선택지가 남아 있지 않다는 것을 깨달았다. 정현이 누군가를 믿고 안 믿고는 정현이 향후 만들어갈 관계에서 전혀 문젯거리가 아니었다. 정현이야말로 그 누구보다도 신뢰 못할 인간이었다. 정현은 자신의 신용 점수가 또래보다 한참이나 낮다는 조회 결과를 자주 들여다봤다. 열심히 빚을 갚아왔고 딱 한 번 연체했을 뿐인데도 여러 군데서 빌릴 수 있는 만큼 최대한 빌린 탓인지 신용 점수는 쉽게 높아지지 않았다. 이 경제적인 신용도가 자신에 대해서 아주 많은 것을 설명해주는 것 같았다. 빚이 일억 육천 있는 사람과 만날 수 있어? 그중에 반은 전세 대출금이긴 한데. 누군가 자신에게 그렇게 물었어도 부담스럽다고 생각했을 것이다.

한때 정현에게 서일은 신용 점수가 만점인 사람이었다. 정현은 자신이 매긴 그 점수에 확신이 있었다. 여생을 함께할 마음까지도 먹었던 사람이니 당연했다.

"혹시라도 연락 오면 나한테 꼭 말해. 내가 같이 가서 일원 단위까지 탈탈 털어서 받아줄 테니까. 넌 왜 서일이를 못 잊어? 너 이렇게 망하게 한 사람인데."

"나 망했어?"

"너 걔 땜에 빚만 일억 넘는다며."

정현은 고개를 끄덕였다. 가끔은 있는 힘 없는 힘 쥐어짜내서 모든 걸 돌파해보려다가도 그런 말에 기가 죽었다. 나 망한 거구나.

"그니까 힘들면 혼자 울지 말고 나한테 말해. 내가 밥도 사주고 술도 사주고 할 테니까."

정현은 또 고개를 끄덕였다. 말만 들어도 고마웠다.

　서일에게서 연락이 온 것은 여전히 빚이 많이 많이 남아 있을 때였다. 모르는 번호로 걸려온 전화를 받은 정현은 상대가 "나야, 잘 지내?"라고 말하는 것을 듣고는 멍해져 입을 아 벌렸을 뿐 아무 말도 못했다. 숨이 점점 거칠어졌고 마스크를 쓰고 있었던 탓에 안경엔 김이 서렸다. 서일은 오랫동안 혼자 주절거렸다. 날씨가 너무 춥다느니 폰을 바꾸며 번호가 다 날아갔는데 정현의 번호는 딱 기억이 났다느니…… 그리고 마침내 이렇게 말했다.

　"너 돈 필요하지?"

　정현은 머릿속으로는 '미친년……' 하고 생각했지만 혹시라도 돈을 전부 다 갚으려는 건가 싶어 순순히 그렇다고 대답했다.

　"그럼 내 부탁 하나만 좀 들어줘."

　"네가, 양심이 있으면 나한테 사과부터 해야 되는 거 아냐?"

　정현은 그뒤로도 계속 소리를 지르다가 자신이 시내버스에 앉아 있다는 것을 가까스로 떠올리고 목소리를 줄였다. 정현은 공공장소에서 크게 소리를 질러대며 싸우느라 자신의 속사정을 동네방네 소문내버리는 사람들을 도무지 이해하지 못했었다. 하지만 그건 그저 자신이 여태껏 살면서 그만큼 화가 난 적이 없었기 때문일 뿐이었다는 걸 정현은 그때 깨달았다. 서일은 만나서 이야기하자고 했다. 정현은 서일과 만나는 게 왠지 내키지 않았지만 계속 이렇게 전화로 화를 내고 있을 수만도 없었고 어떤 식으로라도 결판을 내고 싶어 그러자고 했다. 한참 고민하다가 선주에게 서일을 만나러 갈 거라는 사실을 알렸다. 장소와 날짜까지는 말하지 않았다.

집 근처 스타벅스에서 서일을 마주하고 나서야 정현은 만남이 내키지 않았던 이유를 깨달았다. 자신이 좋아했던 모습 그대로 나타난 서일을 봤을 때 정현은 선주의 말대로 자신이야말로 미친년이라고 생각했다. 다시 서일과 함께 집으로 돌아가고 싶어졌으니까. 그냥 호구 잡힌 채로, 목줄 매인 채로 살고 싶어졌으니까.

"요즘은 뭐하고 지내? 별일 없어?"

"일하지…… 일하고 빚 갚고……"

만났을 때 머리채를 잡고 싶어지면 어떡하나 고민했었는데 별반 달라지지 않은 서일의 얼굴을 보니 어쩐지 좀 안심이 되기도 해서 정현은 꼬리를 내리고 편히 속내를 털어놓았다.

"용케 아직 회사를 다니고 있어. 다 네가 빚을 잔뜩 만들어 준 덕분이지 뭐야."

그 말에 서일은 아무런 걱정이 없는 사람처럼 태평하게 웃었다. 가끔 정현은 서일이 아주 나쁜 길로 빠졌을지도 모른다고 생각했다. 큰돈을 한 번에 만질 수 있는 범죄의 길로 갔을지도 모른다고. 남을 등쳐먹고 사는 사람들이 넘쳐나는 대한민국에서 맘만 먹으면 아주 손쉽게 그런 부류의 인간이 될 수 있을 것이었다.

"내가 당장은 다 못 갚아."

"얼마나 더 기다려야 돼?"

"조금만 더 기다려주면 안 될까?"

"얼마나 더? 하도 오래돼서 요샌 빚이 내 반려자 같고 그래."

정현의 말에 서일은 정색을 했다.

"넌 진짜 뭘 아껴본 적이 없구나. 어떻게 반려자랑 빚을 비교해? 그건 반려라는 단어한테 모욕이야."

돈 얘기를 더는 하고 싶지 않아서 말을 돌리려고 하는 소리인지도 몰랐다. 여하튼 정현에겐 그 말이 더 모욕적이었다. 정현은 자신이 할 수 있는 한 열과 성을 다해서 서일을 아꼈다. 서일은 그걸 몰랐을까? 다시 서일에게 방어적인 마음이 됐다.

"당장 돈을 갚을 생각도 없는 것 같고, 그럼 왜 보자고 한 거야?"

"아직 거기 살지? 나 너희 집에서 좀 지낼게. 월세는 낼게."

정현은 고개를 숙이며 머리를 감싸쥐었다. 그런 부탁이라면

들어줄 수 있는 일이라는 생각부터 든 자신이 이해가 가지 않았다. 왜 부탁을 들어주고 싶은 걸까? 어쩌면…… 제대로 되는 일이 하나도 없기 때문인지도 몰랐다. 할 수 없는 것만 가득한 날들 속에서…… 할 수 있어!를 발견했기 때문에……

"나한테 왜 이러는 거야? 왜 나야?"

"너는 나를 이해해주잖아."

정현은 서일을 좋아했다. 그뿐이었다. 이해할 수 없는 점들이 훨씬 많았다. 그런데도 좋아하니까 그냥 받아들였던 것뿐이었다.

"누가 그래? 나 너 이해 못해. 그냥 내가 만만해서 이러는 거지? 누울 자리 보고 다리 뻗는댔으니까."

미친년이…… 낯짝도 두꺼워가지고…… 또 나타나서…… 미안하다는 말도 없이…… 다시 또 나를 벗겨먹겠다는…… 그런 뻔뻔한 말을…… 잘도 내뱉네…… 정현은 고개를 숙이고 머리를 감싸쥔 채 그런 생각들을 두서없이 했다. 또 넘어가면 안 된다는 결론도 내렸다. 그런데 한편으로는 서일이 돌아오기만 한다면 서일에게 간이고 쓸개고 다 빼주고 싶다는 그런 정신 나간 마음이 들어서 다시 멀쩡한 생각이 돌아올 때까지 한참이나 고개를 숙이고 있어야만 했다.

정현은 연애 상담을 해주는 예능 프로그램에서 아무리 봐도 구제불능인 애인과 헤어질까 말까를 고민하며 보내온 사연을 볼 때면 도대체 저걸 왜 고민하고 앉았냐고 당장 헤어져야지 이 덜떨어진 인간아! 하고 욕을 퍼부었었는데 막상 자신에게 문제가 닥치자 그런 합리적인 판단을 신속하게 내릴 수가 없었다. 합리적인 셈법으로는 도무지 취합되지 않는 자료들이 정현의 마음에는 많이 남아 있었다. 그 자료들은 정현이 단호한 결정을 내리려 할 때마다 정현이 계산해놓은 결괏값들을 죄 뒤섞어놓았다.

"근데 나는 어떻게 지내는지 안 물어봐?"

서일의 말에 정현은 고개를 숙인 채로 웅얼거리며 물었다.

"어떻게 지내는데?"

정현이 물은 뒤로도 한참이나 대답이 없어서 정현은 고개를 들었다. 서일은 정현과 눈을 마주치고는 잠시 망설이더니 말했다.

"나, 이혼했어. 위자료도 많이 받았어."

그러고는 씩 웃어 보였다. 굉장하다. 그 미소를 보자 정현의 머릿속에 그런 문장이 나타났다. 굉장해. 어쩌면 이런 뻔뻔함을 좋아했는지도 몰라. 저 뻔뻔하고 철이 하나도 안 든 애 같은 미소를. 도톰하고 붉은 입술 너머의 반듯하고 흰 치아를.

"그럼 나한테 돈부터 갚아."

"그게 당장 통장에 꽂힌 건 아니라서 말이야. 그니까 조금만 기다려줘."

그러고는 그동안만 자기를 집에서 지내게 해달라는 거였다.

"서일아, 내가 너를…… 어떻게 믿어? 너는 나한테 한 약속도 안 지키고 연락을 끊었었는데 내가 너를 또 어떻게 믿어?"

"그건 사정이 좀 있었어. 정현아, 나 못 믿어? 좀만 기다리면 돈도 다 갚는다니까. 조금만 기다려줘. 아니면 내가 매달 조금씩이라도……"

"씨발, 어떻게 믿냐고."

정현은 서일을 믿고 싶었다. 마지막이라 생각하고 한번 더. 하지만 문제는 정현 자신이 믿을 만한 사람이 못 된다는 점이었다. 그간 자신이 선택했던 것들이 자신을 배반한 역사가 너무 길고 깊었다. 그동안 조금이라도 뭔가를 배웠다면 자신은 더는 누구도 믿어서는 안 됐다. 특히 서일을. 그러니까 자신이 내리는 판단을, 그 근거가 될 만한 자신의 감정과 기분을 신뢰해서는 안 됐다. 정현은 서일을 너무나 믿고 싶어서 도저히 그럴 수가 없었다.

"서일아, 나는 너 못 믿어."

*

어느 달엔가 정현은 내야 할 카드값이 십삼만원 정도 부족했다. 사장이 직원들을 불러놓고 미안하다며 월급이 한 달 늦어지겠다고 고지한 달이었다. 그 말에 정현은 가슴이 철렁 내려앉았다. 퇴근하자마자 이직할 만한 곳을 찾아보았다. 여기저기 이력서를 넣었지만 당장 취직을 하기는 쉽지 않을 테니 한 달의 구멍이 생기는 건 어쩔 수가 없었다. 가지고 있던 현금을 아무리 긁어모아도 십삼만원이 부족했다. 누군가에게 이 십만원쯤은 빌릴 수도 있었다. 정현도 회사 동료에게 십만원을 빌려준 적이 있었다. 그때 그 동료에게 부탁할 수도 있었다. 하지만 그도 월급을 받지 못할 테니 사정이 어떨지 알 수 없었다. 아니면 선주에게 부탁을 해도 됐다. 선주가 아니더라도 정현을 가엽게 여기는 친구들이 몇몇 있었다. 어쩌면 그 때문에…… 자신을 가엽게 보는 시선을 견디는 게 너무 수치스러워서 부탁하지 못하는지도 몰랐다. 가족들에게 손을 벌릴 수도 없었다. 아들 둘을 키우며 아파트 대출금을 갚는 언니는 늘 돈 나갈 데가 많아 종종 정현에게 돈을 빌릴 수 없을지 묻곤 했으니까. 부모에게는 자칫 잘못하면 채무 상황을 전부 들킬지도 모른다는 생각에 말을 꺼내기가 꺼려졌다. 그러느라 더 일을 키우게 됐는지도 몰랐다. 호미로 막을 걸 가래로 막는다고 했나. 누구에게도 도무지 말할 수가 없어서, 부탁을 해볼까 싶다가도 뭐라 운을 떼야 좋을지를 알 수 없어서 정현은 집에 있는 물건 중 돈 될 만한 것이 없나 뒤져보았다. 뭐든 팔아서 십삼만원을 마련해야 했다. 책이라도 팔려고 했는데 정현이 가진 거의 모든 책은 중고 서점에서도 취급하지 않는다고 했다. 정현은 자신이 좋아했던 것들은 죄다 이렇게 똥값이 된다는 사실을 받아들였다.

결국 팔 만한 것이라곤 애플워치와 만년필뿐이었다. 둘 다 서일이 사준 거였다. 정현이 지나가는 말로 갖고 싶다고 한 것을 기억하고 선물로 주었다. 그런데 막상 잘 사용하지는 않았다. 살면서 손목시계를 차고 지낸 적이 한 번도 없는 정현에게 애플워치는 영 걸리적거리기만 했고 만년필은 오래 쓰지 않자 잉크가 말라 굳어버렸다. 헤어지고 나서도 어쩌지 못하고 보관해두었다. 어쩌면 이렇게 써먹으려고 그랬는지도 몰랐다. 벌써 연체한 지 사 일째였고 하루만 더 늦으면 다른 카드회사와 은행에 연체 이력이 공유될 것이고 그러면 신용 점수가 하락할 것이고 신용카드 사용에 제한이 생기거나 완전히 정지될 수도 있을 것이고……

만약 신용불량자가 되면 어떤 일이 생기는 것일까. 정현은 크게 나쁜 짓을 저질러본 적이 없었기 때문에 그런 상상만 해도 뒷골이 당겼다. 정현이 한 나쁜 짓이라고는 고등학교 때 학교에 가기 싫어서 일주일 정도 무단결석을 한 것뿐이었다. 성인이 된 뒤로는 아무것도 잘못하지 않았다. 길바닥에 담배꽁초 하나 버리지 않았다.

"진짜 거의 새거네요. 왜 파시는 거예요?"

지하철역에서 만나 애플워치를 받아든 구매자는 어딘가 숨겨진 하자가 없는지 요모조모 따지며 그렇게 물었다. 정현은 농담처럼 웃으며 대꾸했다.

　"이번달 카드값이 모자라서요."

　구매자도 정현을 따라 헛웃음을 웃고는 더는 묻지 않고 정현의 계좌로 이십만원을 이체해주었다.

　집으로 돌아가는 길에 정현은 집 근처 마트에 들렀다. 사과가 먹고 싶어서 한참 고민했지만 결국 사지 않았다. 반려빚은 꿈에 한번 나타난 이후로 종종 정현의 머릿속에 등장해 정현이 돈을 쓰려고 할 때마다 시비를 걸었다. 정현은 진라면 한 묶음과 계란 한 판, 양파 한 망을 사 들고 집으로 돌아가면서 어디서부터 잘못된 것인지를 생각했다.

*

　"생각해보면 너는 언제나 날 믿어줬는데, 그치? 그 많은 돈도 턱턱 빌려주고. 다 내 탓인 것만 같아. 우리가 이렇게 된 것도."

　정현은 저도 모르게 천천히 고개를 끄덕였다. 맞아, 네 탓이야. 전부 다 네 탓이야. 서일과 헤어지기 전부터 헤어지는 순간까지, 그리고 헤어지고 난 후로도 정현은 자주 서일을 탓했다. 그래야 좀 참고 견딜 만해졌다.

"너 때문에 내 인생은 다 망했어. 나는 이제 사람도 잘 못 믿고 의심부터 해. 뒤통수치고 도망가지 않을까 하고."

돈은 어떻게든 갚을 수 있을 거라고 애써 믿었다. 착실히 회사를 다니고 주말에는 배달 알바도 하면서 어떻게든, 얼마가 걸리든 갚을 수 있을 거라고 믿어야만 했다. 약속대로 서일이 갚아줄 거라는 기대도 완전히 버리진 못하고 있었다. 그런 걸 기대하지 않으면 살아갈 수가 없었다. 문제는 자신의 세계가 변해버렸다는 것이었다. 전의 세상은 친구가 될 수 있을 사람들로 넘쳐났는데 이제는 도통 못 믿을 사람들로 가득해졌다. 정현은 자신의 세계관이 완전히 뒤바뀌어버렸다고 생각했다. 더 잘된 것일까? 이제 더는 뒤통수를 맞진 않을 테니까.

"나는 네가 망하지는 않았으면 좋겠어."

"이미 다 망했다니까 뭔 소리야."

"아니야. 너 하나도 안 망했어."

정현은 자신의 세계가 어떻게 바뀌어버렸는지를 이야기했다. 이제 아무도 믿지 못한다고. 말을 할수록 정현의 목소리가 점점 높아져 옆 테이블에 앉아 있던 중년 여자가 힐끔힐끔 쳐다보았다. 어느 순간 그녀와 눈이 마주치고서야 정현은 흥분을 가라앉히려 애썼다. 누군가 자기를 알아볼까봐 떨렸다. 이런 망한 이야기를 나누고 있는 걸 사람들이 몰랐으면 했다. 아주 멍청한 일을 저질러버린 것만 같아서 자신의 멍청함을 들키고 싶지 않았다. 누가 그래, 네 잘못도 아닌데. 그런 건 여기저기 소문을 많이 낼수록 빨리 해결되는 거야. 선주라면 그렇게 얘기했을 것이다. 하지만 정현이 보기에 이 일을 해결할 수 있는 사람도 제도도 없었다. 그래도 모든 걸 다 말하고 나니 속이 후련했다. 정현은 자신이 망했다는 이야기를 이렇게 맘 편히 털어놓을 사람이 서일뿐이라는 점에 조금 서글퍼졌다. 서일은 자신이 겪는 모든 일에 책임이 있었고 그래서 그 모든 일을 이해해주는 것만 같았다.

사는 건 정말 쉽지 않아. 뜻대로 되는 게 하나도 없거든. 그냥 콱 죽어버릴까. 그게 가장 빠른 해결 방법 아닐까? 하지만 누구 좋으라고…… 씨발 누구 좋으라고 내가 죽어…… 정현은 그런 말도 했고, 내가 좋지 않을까? 지금 가장 힘든 건 나니까 내가 죽으면 내가 가장 좋지 않을까? 그런 말도 했다. 일도 사랑도 인간관계도 뭣도 제대로 되는 게 하나도 없고, 너는 왜 날 떠났어? 빚은 갚아도 갚아도 줄어든 티도 안 나고 사는 낙도 하나 없는데 그냥 콱…… 술에 취한 사람처럼 거의 울 것 같은 목소리로 주절거리는 정현의 말을 멈추려는 듯 서일이 정현의 손을 끌어당겨 꼭 붙들고는 말했다.

"너 잘할 수 있을 거야. 나도 돈 빨리 갚도록 할게."

"내가 잘할 수 있을 거라고?"

"그래, 넌 좋은 사람이니까."

"내가 좋은 사람이야?"

"넌 날 못 믿는댔지만, 난 너 믿어."

"믿는다고?"

"응, 믿어."

정현에겐 그 말이 꽤 달콤하게 들렸다. 오랜만에 다시 맞잡은 서일의 손도 너무 부드럽고 따뜻했다. 이토록 변변찮은 자신을 믿는다는 서일의 말을, 정현도 믿고 싶었다. 돌고 돌아 마침내 귀의해야 할 종교를 만난 것처럼 정현은 다시 서일을 믿었다. 그 사실이 감격스러워 눈물이 왈칵 쏟아질 것만 같았다. 갑자기 나타난 선주가 서일의 머리채를 잡지만 않았다면 정현은 서일이 다시 자신의 집으로, 정확히 말하자면 전셋집으로 돌아오는 것을 허락했을 것이다.

*

정현이 빚을 다 갚는 그런 날이…… 오기는 했다. 갑자기 통장으로 제법 큰돈이 입금되었고 보낸 사람은 서일이었다. 아무래도 위자료를 다 받은 것이려니 했다. 그렇다고는 해도 이자는 제대로 계산하지 않은 금액이어서 여전히 정현의 손해가 컸다. 서일의 결혼생활은 그리 길지 않았기에, 그 많은 돈이 다 위자료라면 남편의 귀책사유가 정말 큰 모양이라고 정현은 생각했다. 혹시 위자료가 아닌 걸까. 물어볼 걸 그랬나. 왜 이혼을 했는지, 무슨 일이 있었던 건지 늦게라도 물어볼까. 정현은 혹시나 하고 기다렸지만 서일에게서는 따로 연락이 없었다. 서일에게는 무슨 일이 있었을까. 무슨 일이 일어나고 있으며 또 일어나게 될까. 정현은 종종 서일을 염려했지만 한 번도 진심으로 안부를 묻지는 않았다. 그런 건 더는 궁금하지 않았으니까.

초여름이었다. 더위가 무척 빨리 찾아와 가만히 있어도 땀이 줄줄 흘렀다. 정현은 그동안 모은 돈으로 서일이 남기고 간 빚을 다 갚기로 결심했다. 생활비는 신용카드로 해결할 생각이었다. 그렇게 계속 다음달에 빚을 지게 될지도 몰랐지만⋯⋯ 당장은 좀 홀가분한 기분을 느끼고 싶었다. 정현은 사무실에서 슬그머니 빠져나와 비상계단으로 갔다. 반 층 내려가 창턱에 기대섰다. 근처의 초등학교 운동장이 내려다보이는 자리였다. 창은 오래 닦지 않아 뿌옇지만 운동장에 열을 맞춰 서 있는 아이들의 모습은 잘 보였다. 이 더운 날에 뭘 하고 있는 것일까. 에어컨 바람을 쐬지 않으니 금방 온몸이 끈적해지기 시작했다. 정현은 손부채를 부치며 상담원에게 전화를 걸었다. 대출 해지하려고요. 잠깐 본인 확인 절차를 거친 다음 상담원이 다시 상냥하게 물었다. 잔액을 모두 상환하신다는 말씀이시죠? 네네. 기존 이체 통장에 잔액 충분한 건 확인하셨고요? 네네. 금일 기준 이자와 중도 상환 수수료 포함해서……네네.

전화를 끊고 얼마 지나지 않아 대출이 해지되었다는 문자가 왔다. 빚을 다 갚고 나자 그제야 사람이 된 것 같았다. 쑥과 마늘만 먹고 삼칠일을 버텨낸 곰처럼 정현도 욕망을 최소화한 채 수십 개월을 버텨냈다. 그리고 마침내 사람으로…… 아니, 그렇게 생각하지는 않았다. 정현은 자신이 쑥이라고 생각했다. 아니면 마늘이라고. 먹으면 사람이 되게 해준다고 소문이 나서 다들 잘근잘근 씹어 먹으려고 손을 뻗치는.

여전히 전세 대출금이 남아 있긴 했지만 그건 진짜 반려처럼 잘 데리고 살아야 했다. 정현은 서일 때문에 진 빚을 다 갚은 그날의 날짜와 그 순간 우연히 보게 된 숫자들을 행운의 수로 삼아 그 번호들로 로또를 사기로 마음먹었다. 무엇보다도 돈과 숫자에 사로잡혀 있던 때였으므로 그런 쪽으로밖에 머리가 돌아가지 않았다. 저녁 일곱시에 회사를 나온 정현은 가장 가기 편한 복권방을 떠올렸다. 집 근처 마트 옆에 있는 곳이었다. 그러다 생각을 고치고 집에서 한 정거장 떨어진 곳으로 가기로 했다. 1등이 무려 열 번이나 나온 명당이었다. 운동도 할 겸 집에 갈 때는 한 정거장 걷기로 하고 그곳으로 가자 퇴근을 하고 온 직장인인 듯한 사람들이 이미 줄을 서 있었다. 잠깐 고민했지만 정현도 그 뒤에 가서 섰다.

3, 6, 14, 27, 44······ 차례를 기다리는 동안 머릿속으로 번호를 고르며 정현은 남은 한 숫자를 뭘로 할지 고민했다. 고민 끝에 정현은 서일에게 전화를 걸기로 했다. 돈을 받은 지한참이 지났지만, 보내준 돈을 잘 받았고 그걸로 빚도 갚았다는 사실을 알려주고 싶었다. 그 말이 서일에게 어떤 반응을 일으킬지 보고 싶은 건지도 몰랐다. 그런 마음이 남아 있다는 게 당황스러웠고 그런 마음을 진짜 실행에 옮길 수도 있다는 것에 어이가 없기도 했다. 그리고 마지막으로 번호 하나만 골라달라고 하려 했는데······ 전화를 걸었더니 모르는 사람이 받았다.

"여보세요?"

"저기, 강서일씨 폰 아닌가요?"

"아닌데요."

"아니에요?"

상대는 한숨을 푹 내쉬었다.

"제가요, 난생처음 폰이 생겼는데요. 강서일이라는 사람 찾는 전화가 진짜 많이 와서요. 궁금해서 그러는데요. 서일이가 누구예요?"

"그렇구나······"

전화를 받은 사람은 아직 변성기가 오지 않은 남자아이였다. 서일은 누구일까. 정현도 할 수 있는 말이 없었다.

"저기 있지, 미안한데 번호 하나만 불러줄래요?"

"네?"

"그냥 1부터 45까지 중에 하나만 골라주면 안 될까?"

"로또 하려고요?"

"로또가 뭔지 알아요?"

"네. 저희 삼촌이 맨날 저보고 번호 골라달라 해요. 제가 난 생처음 골랐던 번호가 4등 된 적이 있거든요. 그뒤로 저한테 번호 고르는 재주가 있다면서 맨날 골라달라 해요. 당첨되면 반 준다면서요."

"그래, 나도 번호 하나만 골라줘."

"나머지 다섯 개는 다 골라놨어요?"

"응. 하나만 더 있으면 돼."

"반 줄 거예요?"

"뭐?"

"당첨되면 반 줄 거냐고요."

"그래, 줄게."

"그 말을 어떻게 믿어요? 그리고 번호 하나만 골랐는데 왜 반이나 줘요?"

서일의 휴대폰 번호를 가진 초등학생은 정현보다 한참이나 더 야무진 데가 있었다.

"그렇지…… 네 말이 다 맞다."

정현이 미안하다고 말하고 끊으려는데 다시 야무진 목소리가 들려왔다.

"로또 번호 고르는 일 같은 건 혼자서 하세요. 난생처음 본 초등학생한테 물어보지 말고요. 그럼 안녕히 가세요."

전화는 저쪽에서 먼저 끊어졌다. 아마도 난생처음이라는 단어를 최근에 알게 된 것 같은 초등학생과의 통화를 마치고 나서 정현은 줄에서 빠져나왔다. 천천히 집으로 걸어가면서 로또 당첨 같은 요행은 바라지 말고 살자고 마음먹었는데…… 아무래도 번호가 계속 아른거려서 집 근처 복권방에서 로또를 샀다. 남은 한 번호로는 그냥 1을 골랐다. 그 주 토요일이 되었을 때 정현은 번호를 맞춰보지 않았다. 그다음 주에도 또 그다음 주에도 매주 똑같은 번호로 로또를 사면서도 번호는 맞춰보지 않았다.

수개월이 지났을 때 이제 정현의 통장에는 이십팔만원이 있었다. 그간 아끼는 삶을 살았기에 한동안은 마구 써보자 다짐했고 그 다짐을 착실히 실천한 결과로 정현은 버는 족족 써버렸다. 미뤘던 여행도 갔다. 코로나 때문에 해외로 가지는 못했지만 국내의 산 좋고 물 맑은 곳에 있는 숙소를 골라 하루이틀씩 묵다가 왔다.

이만하면 됐다…… 하는 생각이 든 것은 마구 써버리는 생활을 한 지 일 년이 넘었을 때였다. 정현은 다시 허리띠를 조이는 삶으로 돌아갔다. 인생이 진짜 견딜 수 없어질 때마다, 그러니까 거의 매일 정현은 그간 샀던 로또를 한 장씩 꺼내 번호를 맞춰보았다. 번호를 일일이 대조할 것도 없이 휴대폰의 카메라 앱을 켜서 로또 종이의 큐알 코드를 찍으면 당첨 여부를 확인할 수 있는 페이지로 자동 연결되었다. 대체로 꽝이었는데 번호가 단 한 개도 맞지 않는 적도 있었고 가끔 5등이 나오기도 했다. 그건 다시 새 로또 한 장으로 교환했다. 매주 로또를 사도 좀처럼 4등은 되지 않았고 당연히 3등도 되지 않았다. 그러니 2등도 1등도 될 리가 없었다. 자신이 죽을 때까지 매주 로또를 사도 1등이나 2등은 한 번도 되지 않을 확률이 높다는 점을 정현은 잘 알았다. 그게 자신의 삶이었다. 어디 가서 사기나 안 당하면 다행이었다.

사실 정현은 1등에 당첨되는 삶을 바라지는 않았다. 어쩌면 2등도 바라지 않았다. 3등도. 만약 운이 좋다면 겨우 4등에 당첨될 수 있지 않을까? 서일의 전화번호를 가진 초등학생이 그랬던 것처럼. 정현은 자신의 몫으로 남아 있을지도 모를 행운을 그런 데 쏟아붓고 싶지 않았다. 다만 사랑하는 사람을 만나서 그 사람에게 아낌없이 다 주고 싶었을 뿐이었다. 아무런 값을 따지지 않고 셈하지 않고. 상대 또한 그런 사람이었으면 했다. 그런 어리석은 사람을 만나기는 쉽지 않았다. 무엇보다도 이제는 정현이 그 누구보다도 열심히 셈하고 값을 따져보고 있었다. 서일 덕분이었다.

정현이 빚을 다 갚고 얼마 지나지 않아 꿈에 반려빚이 나왔다. 반려빚은 정현에게 할말이 있으니 잠깐 거실로 나와보라고 했다. 거실 소파에 앉아 주말 연속극을 보고 있던 반려빚은 정현이 방에서 나오자 티브이를 껐다. 정현은 우리집에 소파랑 티브이가 있었나? 잠시 의문에 빠졌다. 하지만 꿈이었으므로 없던 것이 있는 것도, 있던 것이 없는 것도 다 용인되었다. 반려빚처럼, 있어서는 안 되는 것도 태연하게 있었으니까.

반려빚은 정현에게 헤어지자고 말했다. 정현은 등골이 오싹해졌다. 그 말이 가당치 않다고 생각했다. 아무리 있어서는 안 될 것이 있을 수 있는 꿈이라고 해도 그건 말이 안 됐다.

우린 진작 헤어졌잖아.

반려빚은 잠시 정현의 말을 곰곰 생각해보는 듯했다.

참, 그랬지.

반려빚은 짐을 싸기 시작했다. 코트 깃을 세우고 현관에 서서 정현에게 작별인사를 했다. 그리고 망설임 없이 단호하게 정현을 떠났다. 정현 역시 현관에 오래 서 있지 않았다. 찬장에서 소금을 꺼내와 현관 밖에 팍팍 뿌렸고 문이 닫히자마자 걸쇠를 단단히 걸어 잠갔다. 다시는 얼씬도 못하도록. 꿈속에서 정현은 마냥 홀가분했고 깨어서도 그랬다. 마침내 0이 된 기분. 정현은 그 이상을 바라는 것도 이상하게 무섭기만 해서 그저 0인 채로 오래 있고 싶었다.

긴 끝

그날 새벽 문애는 갑자기 잠에서 깼다. 한번 잠들면 아침까지 통잠을 자는 편이었으므로 문애는 잠에서 깼을 때 여전히 어두운 방안과 창밖을 확인하고는 조금 얼떨떨했다. 화장실에 가고 싶은 것도, 악몽을 꾼 것도 아니었다. 문애는 몸을 이리저리 뒤치며 마음에 드는 자세를 찾은 다음 이불을 가지런히 덮고 눈을 감았다. 그때 거실에서 "앗!" 하는, 낮지만 분명한 탄성이 들려 다시 눈을 떴다. 그제야 방문 틈새로 빛이 조금 새어들어오고 있는 것이 보였다. 문애는 침대에서 빠져나와 방문을 열었다.

　"안 자고 뭐해?"

　"나 때문에 깼어?"

찬희는 소파에 누워 텔레비전을 보고 있다가 문애의 등장에 머쓱한 표정을 지으며 리모컨의 음 소거 버튼을 눌렀다. 찬희는 축구 경기를 보고 있었다. 유럽 프리미어 리그였고 화면 좌측 상단에는 '손흥민 출전'이라고 쓰여 있었다.

"그냥 소리 켜고 봐도 돼. 문 닫으면 거의 들리지도 않아."

찬희가 소리를 다시 켜긴 했지만 여전히 들리지 않을 정도로 아주 작았다. 문애는 소파 끄트머리에 앉으며 찬희의 다리를 들어 자신의 허벅지 위에 올려놓았고 찬희의 손에서 리모컨을 빼앗아 볼륨을 몇 단계 더 키웠다.

"지금 하는 거야?"

"아니, 하이라이트. 그냥 잠 안 와서 보고 있었어."

찬희는 축구를 좋아해서 동네의 유일한 여자 축구 동호회에 가입한 적도 있었다.

그사이 손흥민은 골을 넣고는 손가락으로 네모를 만들어 사진을 찍는 듯한 특유의 골세리머니를 하고 있었다. 문애가 길게 하품을 하자 찬희가 말했다.

"얼른 다시 자러 가."

문애는 방으로 향하는 대신 찬희의 몸 위로 포개지듯 누웠다.

"넌 왜 안 자? 근데 손흥민 진짜 잘한다."

"멋있지. 혼자 네 골을 넣었어. 난 낮에 잠깐 잤더니 잠이 안 오네."

"근데 코로나 심했을 때였나보다. 지금은 다 관중 받잖아."

"응. 작년 거야."

축구 경기는 문애가 종종 봤던 것과 좀 달랐다. 관중이 없기 때문인지 선수들이 서로를 향해 소리치는 소리가 더 선명히 들렸다. 골을 넣은 다음엔 골세리머니도 잊지 않고 했는데 아주 신나 보이지는 않았다. 카메라가 빈 객석을 훑을 때면 경기장이 왜소하게 느껴졌고 흡사 연습 경기를 하고 있는 듯한 인상도 주었다. 물론 기본적인 것들은 다르지 않았다. 카메라는 공을 놓치지 않았고 중계진의 목소리는 선수들의 움직임에 따라 격앙되었다. 중간중간 함성 소리도 들렸다.

"이 소리는 뭐야? 관중도 없는데."

"녹음해서 튼 거래. 웃기지? 근데 이거라도 없으면 영 심심해. 선수들도 긴장을 덜해서 그런지 이렇게 무관중 때가 골도 평소보다 더 많이 나온대."

그러면서 찬희는 객석을 꽉 채운 관중들도 경기의 일부분이었다는 사실을 새삼 깨달았다고 말했다. 그들은 선수들만큼이나 경기에 몰두했고 일사불란한 움직임으로 반응하며 스펙터클을 만들어내는 데 일조했다. 그들이 쏟아내는 에너지는 소파에 기대 텔레비전을 보고 있는 찬희에게도 고스란히 전달되었다. 찬희는 코로나 시대를 지나며 텅 빈 객석을 마주하고서야 경기장에 한번 가보고 싶다는 생각을 하게 되었다고 말했다. 현장에 가봤자 소란스럽기만 하고 오히려 선수들의 플레이는 잘 보이지 않을 것 같아서 지금까지는 텔레비전으로 보는 것으로 만족했는데 한 번쯤은 경기의 일부분이 되고 싶다는 생각을 했다고.

문애는 축구 같은 것에는 별 관심이 없었기 때문에 찬희의 말을 흘려들었다. 지루한 이야기를 듣다보니 다시 잠이 밀려와 눈을 감았고 곧 숨소리가 규칙적으로 변했다. 찬희는 자신이 혼잣말을 하고 있었다는 것을 깨닫고 문애의 어깨를 흔들어 깨웠다.

"일어나. 들어가서 자."

문애는 찬희의 겨드랑이 사이로 팔을 넣어 찬희의 몸을 한번 꽉 끌어안았다가 풀고는 다시 방으로 들어가 잠들었고 아침에 깼을 때는 지난밤에 있었던 일을 거의 꿈처럼 기억했다.

*

두 사람은 각방을 썼는데 사이가 나빠서는 아니었다. 동거를 시작할 때부터 각자의 공간이 필요하다는 데 쉽게 합의했고 지내면서 보니 그게 좋은 선택이었다는 것을 점점 더 실감했을 뿐이었다. 처음엔 함께 누워 이야기를 나누거나 아이패드로 넷플릭스를 보다 한 침대에서 그대로 잠든 적도 많았다.

문애는 누가 업어가도 모르겠다는 소릴 들을 정도로 깊은 잠에 드는 반면 찬희는 작은 소음이나 문애의 뒤척임에도 금방 깨서는 다시 잠들지 못할 때가 잦았으므로 이후로는 각자의 방에서 따로 자는 방식을 선호하게 되었다. 그렇게 두 사람이 함께 살며 만든 규칙이 쌓여갔고 문애는 그게 좋았다.

문애는 아침에 눈을 떠 날씨를 확인할 때나 출퇴근 지하철 속에 마스크를 낀 사람들이 빽빽이 들어찬 풍경을 볼 때마다 세상이 점점 더 돌이킬 수 없는 방향으로 나빠져가고 있는지도 모르겠다는 생각을 했다. 하지만 퇴근 후 집으로 돌아와 같이 저녁 먹을 사람을 기다릴 때나 만사가 귀찮아 손가락도 까딱하기 싫은 때에 자신의 빨랫감까지 함께 빨아주는 사람이 있다는 것을 떠올리면 자신의 삶이 아주 망가지지는 않았다고 여겼다. 기댈 사람이 있었고 그 사람 역시 자신에게 기대고 있었다. 직장과의 거리가 더 가까운 편인 문애는 집안일과 저녁 준비를 거의 도맡았고 찬희는 문애가 없었으면 어떻게 살았을지 상상도 안 된다는 말을 자주 했다. 문애는 그렇게 말하며 헤벌쭉 웃는 찬희의 웃음을 좋아했고 찬희를 더 잘 보살펴야겠다고 다짐했다. 그리고 문애가 보살피는 것은 또 있었다.

환타는 원래 찬희의 개였다. 그전에는 찬희 남동생의 개였다. 일 때문에 자주 일본을 왕래하는 동생 대신 찬희가 맡은 뒤로 찬희의 개가 되었다. 문애는 환타의 밥을 챙겨줬고 씻겨

췄으며 아침저녁으로 환타를 산책시켰다. 찬희는 아침에는 출근 준비를 하기 바빴기에 함께한 적이 없었고 저녁에도 피곤하다는 이유로 대부분 집에 있었다. 문애는 환타와 함께 산책하는 걸 좋아했고 그 시간이 자신에게도 활력을 가져다준다고 느꼈으므로 일을 떠맡았다는 기분은 전혀 들지 않았다. 문애는 자신이 환타를 보살피는 것 이상으로 환타에게 받는 것이 많다고도 생각했다. 혀를 내밀고 웃는 모습은 어딘가 찬희의 헤벌쭉한 웃음을 닮은 것도 같았다.

문애는 아침 일곱시에 일어나 삼십 분 정도 환타와 함께 집 근처를 산책하고 돌아왔다. 샤워를 하고 토스트와 두유로 가볍게 식사를 챙겨 먹은 다음 출근했고 별다른 일이 없는 한 여섯시면 퇴근하고 바로 집으로 돌아왔다. 저녁을 준비한 후 청소기를 돌렸고 여덟시쯤 찬희가 집에 도착하면 함께 저녁을 먹었다. 설거지는 주로 찬희가 했지만 피곤해할 때면 문애가 했다. 다음날로 미룬 적도 있었으나 지금 하나 나중에 하나 귀찮긴 마찬가지라는 말을 생활신조로 삼은 뒤로는 거의 미루지 않았다. 아홉시쯤에는 환타를 데리고 다시 산책을 나갔다. 산책할 때는 피크민 블룸 앱을 켜서 자신이 걷는 길이 꽃길로 물드는 것을 확인했다. 집으로 돌아와서는 찬희와 이런저런 이야기를 나누었다. 그날 있었던 일, 내일 할일, 인터넷에서 본 황당한 사연, 주말에 함께하고 싶은 일. 그런 것들에 대해 대화를 하다보면 금방 자정이 되었고 그럼 "잘 자, 내일 봐" 인사를 나누고 각자의 방으로 들어갔다.

그다지 특별할 게 없는 나날이었고 문애는 거기에 만족했다. 찬희와 함께하는 시간이 길어질수록, 해를 거듭할수록 더 만족했다. 안온하고 안전했고 더는 세계와 불화하는 것 같은 느낌도 없었다. 그건 어쩌면 자신을 욕하던 사람들과 모두 절연해서 만들어낸 안전한 세계였는지도 몰랐다. 이 미친 세상에서 자신의 삶만큼은 구원받았다고 느끼기도 했다. 찬희 덕분에. 한 인간에게는 온전히 기댈 수 있는 다른 한 인간이 존재하기만 하면 절대 무너지지 않을 거라는 생각을 했다. 그게 문애에게는 찬희였고 찬희에게는 문애였다. 그건 확실했다. 다만 그 모든 건 코로나 이전의 일들이었다.

코로나가 닥치고 일 년쯤 지났을 때 찬희는 일자리를 잃었다. 너도나도 일자리를 잃던 때였으므로 크게 하소연하지도 못했다. 불행 중 다행으로 문애는 일을 지속했기에 월세는 밀리지 않을 수 있었다. 문애의 회사는 코로나가 극심하던 때에도 재택근무를 허용하지 않아서 자연히 집안일은 거의 찬희의 몫이 되었다. 처음 얼마간은 모든 게 괜찮아 보였다.

"이런 기분이었구나. 밥해놓고 우리 마누라 언제 집에 오나 기다리는 게."

찬희는 오랜만에 업무 스트레스에서 벗어나니 좋다는 이야기도 했다. 찬희는 고등학교를 졸업한 이후 한 달 이상 일을 쉰 적이 없었다. 이십대 때 계약직으로 일하다가 계약 기간이 종료되고 나서 실업급여를 받을 때도 카페 알바를 했었다. 그건 다 부정 수급이었지만 문애가 알기로 그 정도 부정도 저지르지 않고 살아가는 사람은 아무도 없었다. 물론 문애가 모르는 세계가, 올곧고 정의로우며 도덕관념이 높은 사람들로 가득찬 곳이 어딘가에는 있을 것이다. 하지만 문애의 세계는 그런 곳과는 거리가 멀었고, 매일같이 쏟아져나오는 뉴스들을 봐도 그런 세계를 찾기란 쉽지 않았다. 오히려 찬희의 경우는 순진한 편이라고 할 수 있을 정도였다.

코로나 이후로 두 사람의 일상은 조금씩 바뀌었다. 문애는 전과 같이 아침 일곱시에 기상했고 환타와 산책을 했다. 찬희는 문애가 집에 돌아와 출근 준비를 하고 나갈 때까지도 잠들어 있었다. 문애는 그런 찬희를 굳이 깨우지 않았다. 일과를 마치고 집으로 돌아오면 찬희가 밥을 해놓고 기다리고 있었다. 저녁밥을 먹고 난 뒤에 두 사람은 환타를 데리고 산책을 하러 나갔다. 가까이에 산책로가 없어서 주로 주택가 골목골목을 걸어 다녔다. 좀 기운이 나는 날에는 이십 분 거리에 있는 공원까지 걸어가서 몇 바퀴씩 돌았다. 집으로 돌아와서는 또 이야기를 나누다가 잠이 들었다. 코로나를 지나며 문애와 찬희는 전보다 함께하는 시간이 늘었다. 코로나 기간에 살이 찐 사람들이 많다던데 둘은 점점 살이 빠졌다. 그건 온종일 집에 있는 찬희가 식단에 신경을 많이 쓰기 때문이기도 했고 공원까지 산책을 가는 일이 잦아졌기 때문이기도 했다.

"언제 끝날까?"

공원으로 산책을 나갈 때면 문애는 꼭 그 말을 하게 됐다. 마스크를 벗고 숨이라도 좀 마음껏 쉬고 싶은데 도통 그러지 못하니 영 답답해서 한숨처럼 절로 나오는 말이었다.

"코로나 도대체 언제 끝날까."

"뉴스 봤잖아. 안 끝난대. 끝나도 또 다음 거 온대."

찬희는 별일 아니라는 듯 태연하게 말했는데 문애는 이상하게 그 말이 슬펐다. 그 말 자체보다는 찬희의 태연함이 더 슬펐던 것 같기도 했다. 그래서 그 태연함을 일종의 긍정적인 신호로 받아들이고자 했다. 자신을 둘러싼 세계는 완전히 바뀌어버렸지만 자신이 기대고 있는 삶은 변함없을 것이고 괜찮을 것이라고 말이다. 또 한번 미쳐 돌아가는 세상 속에서도 태연하게, 무탈하게 잘 살아갈 수 있으리라고.

하지만 그건 문애만의 생각이었다. 문애는 찬희가 낮 동안 혼자 집에서 무얼 하는지 전혀 몰랐다. 찬희는 점점 변해가고 있었고 점점 더 다른 사람이 되어갔는데 문애는 찬희가 직접 말해주기 전까지는 짐작도 못했다.

"넌 나랑 오래 사귄 거 후회한 적 없어?"

그날도 환타를 데리고 산책을 나왔는데 찬희가 문득 그렇게 물었다. 찬희가 퇴사한 지 벌써 일 년이 넘어가던 때였다. 찬희는 다시 일을 시작할 수 있을까 초조하다는 말을 한 번씩 했다. 금방 다시 구할 수 있을 거야. 문애는 그렇게 얘기하곤 했지만 별로 위로가 되지는 않는 것 같았다. 문애는 코로나 이후의 생활에 익숙해져가고 있었다. 이제는 마스크를 쓰는 게 거슬리지 않았고 오히려 카페나 식당에서 음식을 먹기 위해 마스크를 벗어야 할 때면 조금 어색했다. 그런 것 말고는 크게 불편한 게 없었으므로 문애는 찬희가 그렇게 물었을 때 그게 도대체 어떤 맥락에서 나온 말인지 헤아려봐야만 했다.

"후회?"

"응. 오래 사귀어서 편하지만, 그래서 설렘 같은 건 없잖아. 그런 거 다시 느껴보고 싶지 않아?"

찬희는 자꾸 풀숲으로 들어가려는 환타를 끌어당기면서 언제나처럼 별 대수롭지 않은 일을 말하듯 이야기했다.

"그런가."

그런가, 하고 말했지만 문애는 그렇게 생각하지 않았다. 설레는 게 좋은가. 긴장되고 불안하기만 한데. 속을 알 수 없어서, 확신이 안 들어서 서글프기만 한데. 문애는 익숙함이 좋았다. 권태를 좋아했다. 나른함, 무기력함, 나태함이 문애를 안도하게 만들었다. 거의 매일이 뚜렷한 희로애락이 없는 희미한 감정의 연속이었고 어쩌면 그건 감정적으로 빈곤한 상태인지도 몰랐지만 문애는 아무런 이벤트가 없다는 것이, 매일을 겹쳐보면 다른 점이라곤 거의 없는 반복되는 일상이 만족스러웠다. 지루함 속에서 무한정으로 행복했다. 그건 문애가 어렵게 이룩한 것, 마침내 구한 것, 쟁취한 것이었다.

"넌 어떤데? 설레고 싶어?"

문애가 그렇게 물었을 때 찬희는 여전히 환타를 끌어내는데 신경을 쏟느라 듣지 못한 것 같았다.

"넌 어떠냐니까."

하지만 문애는 꼭 대답을 들어야 했기에 재차 물었다. 왜 갑자기 그런 질문을 했는지 확인이 필요했으니까.

"나 돈 좀 빌려줄 수 있어?"

찬희는 풀숲에 들어간 환타를 겨우 품에 안고 나오면서 영딴소리를 했고 문애는 지금 대화의 흐름이 아주 뜬금없다고 생각하면서도 찬희에게 무슨 일이 생긴 게 아닌가 걱정되었으므로 그에 대해 우선적으로 물을 수밖에 없었다.

돈이 필요한 사람은 찬희의 남동생이었다. 그는 일본과 한국을 오가며 아이디어 상품을 떼다 국내 판촉 업체에 납품하는 일을 했는데 코로나 이후로 아예 일을 할 수 없게 되었다. 온라

인으로 어떻게 해보려고 용을 써봤지만 잘 풀리지 않았고 빚만
떠안게 되었다. 개인파산 신청이라도 해야 되나 하는 참이라
돈 한푼이 급했다. 당장 이번달 식비도 없어 배를 곯고 있는데
횟집을 하는 부모님 가게도 파리만 날리는 형편이었다. 찬희도
모아놓은 돈과 퇴직금을 코로나로 쉬는 일 년 동안 거의 다 써
버렸기에 동생의 사정을 듣고도 도와줄 수가 없었다.

"근데 넌 좀 사정이 낫잖아."

문애는 그 말을 듣고서 찬희가 자신의 사정을 완전히 오해
하고 있다는 것을 깨달았다. 월세와 식비뿐만 아니라 관리비
까지도 문애가 훨씬 많이 부담하고 있는 상황이었는데, 이백
만원이 조금 넘는 문애의 월급으로 그 모든 것을 감당하는 건
쉽지 않았다. 하지만 찬희가 그렇게 오해하는 것도 무리는 아
니었다. 문애는 늘 괜찮은 척, 여유로운 척을 했다. 찬희를 안
심시켜주고 싶었다. 우리는 무사할 거라고 믿게 하고 싶었다.

"그런데 네 동생은 대책은 있대? 나한테까지 돈을 빌리는
게 맞는 걸까?"

"코로나만 끝나면……"

"네가 그랬었잖아. 안 끝난다고. 끝나도 또 다음 게 온다고."

"그랬지."

아무런 대책이 없었지만 누구도 선뜻 그 말을 꺼내지 못했다.

"미안. 못 들은 걸로 해."

찬희는 환타를 땅에 내려놓고 걷게 했다. 집으로 향하는 동안 두 사람은 거의 대화를 나누지 않았다. 문애는 무슨 말을 해야 좋을지 몰랐다. 한 번도 겪어본 적 없는 일 앞에서 어떤 선택을 내려야 하는지.

"집에 있으니까 별로 할일이 없더라."

먼저 말을 꺼낸 사람은 찬희였다.

"자기 계발 같은 걸 하겠다고 했었지만 그것도 잘 모르겠어. 앞으로 무슨 일을 해야 할지도 모르겠으니까. 근데 시간은 많은데 잘 흘러가지 않으니까 별의별 걸 다 하게 된다? 중학교 동창들 인스타까지도 찾아봤어. 다들 잘 살고 있더라. 그게 너무 신기했어. 다들 잘 살고 있다니, 대단했어."

"어차피 그런 건 다 보여주기 식이잖아."

"맞아, 그렇게도 생각했어. 몇몇은 분명 필요 이상으로 안간힘을 쓰고 있는 걸 거라고 말이야. 근데 그것도 꽤 대단했어. 도대체 뭘 보여주고 싶은 걸까 싶기도 하고."

"잘 사는 걸 보여주고 싶은가보지. 잘 살고 있는 걸 누가 봐줬으면 하나보지."

문애도 찬희도 인스타그램이나 트위터, 페이스북을 하지 않았다. 주말이면 종종 들르는 빵집이 인스타그램으로만 휴무를 공지해서 그런 가게들을 팔로우하는 계정이 있긴 했지만 자신의 사진을 올리거나 다른 사람들과 소식을 주고받지는 않았다. 누군가를 염탐하지도 않았다. 문애가 그런 걸 즐기던 때도 있었다. 사람들의 소식을 빠르게 접할 수 있어서 좋았고, 축하나 위로의 말을 남기는 게 우정을 나누는 것 같았다. 가끔은 상대가 듣고 싶어할 게 분명한 부러움 섞인 말들을 잔뜩 남겨놓기도 했다. 하지만 그런 건 금방 다 피로해졌고 주말 낮에도 휴대폰을 들여다보며 타임라인이나 피드를 끝없이 새로 고침하는 게 무의미하게 느껴졌다. 거기엔 이미 사람들이 바글바글했고 문애는 굳이 자신까지 그걸 지켜볼 필요는 없다고 생각했다.

"그런 얘기도 있잖아. 인간은 잘 사는 것만으로는 부족하다고. 그걸 봐주는 사람도 있어야 한다고."

"맞는 말 같아. 나 말이야, 일 그만두고 집에서 쉬면서 자주 생각했어."

"어떤 생각?"

"인간들은 더 자주 서로에게 보여져야 한다고 말이야. 잘 살든 못 살든 그냥 살아 있는 게 목격이 되어야 해."

문애는 그 말을 곰곰이 생각했다. 너는 내가 봐주잖아. 나는 네가 봐주고. 그런 말을 하고 싶었다. 한 사람에게는 한 사람이면 충분해…… 같은 말도 하고 싶었다. 하지만 찬희는 전혀 그렇지 않다고 말할 것만 같았고 이상하게 문애도 그 말을 더 이상 확신할 수 없어서 입 밖으로 꺼내지 않았다.

집으로 돌아가는 마지막 모퉁이를 남겨놓았을 때 문애는 찬희의 대답을 듣지 못했다는 것을 깨달았다.

"근데 넌 설레고 싶어?"

"어?"

"아까 그랬잖아. 오래 사귄 게 후회되지는 않느냐고."

찬희는 웃었다.

"나는 밥해놓고 너 퇴근하는 거 기다릴 때 설레."

집으로 돌아와 샤워를 마친 뒤 잠자리에 들려고 했을 때 방 밖에서 찬희가 문애를 불렀다.

"문애야, 나 귀 좀 파줘."

문애가 거실로 나가자 찬희는 이미 소파에 자리를 잡고 등받이 쪽을 향해 누워 있었다. 귀이개와 휴지 한 장도 들고 있었다. 찬희는 머리를 들어 문애가 앉을 자리를 만들어주었다. 문애는 거기에 앉고는 자신의 허벅지 위에 찬희의 머리를 올려놓고 귀이개를 받아들었다. 귓불을 잡아당겨 컴컴한 귓구멍 속을 들여다보았다.

"별로 없는 거 같은데?"

"너무 가려워서 그래. 한번 파봐."

찬희는 얌전히 눈을 감고서 자신의 귀를 문애에게 맡겼다. 문애는 귀이개를 찬희의 귓속으로 밀어넣었다. 귀를 파주는 이 친밀감은 어디서 왔을까. 맘놓고 귀를 맡길 수 있는 이 신뢰감은 또 어디서 연유하는 것일까.

"안 무서워?"

"뭐가?"

"내가 갑자기 깊숙한 데를 찌를 수도 있잖아."

"너 그런 적 없잖아."

"근데 혹시라도 실수로."

"난 너 믿어."

찬희는 여전히 눈을 감은 채 평온한 말투로 말했다. 문애가 귓구멍 속으로 몇 번이나 귀이개를 쑤셔넣었지만 나오는 건 별로 없었다. 귀이개로 귓속을 살살 후비다가 입바람을 훅 불어넣을 때까지도 가만있던 찬희는 문애가 새끼손가락을 쑥 쑤셔넣자 웃으며 고개를 피했다.

"더럽게 왜 손가락으로 그래."

"뭐가 더러워."

"귀지나 코딱지나 매한가지지. 가서 손 씻고 와."

"괜찮아. 안 더러워."

"더럽다니까. 씻고 와."

"그럼 이따 한꺼번에 씻을게. 반대쪽도 쑤실 거니까."

문애는 찬희의 뺨을 톡톡 쳤고 찬희는 익숙한 듯 몸을 뒤집었다. 문애의 배가 바라보이자 찬희는 문애의 허리를 꽉 끌어

안더니 크게 숨을 들이켰다 내쉬었다.

"문애야."

좋아하는 것과 익숙한 것을 다들 어떻게 구분하는 것일까. 문애는 팔에 힘을 잔뜩 줘서 자신의 허리를 점점 더 조여오는 찬희를 보며 생각했다. 문애가 귀를 파줄 때면 찬희가 곧잘 하는 이 포옹은 문애에게 익숙한 것이었다. 또한 좋아하는 것이었다. 문애는 그 둘이 잘 구분되지 않았다.

"문애야."

"왜 자꾸 불러. 힘 좀 빼봐. 잘 안 보여."

"문애야…… 아무래도 나 이 집에서 나가야겠어. 보증금 반을 돌려줬으면 좋겠어."

찬희가 집을 나가기 위해 짐을 싸는 동안에도 문애는 무슨 일이 일어나고 있는지 정확히 알지 못했다. 잘 알지 못하는 채로 많은 일들을 결정했다.

문애는 하마터면 아주 깊숙한 데까지 쑤셔버릴 뻔한 귀이개를 내려놓고서 방으로 들어와 이불을 뒤집어쓰고 누웠다. 그렇게 누워서 도대체 언제부터 계획된 일일까를 생각했다. 매일같이 얼굴을 마주하고 아주 많은 대화를 나누었는데 왜 이 이야기는 쏙 빼놓았는지, 자신은 그간 왜 아무 낌새도 알아차리지 못했는지 생각했다. 문애는 아주 오랜만에 찬희의 싫은 점들에 대해 생각했다. 익숙해졌는데도 여전히 싫은 점들에 대해. 당연히 싫은 점들이 있었다. 어쩌면 아주 많은지도 몰랐다. 왜 모르는 척하려고 했을까. 무엇을 안온하다고 믿었을까. 무엇 때문에 자신을 속이고 있었을까. 왜 영원히 속일 수 있을 거라고 판단했을까. 생각이 꼬리에 꼬리를 물고 이어지는데 찬희가 문애의 방문을 두드렸다. 찬희가 "나 들어간다? 들어가?" 하고 몇 번을 말했지만 문애가 아무런 대답도 하지 않자 문을 열고 방으로 들어왔다. 그리고 침대 끄트머리에 앉아 입을 열었다.

"미안해. 나 진짜 돈이 필요한데 다른 방법은 없는 것 같아."

"그래도 이런 식으로 통보하는 건 아니지."

"그럼 어떻게 하는 게 좋을까. 네가 하고 싶은 대로 할게."

"넌 이미 다 정해버렸잖아. 나가. 그냥 나가버려."

문애는 화가 나지 않았다. 마음이 모두 다 정리된 듯한 기분도 들었다. 사실 오래전부터 원했던 것이라는 생각도 들었다. 아니, 원했을 리가 없었다. 이건 찬희에게도 절대 좋은 선택이 아니었다. 너네 가족들이 너한테 또 빨대 꽂으려는 건데 그걸 왜 거절하지 못하냐고 쏘아붙이고 싶었다. 화가 나기 시작했다. 생각해보면 늘 그랬다. 이 평화를 쟁취하기 전에 문애는 자주 화가 났고 그건 찬희 때문일 때가 많았다. 문애는 점점 더 흥분했다. 관자놀이에서 맥이 뛰는 게 느껴질 정도였다.

"미안해. 자주 보면 되잖아."

"아니, 오지 마. 그냥 다 관두자."

"헤어지자고?"

"그래, 그게 좋겠어."

문애는 충동적으로 그 말을 내뱉으면서도 일이 이렇게 되어야 할 필요는 전혀 없다고 생각했고 결국은 그렇게 흘러가지 않을 거라고도 생각했다. 그냥 자신이 얼마만큼 화가 났는지 더는 표현할 말이 없었는지도 몰랐다. 일찌감치 터놓고 상의했다면 방법을 찾을 수 있었을 것이다. 찬희가 반드시 집으로 돌아가야만 하는 상황이었어도 더 좋은 방법을 찾아낼 수 있었을 것이다. 문애는 어디서부터 어떻게 잘못됐는지를 생각했다. 찬희의 동생 때문에. 코로나 때문에. 아니, 찬희 동생의 그 되도 않는 사업은 코로나가 아니었어도 망했을 것이다. 문애는 자신의 세계 바깥에 있는 일들 때문에 자신이 안전하다고 믿었던 세계가 영향을 받는 것이 싫었다.

"그래, 네가 원하는 대로 하자."

찬희는 가만히 앉아 있다가 문애의 말에 순순히 따르겠다는 듯 그렇게 말하고는 방을 나가버렸다. 문애는 찬희의 그런 점도 싫었다. 자신의 말을 곧이곧대로 따르는 것. 마치 자신의 의도를 존중하는 양 행동하는 것. 네가 나가라며, 헤어지자며. 그러나 그런 건 존중이 아니었다. 그건 한 사람 앞에 주체로 서지 않는 것이며 자신의 책임을 방기하는 것이며 모든 결정을 상대방에게 떠넘기는 것이었다. 문애는 찬희가 자신의 말에 따르는 대신 소리를 지르며 싸워야 한다고 생각했다. 하지만 찬희는 그러지 않았고 두 사람은 싱겁게도 헤어지는 데 합의했다.

문애는 계속 이 집에서 살기로 했고 대출을 받아 보증금의 반을 찬희에게 주기로 했다. 오히려 돈 문제는 깔끔하게 해결할 수 있었다. 문제는 각자의 짐을 나누어 갖는 일이었다. 두 사람은 오래전부터 경제 공동체였기 때문에 네 것과 내 것을 나누는 게 쉽지 않았다. 그중 가장 곤란했던 것은 환타였다. 문애는 환타가 자신의 개라고 생각했다. 밥을 챙겨준 것도 산책을 시켜준 것도 씻겨준 것도 병원에 데려간 것도 자신이었다. 게다가 환타는 나이가 꽤 많았다. 찬희의 동생이 유기견을 데려와 키웠으므로 정확한 나이는 알 수 없었지만 열 살이 넘은 건 확실했다. 다시 또 생활환경을 바꾸는 건 환타에게 좋지 않을 것이었다. 문애는 이런 얘기들을 하며 자신이 계속 환타와 함께 살겠다고 말했다. 하지만 찬희는 문애가 출근한 틈에 환타를 데리고 가버렸다.

문애는 자신들이 왜 그런 방식으로 끝을 맺을 수밖에 없었는지 종종 따져보았다. 한때는 그 무엇으로도 갈라놓을 수 없는 강한 무언가로 결속된, 거의 합체된 사이라고 생각했다. 우리를 결속시킨 건 무엇이었을까…… 문애는 찬희가 떠난 집에서 혼자 식탁에 앉아 저녁을 먹을 때면 그런 생각에 빠져들었다. 식사를 마치고 일인분 몫의 식기를 설거지통에 넣으면서 아마도 이것 때문이었을 거라고 생각했다. 다시 또 혼자가 되는 게 불안했기 때문이었을 거라고, 어렵게 이룬 것들을 모두 버리고 모든 걸 처음부터 다시 시작하는 게 두려웠기 때문이었을 거라고. 문애는 이제 설거지를 자주 미루는 사람이 되었다.

두 사람이 헤어지고 몇 주쯤 지났을 때 문애는 찬희에게서 걸려온 전화를 받았다. 화요일 낮 두시쯤이었다. 문애는 휴대폰 화면에 뜬 찬희의 이름을 보며 받을까 말까 한참 고민했다. 뭔가 나쁜 일이 생긴 걸 거라고…… 아무래도 환타가 죽은 건지도 모르겠다고…… 생각했다. 왜 하필이면 그런 생각을 했는지는 알 수 없었다. 하지만 그런 게 아니면 찬희가 연락할 이유라곤 도무지 없었다. 문애가 상상할 수 있는 범위는 그 정도뿐이라 그렇게 생각해버렸다. 아닌 게 아니라 문애는 누군가의 행동을 죽음과 자주 연결 짓는 편이었다. 만나기로 한 사람이 약속 장소에 오지도 않고 연락도 안 되면 혹시 죽은 게 아닐까…… 공포에 질렸다. 그러다 한두 시간 뒤에 그가 깜박 잠이 들었었다며 미안한 목소리로 연락해오면 죽은 게 아니었구나…… 그저 잠들었던 것뿐이었구나…… 라는 생각이 앞서서 그가 약속을 잊은 것에 대해서는 별로 화가 나지 않았다. 그런데 이제 문애는 찬희에 관해서라면 뭐든 화가 났다.

"잘 지내……?" 하고 말문을 연 찬희가 환타를 삼사일 좀 맡아달라고 했을 때도 역시 화가 났다. 이런 일로 연락하지 마…… 라고 말하려 했지만 이런 일이 아니면 환타를 볼 방법이 없으니 막상 그 말이 나오지 않았다.

한번 그런 일이 있고 난 다음부터 찬희는 자주 연락하기 시작했다. 환타 좀 봐줘. 환타 좀 병원에 데려가줘. 문애는 거절하지 못했다. 찬희의 동생이 새로 개설했다는 환타의 인스타그램 계정에 들어가 '좋아요' 버튼을 누르기도 했다.

—병원에서 뭐래?

—나이들어서 그렇다지 뭐. 이제 시작이래. 점점 더 자주 가게 될 거야.

그리고 또 별일 없었다는 듯 그런 한가한 카톡들을 주고받았다.

문애가 이혼을 하고 싶다는 생각에 사로잡힌 것도 그즈음이었다. 찬희와 카톡을 주고받다가 서로에게 익숙한 농담에 자기도 모르게 낄낄거린 문애는 이혼을 하고 싶다고 생각했다.

차라리 이혼을 했다면 그런 사이로 지내는 게 별로 거리끼지 않았을지도 몰랐다. 관계가 끝났다는 것, 정리되었다는 것은 명백했으므로. 하지만 이혼을 하지 않았기 때문에 마음이 불편했다. 헤어졌는데도 계속 관계를 이어가는 것이 이상했다. 그래서 문애는 자신이 헤어지는 데 쓸 수 있는 모든 방법을 다 동원한 다음에도 아직 완전히 끝장나지는 않은 것 같아 미진한 마음이었고 계속해서 이혼하고 싶다는 마음을 품었다. 완전히 도장을 찍고 싶다고 생각했다. 하지만 결혼을 하지 않았고 할 수도 없었으므로 이혼도 할 수 없었다. 열심히 축구장을 뛰고 골을 넣었는데, 관중석에서 수백의 사람이 환호하고 있는데, 아무런 골세리머니도 하지 않고 다시 경기를 뛰어야 하는 선수가 된 기분이었다.

이 경기는 언제 끝이 날까. 언제 끝났는지 어떻게 알 수 있을까. 문애는 자신이 할 수 있는 모든 것을 총동원하고 싶었다. 환타를 봐달라는 연락에도 이제 더는 답을 하지 않았다. 문애는 끝을 내고 싶었다. 그래야 다른 시작도 할 수 있었다.

*

몇 달 뒤에 문애는 공원에서 우연히 찬희를 보았다. 어쩌면 우연이 아니었는지도 모른다. 찬희의 집 근처에 갈 일이 생겼을 때 문애는 일을 끝마치고 일부러 그 공원을 찾았다. 근처라고는 하지만 일 때문에 찾아간 사무실에서도, 문애가 타야 할 지하철역에서도 제법 거리가 있었다. 찬희가 그 근처에 살고 있다는 것도, 찬희의 동생이 그 시간이면 환타를 데리고 산책을 나선다는 것도 알고 있었다. 찬희의 동생은 다시 일을 시작하면서 바빠졌는지 최근에는 인스타그램에 새 글을 올리지 않아 여전히 같은 시간에 나오는지 확신할 수는 없었지만 찬희의 동생도 문애와 비슷한 사람이라면 한번 정한 패턴을 쉽게 바꾸지 않을 것이었다.

문애는 공원의 벤치에 앉아 있었다. 혹시 환타를 마주칠지도 모른다는 생각은 했지만 찬희가 나타날 거라고는 전혀 예상하지 못했다. 마스크를 쓰고 있는데다 앞머리를 길러서 눈만 겨우 보일 뿐이었지만 찬희임을 알아보지 못할 수가 없었다. 문애는 뒷모습만 보고서도 찬희만의 아우라를 감지할 수 있었다. 문애는 환타도 함께 나오지 않았을까 주변을 살펴보았지만 보이지 않았다. 대신 작고 흰 강아지가 찬희의 무릎에 안겨 있었다. 환타는 왜 안 데려왔을까 의아해하다가 그 작은 강아지가 환타의 빈자리를 채운 새 강아지일지도 모른다는 생각이 들었다. 한번 그렇게 여기자 정말로 환타가 죽은 것만 같았다. 장례식은 치러줬을까. 왜 나에게 알리지 않았을까. 문애는 환타의 안부를 궁금해했던 지난날을 떠올리면서 벤치에 가만히 앉아 찬희의 뒤통수를 한참이나 바라보았다. 헤어지기 전과 다를 바 없는 검디검은 중단발이 흘러내려와 있었다. 그 뒤통수를 움켜쥘 때의 감촉이, 손가락 사이사이로 부드러운 머리카락이 파고들 때의 감촉이 되살아나는 듯했다. 문애는 일어나자고 몇 번이나 마음먹었지만 좀처럼 몸이 움직여지지 않았다. 확인해보고 싶은 것이 있어서였다. 찬희의 옆에 어떤 여자가 앉아 있었다.

두 사람은 나란히 앉아 한참이나 별다른 행동을 하지 않았기 때문에 그냥 공원에서 마주친 사이인지, 아니면 특별한 관계인지 알 수 없었다. 문애는 어떤 증거를 발견하려는 사람처럼 두 사람을 뚫어져라 보았다. 마침내 두 사람이 마주보며 무언가 말을 주고받았다. 말소리는 들리지 않았지만 함께 웃는 것 같았다. 여자가 마스크를 내리자 웃고 있는 모습을 확실히 볼 수 있었다. 여자는 물병을 들어 한 모금 마신 다음 찬희에게 건넸다. 그러고는 찬희의 무릎 쪽으로 손을 뻗어 개를 쓰다듬더니 개를 들어올려 자신의 품안으로 데려갔다. 어쩌면 개의 주인은 그 여자인지도 몰랐다. 찬희는 고개를 젖혀 여자가 건넨 물병의 물을 마셨다. 문득 문애도 목이 말랐다. 벌컥벌컥 물을 들이켜고 싶다는 생각에 자신도 모르게 입술을 살짝 핥았다. 물병을 내려놓은 찬희가 여자 쪽으로 몸을 기대었을 때, 그러다 두 사람이 가볍게 입을 맞추었을 때, 문애는 조금 놀랐고 다 늦게서야 무엇이 끝났고 무엇이 끝나지 않았는가를 생각했다.

좋아하는

마음 없이

안지는 이른 결혼을 했는데 실패로 끝났다. 아니, 그걸 실패라고 할 수 있을까? 이혼을 한 건 사실이지만 안지는 자신의 인생에서 그 일을 실패라고 단정지을 수는 없다고 생각했다. 그뒤로 더 행복해졌다고 할 수는 없을지언정 조금 더 자기 자신에게 가까운 삶을 살게 되었기 때문이다. 하지만 이혼이라는 단어를 떠올릴 때면 늘 그에 대해 변호하고 싶은 여러 말들이 생각났으므로 처음부터 결혼 같은 건 하지 않는 편이 더 나았을 거라고 여기기도 했다. 때문에 안지는 이혼했다는 사실을 비밀로 하지는 않았지만 먼저 나서서 밝히지도 않았다.

어릴 때 안지는 전형적인 사람이 되고 싶었다. 구체적으로 그런 표현을 떠올린 것은 아니었다. 그저 자신이 속한 집단에서 튀지 않는 사람, 아주 평균적인 사람이 되고 싶었고 그러기 위해서 부단히 노력했다. 찬반 투표를 할 때면 눈치를 보다가 다수의 의견에 따라 슬그머니 손을 들었다. 친구가 좋아하는 가수를 따라서 좋아했고 친구의 것과 같은 브랜드의 신발을 사서 신었다. 친구들이 싫어하는 수학 선생을 따라서 싫어했다. 사실 안지는 그 선생에게 남몰래 호감을 갖고 있었지만 친구들과 함께 떡볶이를 먹다가 술술 흘러나오는 그 선생에 대한 욕을 듣고 재빨리 노선을 바꿔 같이 욕을 했다. 한동안 안지는 수학 시간마다 왜 애들이 선생을 싫어하는지 그 이유를 알고 싶어서 더 열심히 선생의 행동을 살폈다. 수학을 가르친다는 점만 빼면 딱히 나무랄 데 없는 사람이었다. 학생이 쉽게 답할 수 없는 내용을 골리듯 물어보지 않았고 무엇보다 학생들한테 사과할 줄 알았다. 뭔가 잘못 알고 섣불리 화를 냈을 때, 그러다 결국 진실을 알게 되었을 때, 다른 선생들은 그러게 왜 오해 살 짓을 하고 다니느냐며 도리어 짜증을 부렸는데 그 선생은 재빨리 미안하다고 말했다. 미안하다. 내가 잘못 알았어. 미안해. 가끔 안지는 머릿속으로 그 목소리를 재생해보곤 했다. 그 때문에 선생이 더 좋아졌지만 여전히 싫어하기 위해 애썼다. 누구나 다 그런 식으로 청소년기를 보내지 않나? 내가 아닌 사람이 되어보려고 노력하면서?

안지는 대학에 갔고 연애를 했고 졸업을 했고 취직을 했다.

결혼도 했다. 아주 평균적인 삶이었다. 아니, 평균보다 조금 빠른 편이었다. 조바심이 나 있었으므로. 자신도 남들처럼 지극히 평범하게 살 수 있다는 것을 빨리 증명해 보이고 싶었으므로. 어느 정도는 성공적이었다. 남편이 바람나기 전까지는 그랬다. 식도 올리기 전에 임신을 해 낳은 아이가 막 돌을 지났을 때였다. 임신이 아니었으면 결혼까지는 이어지지 않았을지도 몰랐다. 남편은 계속 후회하는 것 같았다. 그때 임신중절을 밀어붙이지 않은 것을, 시간을 끌다가 영영 타이밍을 놓쳐버리고 만 것을. 결단력이 부족한 자신을 자책했을지도 몰랐다. 그때 뼈저리게 깨달은 바가 있었는지 새로운 여자가 생겼을 때 남편은 안지가 알아차리기도 전에 이혼을 해달라고 요구했다. 겨우 육 개월을 만났을 뿐이라면서.

안지는 남편과 사 년여를 사귀다가 결혼했다. 사귀는 동안 크게 다툰 적은 없었다. 그저 무난한 사이였고 남들이 연애할 때 하는 일들을 거의 다 했다. 서로 좋아 죽는 것만 빼면. 임신 사실을 알았을 때 안지는 자신이 어떤 선택의 기로에 놓였다는 것을 깨달았다. 이대로 아이를 낳아 기를 것인지, 아니면 임신중절을 할 것인지, 임신중절을 하더라도 계속 만날 것인지, 차라리 헤어질 것인지를 선택해야 했다. 사 년 동안 지지부진하게 관계를 이어온 안지가 답답해 뭐라도 선택해보라고 주어진 상황 같았다. 안지가 상의했을 때 그는 안지를 꼭 안아주었다. 포옹이 꽤나 따뜻해서 안지는 지금처럼 그와 계속 함께해도 좋겠다고 믿었다. 하지만 모든 게 다 지나고 돌이켜봤을 때 남편은 그저 자신의 표정을 들키고 싶지 않았을 뿐이었는지도 몰랐다.

안지는 자신보다 어디 한 군데 잘난 데도 없어 보이는 여자에게 남편이 왜 빠져들었는지 도무지 알 수 없었다. 시모의 의견도 마찬가지였다. 시모는 한바탕 난리가 난 다음에 안지를 찾아와 한참이나 편을 들어주며 안지를 달랬지만 결국은 조용히 이혼해달라고 했다. 안지는 자신의 품에서 울어대던 갓난쟁이가 시모의 품에서 울음을 그치는 것을 보고 차라리 그게 낫겠다는 생각을 처음으로 했다. 그때까지는 쉽게 이혼해주지 말라는 둥 두 사람의 피를 말리라는 둥 그런 조언만 들었다. 한편으로 그 여자는 뭐가 아쉬워서 유부남한테 홀렸을까 하는 의문도 들었다. 자신이 좋아 죽어본 적 없는 남편에게 목매다는 여자를 보면 신기했다. 뭐가 그리 좋을까, 바람이나 피우고 다니는 저 지저분한 남자가.

남편과 여자는 안지 앞에서 석고대죄를 하며 자신들이 아이를 잘 키우겠으니 제발 이혼해달라고 말했다. 울면서 읍소했다. 우는 두 사람의 표정이 닮았다고 안지는 생각했다. 자신이 두 사람의 사랑을 방해하고 있는 듯한 생각마저 들었다. 그러자 아이를 떼어놓고 집을 나오는 게 그다지 힘들지 않았다. 육

아에서 벗어난다는 해방감마저 들었다. 임신했을 때부터 그때까지 줄곧 아이에게 딱히 정이 가지 않았는데 어쩌면 이러려고 그랬는지도 모른다는 생각도 했다. 이혼 서류에 도장을 찍은 다음 안지와 두 사람은 각서 비슷한 것을 썼다. 다시는 서로 연락을 하지 않을 것이며 안지는 이번에 받은 위자료 외에 다른 무엇도 요구하지 않겠다는 내용이었다. 그냥 셋이 모여 자필로 문구를 쓰고 사인을 한 게 전부라 그게 어떤 효력이 있을지는 알 수 없었다. 하지만 안지는 이미 모든 마음이 떠나버렸기 때문에 그 내용을 지키기 위해 어떤 맹세도 결심도 노력도 필요하지 않으리라고 확신했다. 안지는 아이의 사진도 한 장 챙기지 않고 그 집에서 나왔다.

약속을 어긴 것은 남편 쪽이었다. 연락을 해온 것도, 돈을 요구한 것도 모두 남편 쪽이었다.

*

"벌받았다고 생각해요?"

안지는 그것이 벌이 아닐 리 없다는 내심을 숨기지 않고 말했다. 그때, 이제는 십 년도 전인 그때 모두들 그런 식으로 말했다. 그렇게 바람이 나서 남의 가슴에 대못을 박았으니 천벌을 받을 거라고. 그런데 정말로 죽어버렸다니. 안지는 허망한 한편으로 그때 자신을 둘러쌌던 말들이 되살아나는 것을 어쩌지 못하고 그렇게 말해버렸다. 그녀도 안지의 마음을 알아차렸을 것이다. 하지만 큰 동요 없이 안지의 눈을 똑바로 바라보고 말했다.

"누가 벌을 주는데요?"

마지막으로 만난 날에서 벌써 십 년도 지났기 때문인지, 아니면 남편을 보낸 지 얼마 되지 않았기 때문인지 그녀는 무척 나이들어 보였다. 그러니까 벌을 주는 건 누구일까. 안지는 머릿속에 떠오르는 생각들을 모두 흩어버렸다.

"안지씨는 그런 걸 원했어요?"

안지는 잠깐 생각했다. 내가 그런 걸 원했던가? 그랬을지도 몰랐다. 소문을 들은 친구들이 찾아와 자신을 위로하며 했던 말들이 떠올랐다. 두고 봐. 걔네가 행복하게 잘 살 것 같아? 금방 불행해질 거야. 안지는 두고 보고 싶지 않았다. 그냥 그 일로부터 멀어지고 싶었다.

"두 사람이 행복하게 잘 살길 바란 적은 없지만 불행하길 빌지는 않았어요. 그보다는 두 사람 생각을 거의 안 했어요. 저는 그냥 저 먹고살기도 바빴어요."

자기 인생을 잘 사는 것이 일종의 복수라고 되뇌던 시절이 있었다. 그런 암시가 필요하던 때도 있었다. 하지만 한두 해가 지나자 안지는 정말 먹고살기 바빠졌고 과거의 일에 연연할

틈이 없었다. 그건 흘러간 옛일에 불과했다.

"저도 그랬어요. 미안하다는 생각이 들 겨를이 없을 만큼 정신이 없었고…… 행복했어요."

두 사람은 행복했지만 아이는 생기지 않았고 나중에는 바라지도 않았다고 했다. 성준이 하나만 잘 키우자고 이야기했다. 그런데 남편이 사고로 죽자 성준이가 친엄마와 함께 살고 싶다고 말했다는 것이다. 행복했다면서 아이는 왜 그런 선택을 하려는 걸까. 애초에 아이에게 왜 여자가 친엄마가 아니라는 사실을 밝혔을까 싶었는데 남편이 죽고 외가에서 말이 나왔다고 했다. 아직 나이도 젊고 친자식도 아닌데 아이는 시댁에 맡기고 재가 준비를 하는 게 맞지 않겠느냐고. 여자는 그 이야기를 전하면서 치가 떨린다는 듯 몸을 부르르 떨었다.

"십 년이나 키웠는데요. 어떻게 생각하실지 모르겠지만 누가 뭐라 해도 제 새끼예요."

"친엄마는 죽었다고 하지 그랬어요."

"멀쩡히 살아 있는 사람을 어떻게요."

그전까진 친엄마인 척 연기하며 잘도 살았으면서 왜 그런 거짓말은 못할까. 거짓말에도 정도가 있는 것일까. 안지는 자신이 할 수 있는 거짓말의 종류를 떠올려보았다. 좋아하지 않는데 좋아한다고 말하기는 가능했다. 싫어하지 않는데 싫어한다고 말하는 것도. 호불호는 안지에게 절대적인 게 아니어서 아예 마음을 바꿔먹는 것도 가능했다. 내가 친엄마가 아니라고 말하는 건? 멀쩡히 살아 있는 사람을 죽었다고 말하는 건? 잠깐 멍하니 쓸데없는 생각 속으로 빠져들고 있을 때 여자의 휴대폰이 울렸다.

"성준이예요."

"자기 폰이 있어요?"

"벌써 열한 살이에요. 요즘 애들은 없으면 안 되죠. 잠깐만요."

안지는 통화를 하기 위해 자리를 비우는 그녀의 뒷모습을 보며 성준이를 떠올렸다. 막연한 이미지가 아닌 구체적인 모습으로. 여자에게서 연락을 받은 이후로 처음이었다. 자신의 뱃속에서 십 개월을 품었다가 낳아서 일 년 남짓 돌보았던 아이. 작고 쭈글쭈글하고 발갛고 솜털로 가득했던 얼굴, 깨끗하게 씻겨놓으면 양서류처럼 빛났던 자그마한 손가락과 발가락, 물렁거려서 연약한 비늘 같았던 손톱. 하지만 표정이 어땠는지는 기억나지 않았다. 그래도 돌까지는 함께 살았는데. 먹이고 입히고 닦이고 씻기고 트림을 시키고 재우고 기저귀를 갈아주면서. 그때의 얼굴이 부분 부분 사물처럼만 떠올랐다. 마치 인격이 없는 듯 느껴지던 때였다. 아이의 눈동자를 들여다보아도 그 눈이 자신을 마주보는 것 같지 않았고 아무것도 묻지 않는 것 같았기 때문에 어떠한 부끄러움도 없이 오래 그 눈동자를 바라볼 수 있었다. 모든 비밀을 털어놓을 수도 있을 것

144

같았다. 남편은 영 다른 말을 했다. 이 모공 하나 없는 얼굴 좀 봐. 투명한 눈동자도 좀 봐. 나를 꿰뚫어보는 것 같아. 하지만 안지에게 아이는 인간으로 태어났지만 아직 인간은 아닌 존재였다. 아직 태어나지 않은 사람이었다. 내가 낳았는데 분명. 가랑이가 찢어져라 힘을 줘서 낳았는데. 자지러지듯 우는 소리를 분명 들었는데. 그 집에서 계속 함께 살았다면 좋아할 수 있었을까?

그녀가 전화를 하며 돌아왔다. 자리에 앉으면서 "알았어, 집에 갈 때 아이스크림 사갈게"라고 말하자 "엄마, 고마워!"라고 외치는 앳된 목소리가 휴대폰에서 새어나왔다.

"사진 볼래요?"

안지는 보고 싶지 않다고 말하려 했지만 그럴 새도 없이 여자가 자신의 휴대폰 배경화면인 성준이의 사진을 들이밀었다. 안지는 건성으로 사진을 보고서 말했다.

"닮았네요."

그녀가 웃으며 말했다.

"저를요? 그럴 리가 없잖아요."

"함께 살면 닮는대요."

안지가 그녀를 처음 만났을 때 들었던 생각은 남편을 닮았다는 것이었다. 그러니 성준이와 그녀가 닮았다는 것도 아주 틀린 말은 아닐 것이다.

"저는 성준이랑 살고 싶어요. 왜 친엄마한테 가겠다고 하는 건지는 모르겠지만요. 애아빠도 죽고 이제 저한텐 정말 성준 이밖에 없어요."

"저는 그애를 원하지 않아요."

여자는 안지의 말에 안심했다는 듯 한숨을 내쉬었다. 하지만 조금은 뜻밖인 듯도 했다. 으레 핏줄은 당긴다고 하니까 안지가 아이를 원할지도 모른다고 생각했을까? 아빠도 죽은 마당에 새엄마 손에 아이를 맡길 수는 없다고, 이제부터라도 친엄마인 안지가 기르고 싶어할지도 모른다고 생각했을까?

"정말이죠?"

"네, 저희가 십 년 전에 각서에 썼던 대로요. 이제 와서 같이 살 자신도 없고요. 그애한테 그렇게 말하세요. 아무 말이나 다 해도 좋아요. 제가 애를 버리고 집을 나갔다거나 연락이 아예 안 된다거나 죽었다고 해도 괜찮아요. 바람난 사람이 저라고 해도 되고요."

"무슨 말인지 알겠어요. 그런데 지금 말씀하신 대로 말할 수는 없을 것 같아요. 그냥 사정상 만날 수 없다고만 할게요. 저는 이제부터 성준이한테 정직하고 싶거든요. 정직한 사람으로 키우고 싶고요."

"그럼 애가 그것도 알아요?"

"네?"

SINCE 1993 MUNHAKDONGNE

새해 계획으로 '거짓말을 하자'를 일기장에 적어넣는 사람은 없을 테지요. 흔히 거짓말은 해서는 안 되는 것으로 여겨지니까요. 거짓말은 누군가와 진실되게 교류하는 데에도 방해물로 생각됩니다. 거짓 없이, 비밀 없이 자신의 마음을 훤히 보여줘야 누군가를 이해할 수 있다고 말입니다. 하지만 어떤 관계는 거짓말을 통해 비로소 시작되고, 어떤 비밀은 다른 무엇보다 누군가를 온전하게 드러내주는 장치일 수 있습니다. 김애란 작가의 소설, 『이중 하나는 거짓말』 이야기입니다.

한편 어떤 사람에게 삶은, 마치 영원히 끝나지 않을 것만 이야기일 수도 있습니다. 그것이 무섭고 두려운 이야기라면 그 사람이 바라는 것은 당연히 이야기의 끝이겠지요. 그래야 새로운 이야기를 시작할 수 있을 테니까요. 『이중 하나는 거짓말』은 다른 사람의 도움을 기대할 수 없어 혼자만의 이야기에 갇혀 있던 세 아이가 자신과 비슷한 어둠 속에 있던 서로를 알아보는 이야기입니다. 그 만남을 통해 새로운 서사, 그러니까 새 삶의 가능성을 발견하는 이야기입니다.

소설에는 이런 문장이 나옵니다. "우리 좋은 직선을 그려보자." 그 선은, 우리가 흔히 떠올리는 일직선이 아닌 삐뚤빼뚤 구부러지고 위로 솟구치며 아래로 하강하는, 즉 심장박동 그래프와 닮아 있습니다. 어떤 모양으로 나아갈지 예측할 수는 없지만, 우리의 심장이 강렬하게 뛰고 있다는 사실을 증명해주는 그 직선을 생각하며 한 해 동안 다들 좋은 선을 그려나가시길 바라겠습니다.

_N (문학동네 국내문학 편집자)

"두 사람이 불륜 사이였다는 거요."

여자는 대답하지 않았다. 안지는 아이한테 그 사실을 이야기하지 않으면서 정직이라는 단어를 입에 올릴 수 있느냐고 말하려다 말았다. 이제부터, 라고 했으니까 지난 일은 모두 잊겠다는 것일까. 그것도 상관없었다. 안지는 그저 두 사람 일에 아무 상관도 하고 싶지 않았다.

그러고 보니 여자는 어떻게 자신의 전화번호를 알았을까. 이혼을 하며 고향을 떠난 뒤 안지는 전화번호를 바꾸고 남편과 관련이 있는 사람과는 누구하고도 연락하지 않았다. 어쩌면 여자는 자신의 엄마에게 연락해 물어봤을지도 몰랐다. 아무리 생각해도 알려줄 수 있는 사람이 달리 없었다. 그런데도 엄마는 자신에게 그런 사실을 귀띔해주지 않았다.

*

안지는 이혼하고 몇 주 지나지 않아 혼자 여행을 간 적이 있었다. 아무런 계획도 없이 갑자기 떠난 것이라 경치 좋은 곳을 예약하지는 못하고 터미널 근처 모텔에 방을 잡았다. 버스에서 내렸을 때는 이미 너무 지쳐버려 다른 곳으로 이동할 힘이 없었다. 해가 지도록 혼자 멍하니 모텔방에 앉아 있다가 허기가 져서 저녁을 먹으러 갔다. 창이 없는 방이었으므로 해가 졌다는 것은 다음날 날씨를 확인하려고 휴대폰 앱을 들여다보다가 알게 됐다. 안지는 터미널 근처 상가 골목을 배회하다 삼겹살집에 들어갔다. 들어가자마자 몇 명이냐고 묻는 직원에게 한 명이라고 대답하니 저희가 이 인부터 주문을 받거든요, 라는 말이 돌아왔다. 안지는 메뉴판을 훑어본 다음 항정살 이 인분을 시키겠다고 말하고 자리를 잡았다. 저녁 시간치고는 한산해서 가게를 잘못 골랐는지도 모르겠다고 생각하던 참에 사람들이 우르르 몰려들어왔다. 왁자지껄한 쪽이 나은지 혼자 조용히 먹을 수 있는 쪽이 나은지 생각한 끝에 아무래도 상관없다는 결론이 나왔다. 안지는 자리에 앉은 채 고기 굽는 일에 집중했다.

"세상에 집 없는 사람도 있나."

고기를 이리저리 뒤집는 중에 그 말이 들렸다. 안지는 자신도 모르게 고개를 들어 그 말을 한 사람의 얼굴을 쳐다보았다. 바로 옆 테이블에 앉은 육십대 초중반의 남자였다. 원형 탈모가 진행된 것을 빼면 나이에 비해 건강해 보였다. 등받이가 없는 의자인데도 허리를 아주 꼿꼿이 세우고 앉아 소주를 들이켜고 있었다. 그건 도대체 무슨 말도 안 되는 소리일까. 집 없는 사람도 있나니. 육십대쯤 되면 집 하나쯤은 갖게 된다는 걸까. 서울이 아닌 이런 소도시에 살면 그리 어렵지 않은 일일까. 하지만 소도시에 살면서도 집이 없는 사람들은 무척 많을 것이다. 안지는 그 말이 나온 맥락이 궁금해 그쪽 테이블을 향해 귀를 기울였지만 그 말과 연관된 다른 이야기는 나오지 않았다. 그저 야구에 대한 이야기가 들려왔다. 어쩌면 완전히 다른 말이었을까. 집이 아니라 짐이었을까. 혹은 야구에 대한 이야기였을까. 홈런이라는 말도 있으니까 집과 관련된 다른 표현이 더 있지 않을까. 안지는 야구에 대해 아는 바가 없었다.

다음날 난생처음 가본 어느 해변을 거닐 때도 안지의 머릿속으로 그 목소리가 계속 떠올랐다. 안지는 집이 있었다. 조용히 이혼하자고 마음을 먹은 데는 남편이 주겠다고 한 위자료의 영향도 컸다. 외곽에 작은 아파트 하나를 구할 정도는 되었으니까. 하지만 그렇게 집을 얻은 다음에도 늘 집 없는 사람에게 마음이 더 이입되었다. 어쩌면 결혼을 결심한 데에는 남편이 집을 해올 형편이 된다는 점이 크게 작용했는지도 몰랐다. 부모도 집을 소유하지 못했으니까 안지는 빨리 집이 있는 사람이 되고 싶었다. 결혼을 하면 그게 단박에 가능해진다니 더 마음이 흔들렸는지도 몰랐다. 인생을 모두 걸어도 된다고 생각했을 정도로. 그러니까 세상에 집 없는 사람이 얼마나 많은데 그 사람은 왜 그런 말을 했을까. 마음의 집 같은 걸 은유한 것일까. 그때 바로 물어볼 걸 그랬나. 이봐요, 아저씨. 도대체 그게 무슨 뜻입니까? 그렇게 물었다면 그 사람은 뭐라고 대답했을까? 혹시 집이 없어요? 세상에나 집이 없다니. 그렇게 대답했을까? 아니요, 집 있는데요. 안지는 반박했을 것이다. 저도 집이 있는데요. 거봐요, 사람들은 다 집이 있다니까요. 하지만 그건 사실이 아니었다. 자가 보유율 통계를 보면요…… 안지는 그렇게 반박할 수도 있었다. 그런 쓸데없는 생각을 하며 해변을 걷다가 안지는 그 남자가 부러워졌다. 그는 주변에 집이 없는 사람은 아무도 없는 그런 삶을 살아왔을 것만 같았다.

부모는 안지의 결혼을 환영했다. 예비 사위의 덕을 좀 보고 싶어하는 것도 같았다. 그쪽 집이 좀 살잖니. 상견례에서도 그런 마음을 숨기지 않았다. 혼수가 뭐 필요한가요? 이미 뱃속에 들어 있잖아요. 이제 와서 어쩔 거냐며 엄마가 상대방을 놀리듯 말한다고 안지는 생각했다. 그런 엄마를 말리고 싶었지만 안지는 그냥 그 시간이 빨리 지나가기만을 기다렸다. 결혼 후에는 친정과 거의 왕래를 하지 않았다. 명절이나 어버이날에 가끔 용돈을 보냈는데 다행히 부모는 그 정도로 만족하는 것 같았다. 안지가 남편의 불륜과 이혼 사실을 알렸을 때도 별로 놀라지 않았다. 그런 일쯤은 살면서 많이 겪었기 때문일까? 이왕이면 남들 하는 건 다 하고 살랬더니 이혼도 하느냐고 했던가? 위자료나 많이 받으라는 말은 분명히 했다. 그럼 이제 어디서 살 거니? 다시 집으로 돌아올 수 없다는 것을 알리듯 그렇게 묻기도 했다. 안지는 분명 두 사람의 친자식이었다. 그럼에도 가끔 부모는 생판 모르는 사람을 대하듯 안지에게 냉담하게 굴었다. 안지는 작은 집을 하나 구했다고만 대답했다.

*

　"근데, 그때 왜 화를 내지 않았어요? 저 살기도 바빴다고는 말했지만…… 전 사실 살면서 종종 안지씨를 생각했어요. 그때 그 표정이며 말투가 잊히지 않았거든요. 어떻게 그렇게 차분할 수가 있을까 싶었어요. 이미 다 체념했기 때문인지 다 포기했기 때문인지…… 왜 한 번도 화를 안 냈어요?"

　"소리지르고 때려 부수는 것만이 화내는 방식인 건 아니잖아요."

　"안지씨 방식은 어떤 건데요."

　안지는 자신의 방식을 사실대로 털어놓기가 망설여졌다. 하지만 사실대로 말해버리고 싶기도 했다.

　"일기를 써요."

　"그게 무슨…… 도움이 되나요?"

　"안 되지 않죠. 그리고 위자료도 화를 삭이는 데 도움이 됐어요."

　안지는 역시 말하지 말 걸 그랬다 싶어 얼른 돈 얘기로 화제를 바꿨다. 블로그에 일기를 써서 올리고 거기에 댓글을 달아주는 사람들 덕에 화를 삭일 수 있었다는 이야기는 아무래도 여자에게 털어놓을 수 없었다. 맨 처음 거기엔 여자에 대한 욕으로 가득했으니까. 대신 위자료가 도움이 됐다는 말은 많은 일들에 대한 대답이 되었다. 우스개로 금융 치료라고 말하는 것처럼 자본주의사회에서 돈으로 용서 못할 건 없으니까. 바람난 남편을 용서하는 일에도 도움이 된다는 점에 세상 사람들은 다 동의할 것이다. 안지의 얘기를 듣고 여자는 결심했다는 듯 눈에 띄게 숨을 들이켰다 내쉬고는 말했다.

"오늘 만나자고 한 건, 짐작하셨을지도 모르겠어요. 그리고 뻔뻔스럽다고 생각하겠지만 한 가지 부탁하고 싶은 게 있어서예요."

"뭔데요?"

"성준이 양육비를 좀 보태줬으면 해요."

안지는 자신도 모르게 헛웃음을 지었다. 역시 예상했던 일이었다. 그래도 안지는 여자가 아주 싫지는 않았다. 자신이 뻔뻔하다는 걸 아는 사람이라서? 안지가 낳은 아이를 성심으로 키우고 있는 사람이라서? 무엇보다도 안지는 자신이 이혼하는 과정에서 남들이 말하는 것만큼 충격을 받지 않았다는 점을 떠올렸다. 여자의 말대로 불륜 사실을 알았을 때도 그다지 화가 나지 않았다. 산후 우울증으로 모든 에너지가 바닥나 있었기 때문에? 알 수 없었다. 오히려 한편으로는 홀가분하기까지 했다. 왜 그런 마음이었는지 여러 이유들을 떠올려봤지만 적확한 답을 찾지는 못했다.

남편의 사망 보험금의 수익자가 안지로 되어 있다는 이야기는 만나기 전 이미 여자에게 들었다. 그게 아니었다면 여자는 세 사람이 각서에 쓴 대로 안지에게 연락을 하지 않았을 것이다. 성준이가 아무리 떼를 쓴다 하더라도 안지의 연락처를 수소문해보지 않았을 것이다. 그랬다면 안지는 남편이 죽었다는 사실을 영영 알지 못했을지도 몰랐다. 안지에게는 이미 죽은 것과 다름없는 사람이었지만 진짜로 죽었다는 사실을 알게 되자 남편에 대해 남아 있던 감정이 기존의 것과는 완전히 다른 것이 되어버렸다.

보험금이라면 으레 법정상속인에게 지급된다고 여기고 착실히 보험료만 납부했던 것인지 오래전 가입한 생명보험의 수익자가 여전히 안지로 되어 있는 걸 몰랐다고 했다. 허술한 사람들이라는 생각이 들었다. 복에 겨워 사느라 그런 사소한 일들은 일일이 신경쓸 겨를이 없었는지도 몰랐다. 안지는 여자가 자신에게 만나자고 한 것도 아마 허술했던 과거를 바로잡기 위함이리라 짐작했다. 안지는 자신의 짐작이 맞을지, 여자가 어떤 말을 할지 궁금해서 만나자는 청에 순순히 응했다.

"애가 공부를 곧잘 해요. 양육비는 학원비 정도만요. 대학 입학 때까지만요."

안지의 헛웃음에 약간 조바심이 났는지 여자가 서둘러 말을 덧붙였다. 안지는 다시 또 성준이를 생각했다. 아직 인간이 되지 못한, 양서류인 것처럼만 여겼던 아이. 잠투정을 하며 눈을 깜박일 때 얇고 투명한 막이 있는 것처럼 느껴졌던 눈동자를 떠올렸다. 이제는 많이 자라서 전혀 모르는 얼굴을 하고 있을 아이.

"벌써 열한 살이라고요."

"네."

"그냥 보험금을 다 내놓으라고 할 수도 있을 텐데요."

"실은 그럴까도 생각했어요. 주위에서도 그러라고 했거든요. 하지만 안지씨가 수익자로 되어 있어서 소송을 해야 할 거라고 하더군요. 그런 걸 겪고 싶지는 않았어요. 주제넘는다고 생각하겠지만…… 안지씨한테 그런 걸 겪게 하고 싶지도 않았고요. 얘기했죠. 살면서 종종 안지씨를 생각했다고. 성준이가 남편이랑도 저랑도 안 닮은 짓을 할 때면 더 생각이 났어요. 친엄마를 닮아 저러나 하고요. 걱정 마세요. 나쁜 점은 아니에요. 애가 착해요. 친구들이랑도 잘 어울리고, 잘 웃고. 누가 나쁜 짓을 해도 금방 용서를 해버려서…… 그래서 생각했어요. 너는 화도 안 나니? 그걸 다 뺏어가는데도 가만히 있니? 제 속이 답답해서 그렇게 화를 냈다가도 이런 성정은 안지씨를 닮은 건지도 모르겠다고 생각했어요."

"그건 나쁜 점인 것 같은데요."

안지는 여자가 갈수록 뻔뻔스러운 소리만 늘어놓는다고 생각했다. 그게 여자의 장점인 것도 같았다. 여자라면 남들처럼 살고 싶다는 생각을 하지 않을 것이고 그러느라 자기가 누군지, 진짜로 좋아하고 싫어하는 것이 무엇인지 헷갈릴 일도 없을 것이다. 아이한테 그런 걸 강요하지도 않을 것이다. 안지는 이제는 완전히 모르는 사람이 된 아이가 무탈하게 잘 자랐으면 했다.

"수익자가 저로 되어 있으니까 그 돈은 제가 받아야겠어요. 양육비는 한꺼번에 드릴게요. 계속 또 연락을 하면서 살고 싶지는 않으니까요."

*

살집이 적당한 통통한 손은 고생을 모르는 사람의 것처럼 고왔다. 흰 피부 아래로 혈관이 뒤얽힌 것이 선연히 보이는 듯했다. 안지는 십 년 전 여자와 단둘이 카페에서 만났을 때 그런 생각을 했다. 많이 추운가보네. 여자를 만나면 물잔이라도 끼얹을 줄 알았는데 막상 마주하니 아무런 힘이 남아 있지 않았다. 그런 수고를 하고 싶지도 않았다. 뒤늦게 도착한 여자는 추운데도 아이스 아메리카노를 시켰고 그 때문인지 잔을 쥔 손을 덜덜 떨었다. 그러게 왜 차가운 음료를 시켰을까. 안지는 따뜻한 캐모마일차를 마시고 있었다. 여자를 기다리며 펼친 메뉴판에서 진정 효과가 있다는 설명이 눈에 먼저 들어왔기 때문인지 자연히 그쪽으로 마음이 기울었다. 따뜻한 잔을 손으로 감싸쥐는 것만으로도 흥분한 마음이 조금은 가라앉았다.

무슨 이야기를 했더라. 삼자대면도 마쳤고 이혼 결정도 끝난 다음이었다. 안지는 할말이 없었고 여자도 뭔가를 요구하려는 것 같지는 않았다.

"왜 만나자고 했어요?"

만나고 싶다고 말한 쪽은 여자였기에 안지는 캐모마일차를 홀짝이며 물었다. 막상 입에 가져다대니 생각보다 뜨거워서 몇 모금 마시지도 못했다. 여자는 창백한 손으로 유리잔을 쥔 채 커피는 거의 마시지 않고 말했다.

"죄송합니다."

여자가 안지를 바라보며 그렇게 말했을 때 안지는 여자의 얼굴이 별로 미안한 사람의 표정이 아니라고 생각했다. 미안하다기보다는 부끄러워하는 쪽에 가까웠다. 사랑을 들킨 사람처럼 수줍어하는 것도 같았다. 이제 방해물은 제거되었다고 안도하고 있는지도 몰랐다.

"마지막으로 둘만 있는 자리에서 진심으로 사과를 하고 싶었어요. 정말 죄송해요."

"홀가분해지고 싶어서요?"

"네?"

"그렇잖아요. 이미 다 결판난 마당에 왜 단둘이 보자 할까 싶었거든요. 그쪽 사과를 듣고 나니 대뜸 그런 생각부터 드는 걸 어쩔 수가 없네요."

여자는 아무런 대꾸가 없었다. 어쩌면 안지의 말에 동의하는지도 몰랐다. 남몰래 그런 마음을 품었을지도 몰랐다. 이미 벌어진 이 난장에서 어쩔 수 없이 악역을 맡게 된 자신이 최대한 품위를 지키면서 마음의 평안을 얻을 방법을 찾고 싶었는지도. 여자는 모든 걸 감내하겠다는 듯 묵묵히 안지의 다음 말을 기다렸다. 안지는 여자가 홀가분해지지 않았으면 했다. 하지만 영원히 그런 것만을 바라며 살 수는 없었다.

"그냥 물이나 끼얹고 일어나면 그만이라고 생각했는데……이게 너무 뜨거워요. 사람들이 쳐다볼 것도 싫고요."

안지의 말이 끝나자마자 여자가 덜덜 떠는 손으로 쥐고 있던 컵을 놓치는 바람에 탁자 위로 커피가 쏟아졌다. 유리잔이 깨지지는 않았지만 큰 소리가 나서 카페에 있던 사람들이 모두 이쪽을 쳐다보았다. 그때도 안지는 헛웃음을 지었다.

*

여자가 떠나고 안지는 카페에 잠깐 더 머물렀다. 함께 나서고 싶지 않아서 자신은 좀더 있다 가겠다고 말하자 여자가 먼저 일어섰다. 안지는 남은 차를 마시면서 자신이 받게 될 돈과 양육비로 지급해야 할 돈을 계산해보았다. 그때 여자가 앉았던 소파에 반지갑이 떨어져 있는 게 보였다. 여자가 흘린 것 같았다. 찾으러 오겠거니 싶어 여자가 돌아올 때까지 앉아 있어야겠다고 생각했다.

대학 입학 때까지 양육비를 달라니. 사실 그건 보험금을 거의 다 내놓으라는 말과 크게 다르지 않았다. 하지만 여자는 우아한 방식을 선택하고 싶어서 양육비를 보태달라고 한 것 같았고 안지는 여자의 그 선택이 마음에 들지 않았다. 끝끝내 우아할 수 있는 사람이라는 것도. 생각해보면 이혼해달라고 말할 때도 여자와 남편은 자신들이 할 수 있는 가장 산뜻한 방법을 선택했다. 그런 사람들이었다. 자신의 감정이 무엇인지 잘 알고 솔직한 사람. 숨기느니 차라리 정면 돌파를 선택하는 사람. 그래서 뻔뻔할 수 있는 사람.

시모가 안지를 달랠 때 그런 말을 했다. 내가 현수한테 물어봤어. 애가 이제 갓 돌을 지났는데 어쩌려고 그러냐. 지나가는 바람일 수도 있지 않냐. 성준 엄마가 딱하지도 않냐. 내가 어떻게든 마음을 돌려보려고 이야기를 했어. 그런데…… 그런데 단호했다고 했다. 안지가 임신했다고 말할 때는 쭈뼛거리기만 했던 아들, 상견례 자리에서는 별말 없이 웃기만 했던 아들이 아주 단호한 말투로 이혼해야겠다고 말했다고 했다. 너도 그걸 바랄 거라고 하더라. 너희가 애틋한 사이가 아니라는 건 알고 있었어. 그래도 애까지 생긴 마당에 잘 살기를 바랐던 것도 사실이다. 그런데 같이 사는 게 무의미하다면, 그러니까 이혼을 해야 한다면 차라리 아직 애가 아무것도 모를 때 하는 게 낫지 않겠니? 이혼을 해야 한다면. 마치 언젠가는 꼭 닥칠 일처럼 시모가 말했을 때 안지는 그 미래를 잠깐 그려보았다. 그랬더니 아무런 어려움 없이 술술 그려졌다. 이미 지나간 과거처럼. 안지가 미래인지 과거인지 모를 그 장면을 떠올리고 있을 때 시모가 안지의 품에서 울던 성준이를 데려갔다. 안지는 갑자기 사방이 고요해진 탓에 앞날을 더 상상해보는 게 조금 무서워졌다. 다시 성준이를 자신의 품에 데려오려고 했는데 결국은 그러지 못했다. 약간은 웃는 낯으로 잠든 아이를 깨우는 게 더 두려웠기 때문이었다. 남편의 말대로 안지 자신도 이혼을 원하는지 몰랐다. 어떻게 이렇게 오랫동안 남편과 지낼 수 있을까 싶었는데 어쩌면 그가 자신보다 자신의 속마음을 잘 아는 사람이어서 그런 것 같다는 생각도 들었다. 등 떠밀려서 하는 이혼 말고 자신이 결정해서 하는 이혼을 하고 싶어서 그동안 질질 끌었는지도. 그날 밤 안지는 성준이를 시댁에 맡기고 남편과 마주앉아 긴 대화를 했다. 안지는 남편이 좋은 사람이라는 생각은 자주 했지만 좋아 죽을 것 같은 적은 없었다. 좋은 사람이라는 것만으로 충분하다고도 생각했다. 충분하지 않나? 그 말에 남편은 자신도 안지가 좋은 사람이라

고 생각했고 정말로 좋아하기도 했지만 그걸로는 도통 충분하
지 않았다고 했다.

한참을 기다려도 여자는 돌아오지 않았다. 지하철을 타고
왔다고 했으니 교통카드가 없는 걸 알아차려도 진작 알아차렸
을 시간이었다. 아니면 결제는 휴대폰으로 하고 지갑은 그저
만약을 대비해 챙겨 다니는지도 몰랐다.

안지는 지갑을 집어들었다. 잃어버린 사람이 여자가 맞는지
확인하기 위해 신분증이 들어 있는지를 살폈다. 2종 보통 운
전면허증이 있었다. 자주 가는 카페인지 무료 음료 쿠폰과 신
용카드 몇 장도 들어 있었다. 그중 한 장은 여전히 남편 이름
으로 되어 있었다. 현금도 삼만원 있었다. 그리고 세 사람이
함께 찍은 가족사진이 있었다. 성준이의 초등학교 입학식 때
찍은 듯 셋 다 잘 차려입은 모습이었다. 자세히 보니 성준이는
여자와 조금도 닮지 않았다. 남편도 여자와 별로 닮지 않았다.
안지는 남편의 얼굴에 시선을 고정했다. 이런 얼굴로 늙었구
나. 그는 꽤 행복해 보였다. 이혼하지 않았다면 남편이 이보다
더 늙을 때까지 자신과 같이 살 수도 있었을까? 하지만 이런
행복한 표정은 아닐지도 몰랐다. 아빠의 손을 붙들고서 활짝
웃고 있는 성준이는 어린 시절의 안지를 쏙 빼닮아 있었다. 첫
아들은 엄마를 닮는다는 얘기가 떠올랐다.

확신해?

뭘?

나랑 이혼하고 그 여자랑 결혼하고 나서 후회하지 않을 수 있어?

안지는 남편과 긴 대화를 하던 밤에 그게 궁금했다. 어떻게 저렇게 좋아 죽을까. 어떻게 그토록 선명하고 분명한 감정이 생겨날 수가 있을까. 안지는 남편이 포옹해주었을 때 인생을 모두 걸 만큼 남편과의 관계에 확신이 있었지만 남편이 여자에게 갖는 감정은 그것과는 전혀 다른 것이리라 짐작했다. 이번에는 모든 것을 뒤엎어야만 하니까.

그런 게 궁금하다는 거잖아, 너는. 나는 너한테 설명할 자신이 없어. 그냥 같은 말만 계속 반복하게 될 뿐이야.

여자는 끝내 돌아오지 않았고 안지는 지갑을 카운터에 맡기고 카페를 나왔다.

*

안지는 집으로 돌아와 모모에게 밥을 챙겨주었다. 안지는 이혼 후 오 년 뒤에 재혼을 했다. 이번에도 전남편처럼 좋은 사람을 골랐다. 하지만 이번에는 좋아 죽을 것 같은 사람으로. 모모는 그가 결혼 전부터 기르던 고양이였다. 안지가 더는 아이를 낳고 싶지 않다고 하자 그는 자신도 딱히 그런 욕심은 없다면서 함께 고양이를 기르며 잘 살아보자고 말했다. 안지는 그건 자신이 있었다. 개도 아니고 고양이였으니까. 산책을 시키는 대신 집에서 장난감을 흔들어주면 되고, 자주 씻길 필요 없이 양치를 잘 시키고 밥을 잘 챙겨주면 되니까. 안지는 그런 생활이면 충분했다.

안지는 그와 식탁에 마주앉아 저녁을 먹으며 낮에 있었던 일을 이야기했다. 안지의 얘기를 다 듣고 나서 그가 말했다.

"우리가 한번 키워볼까?"

마치 고양이를 한 마리 더 들이자는 말투처럼 들려서 안지는 이맛살을 찌푸렸다.

"생판 남이나 다름없는 다 큰 남자앤데, 자신 있어?"

"못할 것도 없지 않나? 한번 상상해봐. 열한 살이면 이제 사학년인가? 요즘은 공부 같은 건 다 학원에서 가르치니까 집에서 별로 할 건 없지 않을까? 예체능에 재능이 있으면 좀 걱정이긴 하다. 쫓아다니면서 뒷바라지해야 하는 일이라고 들었거든. 자전거는 탈 줄 알려나? 내가 잘 가르쳐줄 수 있는데. 수영도. 근데 이제 사춘기에 접어들 때지? 요즘은 빠르다고 하더라고. 그건 좀 피곤하긴 하겠다. 우린 이제 막 서로 익숙해져야 하는 사인데 그런 풍파까지 이겨내려면. 하긴 무엇도 쉽지 않겠지. 친아빠를 잃은 지 얼마 안 된 꼬맹이잖아. 그래도 들어보니까 애가 순한 것 같아."

"나도 아는 게 별로 없는데."

그렇게 말하면서도 안지는 성준이를 데려와 셋이 함께 사는 삶을 상상해보았다. 그 모습은 어렵지 않게 그려졌다. 안지가 원하던 평균적인 삶의 모습이었기 때문이다. 그 모습은 언젠가 그랬듯 마치 지나간 과거처럼 생생히 그려졌다. 상상 속에서 안지와 남편은 성준이가 성인이 될 때까지 무사히 잘 길러냈다. 무탈하게.

"그리고 생판 남도 아니지. 자기 핏줄인데."

핏줄이 뭐 대단하다고. 안지는 자신과 핏줄로 엮인 사람들을 생각했다. 이제는 거의 연락도 하지 않는, 아마 죽을 때에야 연락이 닿을 사람들을, 좋아하는 마음 없이 함께 살아야만 했던 사람들을 생각했다. 그 사람들한테 잘 보이고 싶어서 내렸던 선택들을 생각했다.

"성준이가 원하지 않을 것 같아."

"왜? 걔가 친엄마랑 살고 싶다고 말했다면서."

"진심이 아닐 거야."

"그걸 어떻게 알아? 원래 핏줄은 당기게 마련이야."

안지는 아이가 여자네 집 쪽에서 뭐라고 한소릴 들은 것 같다고 말했다. 맘 약한 애라면 지레 겁먹고 자기가 총대를 메야 한다고 생각했을지도 모른다고. 그렇게 얘기하자 그가 무릎을 쳤다.

"자기 아들 맞네. 자길 닮았어."

"날 닮은 애는 싫은데."

"다행인 건 우리가 선택할 수 있다는 거지. 그럼 계속 거기서 살라고 하면 되는 거잖아? 그 여자도 그걸 원한다면서. 양육비는 따로 주기로 한 거고."

"응."

"그럼 그쪽이 원하는 대로 다 해주는 거네. 또 생각해봐야 할게 있어?"

"없어."

"그럼 이제 끝?"

"끝."

"완전히 끝?"

"끝."

"끝!"

그는 이제 다음 화제로 넘어가도 되겠다는 듯 주말에 있을 모임에 대해 이야기했다. 한 달에 한 번 친구 부부와 서로의 집을 오가며 저녁식사를 함께하는 모임이었다. 안지네와 마찬가지로 아이가 없고 개 한 마리를 키우는 커플이었다. 하지만 그들은 아이를 가질 계획이 있었다. 시술을 받으러 다녔지만 생각처럼 잘 되지는 않는 듯했다.

두 커플이 함께 먹는 저녁 메뉴는 늘 평범했지만 언제부턴가 누가 더 해괴한 디저트를 만들어내느냐를 두고 경쟁이 붙었다. 안지도 듣도 보도 못한 메뉴를 개발하기 위해 애를 썼다. 분기에 한 번씩 1등을 뽑았고 이번 연말에는 그동안 만든 디저트 중에 가장 해괴한 것을 뽑아 명예의 전당에 올린 뒤 다른 친구들도 초대해 다 함께 맛을 보기로 했다. 누가 이런 해괴한 짓을 벌이자고 한 거야. 그런 시답잖은 농담을 주고받으면서. 그건 어쩌면 안지 때문에 시작된 대회였는지도 몰랐다. 언젠가의 저녁 메뉴 중 하나였던 가지라사냐를 안지만이 맛있게 먹었기 때문이었다. 억지로 먹지 않아도 된다는 말을 안지는 도통 이해할 수 없었다. 정말 맛있었다. 자긴 싫어하는 게 뭐야? 도대체 안지가 싫어하는 게 뭘까? 그에 대한 답을 찾기 위해 모두 이상한 도전들을 시도하고 있었다.

"아이스크림에 면을 넣는 거야. 사실 이건 실제로 있는 메뉴야. 그치만 해괴하다는 점은 변함없지."

안지는 어쩌면 여자에게서 연락이 올지도 모른다고 생각했다. 지갑에 있던 가족사진을 자신이 가져와버렸으니까. 그게 유일한 가족사진일 거라고는 생각하지 않았지만 그래도 지갑에서 그것만 빼간 이유가 궁금할 수도 있었다. 찝찝할 수도 있고. 안지도 그걸 가지고 있는 게 찝찝했다. 왜 그 사진을 가져오고 싶은 충동이 일었는지 안지 스스로도 알 수 없었다. 안지가 한 번도 좋아한 적 없는 세 사람이 함께 있는 사진.

"듣고 있어?"

"미안, 딴생각했어."

"아직 완전히 끝이 아닌가보네."

그는 그럼 모임 저녁 메뉴는 나중에 이야기하자며 먼저 식탁에서 일어나 빈 접시들을 치우기 시작했다.

안지는 좋아하는 마음 없이도 한 사람을 성인으로 무사히 잘 키워낼 수 있을지 잠깐 생각해보았다. 함께 살다보면 그런 마음이 자연히 생겨날 수도 있는 걸까? 서로가 처음이니까 시행착오를 겪으며 함께 성장해갈 수도 있지 않을까. 친엄마와 살고 싶다던 그애의 말이 어쩌면 진심인 건 아닐까. 그럴 수도 있을 것이다. 처음부터 모든 게 잘 맞을 수는 없겠지만 점차 적응해나갈 수 있을 것이다. 점점 비어가는 식탁 위로 모모가 뛰어올라 자리를 잡고 앉았다. 안지는 모모의 등을 쓸어내리며 다시 한번 미래를 그려보았다. 이번에는 무엇도 잘 그려지지 않았다.

"무슨 생각을 그렇게 골똘히 해?"

어느새 텅 빈 식탁 위에 찻잔을 내려놓으며 그가 물었다.

"그냥."

"자기도 역시 핏줄이 당기는 거지? 얘기 듣고 오니까 또 맘이 다르지?"

"그런가."

안지는 자신을 닮은 그애를 한번 좋아해보고 싶었다. 그애가 좋은 아이든 아니든 상관없이 무한정의 애정을 퍼부어주고 싶었다. 자신이 낳은 아이이니까. 조금 전 남편이 말했던 것처럼 그애를 쫓아다니며 뒷바라지를 해보고도 싶었다.

"아니야."

"아니야?"

"응, 아니야."

"그럼 이제 끝?"

"응, 끝."

"진짜 끝?"

"진짜로 끝."

안지는 모든 것이 완전히 끝일 수는 없다는 걸 알면서도 단호하게 말했다. 분명한 건 오늘 그들을 생각하는 일은 그만둘 거라는 것이다. 그러나 다음날에 다시 또 생각난다면 그땐 그냥 내버려둘 것이다. 안지는 남편이 우려준 차를 마시며 따뜻하고 달고 쓰다고 생각했다. 뒷맛은 조금 떫었다. 저녁식사 후면 늘 마시던 차였고 안지는 그 맛을 좋아했다.

*

얼마 지나지 않아 보험사에서 연락이 왔다. 몇 가지 확인을 거친 다음 보험금이 입금되었고 안지는 여자에게 미리 받아 둔 계좌번호로 그 돈을 이체했다. 여자에게서는 별다른 연락이 없었다. 안지는 그게 마음이 놓이기도 하고 어쩐지 섭섭하기도 했다. 그래서 먼저 '돈을 보냈어요' 하고 문자를 보냈다. 여자는 '감사합니다' 하고 답장을 했지만 그 밖의 다른 말은 없었다. 더는 연락하고 싶지 않다는 안지의 말을 새겨들었던 것일까. 혹시라도 전화를 걸어오면 그날 여자가 두고 간 지갑과 사진에 관해 슬쩍 말을 꺼내봐야지 생각했는데 문자만 보내고 말 뿐이니 다른 말을 더 할 기회가 없었다.

결국 세 사람이 함께 찍은 사진은 안지가 가지게 되었다. 다시 돌려주기도 찢어버리기도 불태워버리기도 애매했다. 자신과 똑 닮은 아이가 있는 사진이니까. 안지는 그 사진을 자신의 지갑에 넣고 다녔다. 그 여자가 그랬던 것처럼. 언젠가 우연히 여자를 다시 만나게 되면 돌려줄 작정이었다. 그런 날이 오리라고는 전혀 기대하지 않으면서도 어쩌면 그런 일이 벌어질 수도 있겠다는 생각으로.

해괴한 디저트 대회는 이제 해괴한 에피소드 대회로 바뀌어서 안지는 '지갑 속에 죽은 전남편의 가족사진을 넣고 다니는 이유'에 관한 이야기로 명예의 전당에 올랐다.

먼바다 쪽으로

1

어느 날 해변으로 조개들이 마구 밀려왔다. 종희는 투숙객이 빠져나간 이층 객실의 베란다에서 이불을 털다가 해변에 있는 사람들이 자주 허리를 굽히는 것을 보고 그 사실을 알아챘다. 7월이 시작되자 더위는 정점을 찍었다. 바닷속으로 뛰어드는 사람들도 점점 더 많아졌다. 종희는 일층에서 청소를 하고 있을 현태에게 전화를 걸어 해변에 나가보라고 했다. 현태는 빈 양파 망 하나를 들고 맨발로 걸어나가서는 망에 조개를 가득 채워 돌아왔다. 잡아온 조개는 한나절 동안 잘 해감한 다음에 국을 끓였다. 그래도 어떤 것은 모래가 많이 씹혀서 뱉어내야만 했다.

그날 잠들기 전에 이불 속에서 몇 차례 몸을 뒤치던 현태가 물었다. "그런데 우리가 끓인 조개 이름이 뭐지?" 종희는 고개를 갸웃하며 조개의 외양을 떠올려보았다. 보름달처럼 둥근데다 껍데기가 매끈한 하얀 조개였다. 곰곰 생각했지만 겨우 "글쎄, 뭐였을까" 하고 말할 수 있을 뿐이었다. 꾸준히 챙겨먹는 수면제의 약발 때문인지 현태는 금세 곯아떨어져 코를 골기 시작했다. 종희가 현태의 베개를 살짝 잡아당기자 잠깐 코고는 소리가 멎었다. 창으로 승용차의 후미등인 듯한 붉은 빛이 들어와 천장을 밝혔다가 사라졌다. 종희는 눈을 깜박이며 그 흔적을 좇다가 이내 잠들었다.

다음날 종희는 조개껍데기만 모아놓은 비닐봉지에서 하나를 꺼내 싱크대에 올려놓고 휴대폰으로 사진을 찍었다. 한번 삶은 뒤라 그런지 색이 좀 바래 보여 하얗게 보정해서 인터넷 사이트에 올렸다. 어제 해변에서 잡은 것인데 이름이 궁금합니다……

"어젯밤에 누가 왔었나? 잠결에 차 소리를 들은 거 같은데."

샤워를 하고 나온 현태가 수건으로 머리를 털며 물었다. 종희는 지난밤 천장이 불빛으로 붉어졌던 것이 떠올라서 손뼉을 짝 치고 말했다.

"맞아, 차 불빛이 지나가는 걸 봤어."

"뭐? 근데 왜 말 안 했어?"

"자는 사람을 뭐하러 깨워. 그리고 잘못 왔나보다 했지."

"헷갈리기 쉬운 길은 아니잖아."

"그래도 밤이었으니까 헷갈렸을 수도 있지. 아니면 기분 내려고 달리다가 여기가 막다른 길인 줄도 모르고 들어왔을 수도 있고."

현태는 입술을 깨물고 고개를 두어 차례 끄덕였다. 종희는 그것이 충분한 동의의 표현이라고 여겼다.

"우리 펜션 옮길까?"

"왜? 여기 괜찮잖아. 사장도 멀리 살고."

"손님이 거의 없잖아. 지난달 월급도 보름이나 늦게 들어왔는데 이번달도 모르지."

종희는 한가해서 좋다고 말하려다가 말았다. 현태가 두려워하는 것은 늦어지는 월급이 아니라 지난밤의 방문자였다. 종희 생각에 그 사람은 그저 길을 잘못 든 멍청이일 뿐이었다.

"그래도 이번 여름까지는 있어야지. 당장 옮길 데를 어디서 찾아? 천천히 생각해보자."

현태는 대답 없이 가만히 앉아 있었다. 종희는 현태가 대답이란 걸 할 수 있을 리가 없다고 생각했다. 현태의 의심은 불안 때문에 일어난 감정이었다. 한동안 잠잠하다 다시 고개를 처든 것 같았다. 그걸 자신의 한두 마디 말로 잠재울 수는 없었다.

"자기야, 나가서 고기랑 숯 사와. 오늘 예약 있잖아."

현태는 알았다고 말하고는 옷을 갈아입고 머리를 덜 말린 채로 방을 나갔다. 잠시 후 자동차가 자갈이 깔린 주차장을 빠져나가는 소리가 들렸다. 현태가 나간 다음 종희는 청소를 하기 위해 몸을 일으켰다.

두 사람은 이층짜리 펜션에서 지내고 있었다. 일층 입구에 있는 방이 두 사람의 거처였다. 방은 다른 객실보다 작았지만 바다 쪽으로 딴 건물이 없어 탁 트인 전망이 좋았다. 손님이 없는 날에는 빈 객실에서 자기도 했다. 이곳에서 숙식을 해결하며 펜션 안팎을 관리하는 것이 두 사람의 일이었다. 서울살이에 시달리다 요양 삼아 내려온 시골에서 무료하게 지내다가 소일이라도 하자 싶어 구한 자리였다. 객실은 모두 여섯 개였고 잔디 마당에 바비큐용 야외 테이블이 있었다. 사장은 다른 도시에 살았다. 처음 면접 볼 때를 빼고는 한 번도 찾아온 적이 없었다. 도시의 끄트머리 해변에 있는 곳이라 가구수도 적었고 낚시꾼이나 여행객이 아니면 찾는 사람도 거의 없었다. 손님이 괴롭히는 일만 없으면 힘들 게 없었다. 현태는 그마저도 좋아했다. 사장님, 하고 부르며 귀찮게 구는 것이나 밤새도록 떠들어대는 것도 듣기 좋다고 했다. 와서 고기를 좀 구워달라, 방에 벌레가 들어왔는데 좀 잡아달라, 근처에 편의점이 없는데 콘돔을 빌려달라, 아침에 좀 깨워달라, 요금을 깎아달라, 터미널까지 태워달라…… 끝없는 요구 사항에도 현태는 흔쾌히 응했다. 그런 것까지 하지 않아도 된다고 종희가 말려도 어차피 달리 할일도 없다는 게 이유였다. 가만 보니 몸을 바삐 움직여 잡생각을 잊으려는 것 같아서 종희도 그냥 내버려두었다. 이후로는 종희도 현태를 부리는 것에 익숙해졌다. 장을 보거나 객실 청소를 하는 일, 가끔은 해변에 나가 조개를 주워오는 일도 시켰다. 그때마다 현태는 군말 없이 따랐다.

종희는 침대 위에 놓인 젖은 수건을 집어들어 세탁 바구니에 넣었다. 현태가 머리를 말리다 그대로 두고 간 것 같았다. 수건 때문에 이불도 조금 축축해져서 베란다 건조대에 널었다. 그러고는 베란다에 내놓은 의자에 앉아 바다를 보았다. 구름 없이 맑은 날이라 물비늘이 번쩍였다.

정오가 되기 전 손님이 왔다. 베란다에서 졸던 종희는 문을 두드리는 소리에 깜짝 놀랐다. 입실 시각은 오후 한시였지만 에메랄드룸을 예약한 손님이 일찌감치 도착한 것일 수도 있었다. 예약을 하지 않고 오는 사람은 여태 한 명도 없었다.

"방 있을까요?"

사십대 중반쯤으로 보이는 남자는 검은 등산복 차림이었다. 푸른색 등산 모자에 선글라스를 쓰고 있었다. 펜션 이름은 비쥬였다. 보석 종류로 객실 이름을 붙인 것이며 더블베드에 캐노피로 꾸며놓은 것은 누가 봐도 연인들을 겨냥한 것이었다. 인테리어에 신경을 썼다는 이유로 요금도 비싼 편이었다. 이런 방에 굳이 혼자 묵을 이유는 없을 것이다.

"혼자신가요?"

"네."

"저희가 다 커플실이라서요. 혼자 오셨다고 해도 제일 저렴한 방이 지금 일박에 십칠만원이거든요."

남자는 고개를 끄덕였다.

"간만에 휴가를 얻어서 낚시나 하려고 왔는데, 다 방이 없네요. 아직 성수기는 아니니까 안심하고 있었거든요. 비싸도 어쩔 수 없죠."

종희는 키를 들고나와 예약된 에메랄드룸을 뺀 나머지 방들을, 그러니까 다이아몬드, 루비, 사파이어, 토파즈, 오팔을 차례로 보여주었다. 가장 저렴한 방은 다이아몬드라고 알려주었는데도 남자는 나머지 방들도 모두 보기를 원했다.

"사흘쯤…… 있을까 하거든요. 이왕이면 마음에 드는 방에서 지내고 싶네요."

종희는 사장 모르게 사흘 치 숙박비를 현금으로 챙길 기회가 생겼다는 것을 깨닫고는 내심 남자가 사파이어를 선택했으면 했다. 조금 크다는 것 빼고는 별 특색도 없이 비싸기만 해서 잘 나가지 않는 방이었다.

"오랜만에 휴가신가봐요. 삼 일 묵으신다니까 현금으로 하시면 오만원 빼드릴게요."

"음……"

남자는 방을 다 보고는 아무래도 가격이 부담된다며 좀더 둘러보고 와도 되겠냐고 웃으면서 물었다. 종희는 고개를 끄덕였다. 번외의 수입이 날아간 것이 아쉬웠지만 사장을 속이는 짓을 할 필요도 없어졌다. 남자는 차를 타고 펜션을 떠나기 전에 배웅하는 종희 앞에 잠깐 멈춰 서더니 차창을 내리고 물었다.

"그런데 여기 혼자 계세요?"

"네? 아뇨, 남편이랑요."

"아, 역시 그렇군요."

남자는 창문을 닫고 떠났다. 종희는 검은 왜건의 꽁무니가 사라질 때까지 가만히 서서 지켜보았다.

장을 보러 나간 현태는 점심이 다 지나도록 소식이 없었다. 전화를 할까 했으나 마트가 있는 시내까지는 가는 데만도 한 시간이었으므로 그냥 기다리기로 했다. 현태보다 예약 손님이 먼저 왔고 종희는 두 사람을 방으로 안내했다. 푸른색 등산 모자의 남자는 다시 나타나지 않았다. 차라리 시내의 모텔 쪽을 택한 모양이라고 종희는 생각했다. 분위기를 잡을 것도 아니고 차도 있다면 주변에 편의시설이 많은 그쪽이 훨씬 낫긴 했다. 현태와는 저녁까지 연락이 닿지 않아 종희는 관광을 마치고 돌아온 예약 손님이 바비큐를 준비해달라고 했을 때 수없이 고개를 조아려야만 했다.

"어떤 사람이 계속 쫓아왔어. 따돌리느라 늦었어."
자정 무렵에 도착한 현태는 그렇게 변명했다.
"누가 쫓아왔다고?"
"마트에서 나올 때부터 계속 따라왔어. 아냐, 그전부터 따라왔는지도 모르지. 마트에서부터 누가 계속 쳐다보는 것 같은 느낌이 들었거든."
"뭐하러 널 쫓아다녀?"
"몰라서 물어? 죽이려는 거잖아."
현태는 트렁크에서 짐을 다 꺼낸 후 문을 세게 쾅 닫고 종희를 쏘아보았다. 그러고는 아직 누군가가 가까이에 있을지도 모른다고 여기는지 주위를 힐끔거리며 어깨를 웅크리더니 속삭이듯 말했다.
"나를 죽이려고 찾아온 거라고."
현태는 사온 고기를 음식물 쓰레기통에 버렸다. 이 여름에 온종일 실온에 있었으니 먹을 수 없을 거라며. 종희는 에어컨을 켠 자동차 안에, 그것도 아이스박스에 담겨 있었으므로 괜찮을 거라고 말렸지만 소용없었다. 실랑이를 벌이느라 두 사람은 새벽 한시가 지나서야 침대에 누웠다. 펜션 앞에 켜둔 조명이 방안으로 들어와 누렇고 둥근 무늬를 만들었다. 파도치는 소리가 들렸다. 저 소리를 듣고 있으면 잠이 잘 온다고 종희는 생각했다. 그러나 그건 그 외의 다른 것들이 모두 보통의 수준을 유지하고 있을 때라야 가능했다. 현태가 불쑥 말을 걸었다.

"생각해봤는데 말이야. 손님으로 왔을지도 몰라. 맞아, 손님으로 올 수도 있다는 거, 그걸 왜 몰랐을까? 이미 다녀갔을지도 몰라."

종희는 옆으로 돌아누우며 대꾸했다.

"말이 되는 소릴 해."

"벌써 찾아냈을 거야. 그래, 이렇게 시골에서 사는 걸 알아낸 게 분명해."

"찾았으면 가만뒀겠어?"

"두고 보는지도 모르지. 그래, 어떻게 하면 좋을지 간을 보는 중일 거야."

"그럼 어떻게 할까? 다른 데로 옮기고 싶어?"

종희는 현태를 돌아보았다. 배꼽 언저리에 손을 모으고 가지런히 누운 현태는 눈을 감고 있으니 꼭 잠든 것 같았다. 그러나 가만가만 입술을 달싹였다.

"그러기에는 이미 늦었어."

"그럼 어쩌자고."

종희가 체념한 듯 묻자 현태는 눈을 뜨고 종희를 쳐다보았다.

"어쩌자는 게 아니야. 어쩔 수 있는 게 아니니까. 그냥 마음의 준비라도 하고 있자는 거지."

"뭐?"

현태는 더는 대답이 없었다. 아무 말도 하지 않겠다는 듯 눈을 감고 아랫입술을 깨물고 있었다. 종희는 침대에서 빠져나와 베란다로 갔다. 난간을 붙들고 서서 바다를 보았다.

소금기를 머금은 축축하고 시원한 바람이 바다 쪽에서 불어왔다. 바다 위로 달빛이 길게 늘어져 있었다. 달은 보이지 않았다. 그렇다면 파도를 타고 흔들리는 저 은색 빛은 달빛이 아닌 것일까. 종희는 한참 달을 찾았지만 결국 찾지 못하고 다시 방으로 돌아왔다. 현태는 잠들어 있었다. 꾹 다물었던 입이 헤벌어지고 가슴팍이 고르게 오르내리는 것이 보였다. 침대 옆 콘솔에는 빈 물컵과 약봉지가 놓여 있었다.

현태의 불안 증세는 점점 심해지고 있었다. 종희는 모든 게 자신의 탓인 것만 같았다. 애초에 거짓말을 하지 말았어야 했다. 아니, 그건 농담이었다. 매일 발코니에서 담배를 피우는 현태에게, 거실에서 쿵쿵 뛰며 콘솔 게임을 하는 현태에게, 주말이면 기타를 치는 현태에게, 아파트 사람들이 다 우릴 싫어해, 특히 아랫집 남자가 우릴 죽일 거야, 라고 말한 것뿐이었다.

그때는 분명 현태도 코웃음을 쳤었다. 식후와 샤워 후, 잠들기 전에 피우는 담배와 한 시간의 게임, 마음대로 치는 기타 연주가 삶의 낙이라고 현태는 말했다. 그것도 못하면 뭐하러 살아? 하지만 몇 차례의 항의 전화와 방문 이후로 횟수를 줄였다. 담배는 밖에 나가서 피웠다. 그러다가 주민 투표로 아파트 전체가 금연 구역으로 바뀐 다음에는 다시 화장실에서 피우기 시작했다. 가스레인지 앞에 서서 환풍기를 켜놓고 피우기도 했다. 게임은 몸을 크게 움직이지 않고 할 수 있는 것들로 바꿨다. 그것들은 현태의 취향에 완전히 부합하지 않았다. 현태는 가끔가다 한 번씩 몸을 쓰는 게임을 했고 그때마다 이웃들이 찾아와 항의했다. 애도 없는 집에서 왜 이렇게 쿵쾅거립니까? 다행히 말로 끝나는 정도였다. 그리고 옆집 노인이 죽었다. 원래 병을 앓고 있었다. 하지만 현태 생각은 달랐다. 최초 발견자가 아랫집 남자인 점이 수상하다고 했다.

일요일 정오에 아랫집 남자는 노인의 집 현관을 두드렸다가 아무런 기척이 없자 문손잡이를 당겨보았고 그대로 열리길래 안으로 들어갔다. 그리고 거실에 쓰러진 노인을 발견하고 심폐 소생을 시도했다가 119에 전화를 걸었다. 경찰에서도 사망 시점을 아랫집 남자가 노인을 발견한 때보다 네다섯 시간 이

전으로 추정했다. 아랫집 남자는 그저 열어둔 발코니 창문으로 베갯잇 하나가 들어와 떨어져 있었는데 그게 노인의 것인지 물으려고 찾아갔다는 것이었다. 엘리베이터의 시시티브이에도 남자가 손에 베갯잇을 든 모습이 찍혀 있었다. 왜 바로 윗집이 아닌 대각선 윗집을 찾아갔느냐는 질문에는 현태네와는 평소 층간 소음으로 사이가 좋지 않아 내심 노인의 것이기를 바랐기 때문이라고 대답했다. 종희는 그 모든 이야기를 반상회에 모인 사람들에게서 들었고 고스란히 현태에게 전달했다. 엘리베이터에서 남자와 마주친 것도 종희였다. 남자는 이런 일로 용의선상에 오른 것이 어이없다고 했다. 아무리 그래도 자기가 살인할 사람은 못 된다면서 혹시 현태가 죽는다고 해도 자긴 범인이 아닐 거라며 웃었다. 그걸 지금 농담이라고 하는 건가요? 종희가 불쾌해하자 남자는 농담이어야 하지 않겠어요? 하고 말하며 종희의 팔꿈치를 툭 쳤다. 종희는 그 일도 현태에게 남김없이 말했다.

처음에 현태는 아랫집 남자가 자길 죽일 거라고는 생각하지 않았다. 하지만 비슷한 종류의 사건이 뉴스에 보도된 후로 조금씩 의심이 싹텄다. 그리고 시간이 지나자 모든 사람들이 자길 죽이고 싶어한다고 생각했다. 권고사직을 당한 후 망상은 더 심해졌다. 종희가 일을 하고 있었으므로 여유를 갖고 천천히 새 일자리를 구해보라고 했지만 현태는 점점 더 불안해했다. 내일이라도 누가 자길 죽일지도 모른다는 것이 가장 큰 불안의 이유였다. 네가 조용히만 살면 아무도 널 안 죽여. 종희는 그런 말로 달랬다. 현태는 고개를 끄덕였다.

종희가 야근을 하고 돌아온 어느 날 현태는 잠들었는지 침대에 누워 있었다. 하지만 종희가 씻고 방으로 들어오자 현태는 기다렸다는 듯 종희에게 말을 걸었다. 죽은듯이 조용히, 그렇게 살 거면 뭐하러 살어. 정신과 상담을 받아보라고 권했지만 현태는 강하게 거부했다. 철없는 투정을 부리는 것만 같아 현태가 원망스러울 때도 있었다. 그러다 종희는 차라리 현태의 망상에 맞춰주자고 생각했다. 시골에 숨어살자고 했다. 한 일 년 요양하는 셈 치면 될 것 같았다.

여러 위험 요소가 있었다. 종희는 재택근무로 전환할 수 있을지 여러 번 회사와 면담을 했지만 가능하지 않다는 대답을 받아 퇴직을 해야 하는 상황이었고 전세 계약도 아직 일 년이 남아 있었다. 퇴직금으로 일 년 생활비는 충당할 수 있다 하더라도 그다음에 바로 일을 구할 수 있을지는 알 수 없었다. 다시 서울로 돌아올 수 있을지도. 하지만 점점 더 피폐해져가는 현태를 두고 볼 수만도 없었다. 우린 이제 완전한 한 쌍이야. 결혼식을 치르고도 바쁘다는 핑계로 한참이나 미뤄뒀던 혼인신고를 한 날 밤에 현태가 말했었다. 전엔 아니었나? 종희가 투정 부리듯 대꾸했다. 이제 더 실감이 나. 현태가 종희를 세게 끌어안았다. 안 놔줄 거야. 종희는 팔로 다리로 자신의 몸에 엉겨드는 현태 때문에 점점 숨이 막혔다. 숨막힌다고 놓아달라고 웃으며 소리를 질렀지만 그 압박감에 안정을 느낀다는 것도, 그 안정감이 자신을 흥분시킨다는 것도 잘 알았다.

시어른의 소개로 남해의 작은 마을에 촌집을 구했다. 여러 운이 따랐다. 현태의 사정을 들은 집주인이 나서서 새 세입자를 구했고 전세금도 쉽게 돌려주었다. 은행빚을 갚고 남은 돈으로 당분간 시골살이를 하는 건 어렵지 않을 듯했다. 시어른이 알려준 촌집은 경매로 나온 곳이었다. 경매는 처음이었지만 시어른의 도움으로 운좋게 낙찰을 받았다. 어쩌면 완전히 시골에 자리를 잡게 될지도 몰랐다. 모든 게 현태의 건강을 위한 것이라 생각하니 결정이 쉬웠지만 종희 자신도 얼마간은 쉬고 싶었는지도 몰랐다.

모두의 응원 속에서 현태도 힘을 냈다. 시골집은 담이 없는 주택이어서 맘만 먹으면 밖에서 집안을 들여다볼 수 있었지만 내내 곁을 지키는 종희와 규칙적으로 반복되는 생활 속에서 현태는 안정을 찾기 시작했다. 몇 달이 지나자 현태는 잠적에 완전히 성공했다고 생각했다. 자신을 죽이려는 사람들에게서 벗어난 것이었다. 너 그냥 회사 다니기 싫었던 거 아냐? 그런 농담도 할 수 있었다. 크게 돈 쓸 일이 없으니 당장 생활이 어렵지는 않았지만 그래도 마냥 쉴 수만은 없어서 두 사람은 근처 펜션에 일을 구했다. 처음엔 집에서 출퇴근을 하며 다녔다. 규칙적으로 해야 할 일이 생기니 더 살 만해졌다. 계속 이렇게 살아도 되지 않을까? 서울로 돌아가지 않아도 되지 않을까? 다행히 두 사람은 그런 데서 의견이 잘 맞았다. 완전한 한 쌍처럼.

문제는 잘못 발송된 우편물이었다. 이전 집주인에게 온 다양한 종류의 독촉장이었다. 현태의 이름이 쓰여 있지도 않은데 현태는 빨간색 스탬프가 찍힌 우편물을 두려워했다. 그리고 찾아오는 사람들도 있었다. 역시 전 주인을 찾아온 것이었지만 그 사람들은 종희와 현태를 의심했다. 뭔가를 숨겨두었을 거라 생각하는지 종희와 현태가 전 주인에 대해 전혀 모른다고 하는데도 계속 캐물었다. 그 사람들이 찾는 게 실은 나인 건 아닐까? 현태는 다시 그런 생각을 하기 시작했고 종희가 뭐라 말해도 듣지 않았다. 세상이 그렇게까지 자기를 중심으로 돌아가지 않아, 라고 말했지만 현태는 몇 다리만 건너면 다 통하는 좁은 대한민국에서 사람들이 자길 찾아내는 건 시간문제라고 여겼다. 종희는 현태가 낫지 않으리라는 것을 인정했다. 돌아보면 꾸준히 나빠지는 선택만을 해온 것 같았다.

2

현태는 아침 여덟시쯤 방에서 나와 로즈메리와 라벤더가 자라고 있는 정원 화단에 물을 주었다. 이미 새벽 세시에 깨서 줄곧 뒤척이고 난 뒤였다. 그나마 바쁘게 몸을 움직여야 나중에 한두 시간이라도 잘 수 있었다. 창이 열리는 소리에 고개를 들어보니 종희가 베란다로 나와 의자에 앉았다. 막 잠에서 깬 부스스한 얼굴이었다. 종희는 푸석한 얼굴로 햇볕을 쬐다가 마른세수를 했다. 현태가 손을 들어 보였다.

"일어났어?"

종희는 그런 현태를 아무 말 없이 보기만 했다. 현태는 머쓱해져서 다시 화단에 물을 주려는데 어떤 움직임이 눈에 띄었다. 이층 에메랄드룸의 여자 손님이 베란다에서 담배를 피우며 현태를 내려다보고 있었다. 현태와 눈이 마주치자 저쪽에서 먼저 "안녕하세요" 하고 인사했다.

"일찍 일어나셨네요."

현태의 인사에 여자는 "원래 아침잠이 별로 없어요" 하고 대꾸했다.

"늙은이 같죠?"

"뭐, 건강한 거죠."

"어제는 무슨 일이 있었어요?"

"네?"

"사고가 났다던데. 그래서 저희 바비큐 못했잖아요."

여자의 질문에 당황한 현태는 종희에게 시선을 돌렸다. 종희는 여전히 잠이 덜 깬 듯 멍한 표정이었다. 그렇다고는 해도 현태와 여자의 대화를 듣고는 있을 터였다. 쫓아오는 이가 있어 따돌려야만 했다고, 그래서 늦었다고 사실대로 말할 수는 없었다. 거짓말이 필요했다.

"아…… 오는 길에 접촉사고가 있었어요. 심각한 건 아니었지만 처리를 하느라 늦었습니다. 죄송합니다."

현태는 말을 마치자마자 바로 종희를 봤지만 종희는 티 테이블 위에 얼굴을 묻고 있어 표정을 알 수 없었다.

"네, 뭐, 사과는 어제 충분히 받았어요. 바비큐 해먹으려고 온 것도 아니고."

"그래도 잘못한 건 저니까……"

여자는 괜찮아요, 라고 말하고는 담뱃재를 털고 방안으로 들어갔다. 현태는 다시 호스를 틀었다. 흙이 흠뻑 젖을 때까지 한참이나 물을 주었다. 일을 마치고 돌아보았을 때 종희는 자리를 뜨고 없었다.

방으로 돌아왔더니 종희는 침대에 누워 있었다. 현태가 그 옆에 눕자 종희가 "손 씻고 와" 하고 말했다. 현태가 화장실에서 손을 씻을 때 누군가 방문을 두드렸다. 종희는 꼼짝 않고 누워서 아무 대답도 안 했기 때문에 현태는 부랴부랴 수건에 손을 닦으며 "네!" 하고 소리쳤다. 에메랄드룸의 남자 손님이 찾아와 하루 더 머물겠다고 했다. 그렇게 즉흥적으로 예약을 연장하는 일은 거의 없었다. 현태는 하루 더 있다가 가기로 했어요, 라고 말하는 남자의 얼굴을 뚫어져라 보았다. 어디서 본 적이 있는 얼굴인가. 각진 얼굴에 옅은 눈썹과 쌍꺼풀 없는 눈, 오뚝한 코와 얇은 입술. 현태보다 키는 반 뼘쯤 크고 운동을 하는지 다부져 보였다.

"하루 더 머무신다고요?"

"네, 혹시 다른 예약이 돼 있는 건가요?"

"아뇨. 그런 건 아닌데 저희가 실수한 것도 있고……"

"그래서 말인데요. 좀 깎아주실 순 있죠?"

"아, 그래야죠. 그렇게 할게요."

현태는 평일 요금을 받겠다고 했다.

"원하시면 방을 옮기셔도 돼요. 다른 방도 지금 예약된 게 없으니까요. 여자친구분과도 한번 얘기해보시고……"

"여자친구 아닌데요."

"네?"

"여자친구 아니라고요. 계산은 현금으로 하면 되죠? 저녁에 드릴게요. 방도 그대로 쓸게요."

남자는 필요한 말을 마치고 돌아섰다. 현태가 문을 닫고 돌아와 침대에 눕자 종희가 물었다.

"굳이 변명해야 할 필요가 있었을까?"

"뭐?"

"여자친구가 아니라고 말이야. 굳이 우리한테 변명할 필요
가 있느냔 말이지."

현태도 의아했다. 둘이서 한방을 쓰면서 굳이 연인 사이가
아니라고 이야기할 필요가 있나. 오히려 오해하도록 내버려두
는 편이 낫지 않을까. 어차피 다시 볼 사이도 아닌데 말이다.
물론 그냥 사실을 말한 것일 수도 있다. 왜 단둘이 이 외딴 바
닷가 마을까지 와서 방을 잡았는지는 알 수 없지만 말이다.

"연인이 아니라면 무슨 사이일까? 그냥 친구 사이일까?"

종희의 질문에 현태는 말문이 막혔다. 연인이든 아니든 현
태 자신과는 아무 상관이 없는데도 그들이 어떤 사이인지 알
수 없다는 것만으로 불안해졌다. 관광하러 온 연인이 한순간
에 정체불명의 사람들이 된 것이었다. 줄곧 자신이 기다렸던,
언제든 자신을 찾으러 올지도 모른다고 생각했던 그 사람들이
아닐까. 갑자기 하룻밤을 더 연장하는 것도 어제 자신이 펜션
에 없었기 때문일지도 몰랐다.

"무슨 말이 하고 싶은 거야?"

"그냥, 저 사람들이 누군지 궁금한 것뿐이야."

현태는 문득 방이 덥다는 것을 깨달았다.

"넌 안 궁금해?"

종희의 질문이 몹시 뜨겁다는 것도. 계속 생각하다가는 델 것 같았다. 저 질문에 가까이 가지 말라는 경고등이 켜진 듯했다. 밤새 식은 대기가 충분히 열을 받아 데워졌을 시간이었다. 열어둔 창으로 들어오는 바람에서도 약간의 열기가 느껴졌다. 경고등에도 불구하고 머리가 팽팽하게 돌아가기 시작했다. 저 사람들은 도대체 누구지? 왜 우릴 찾아왔지? 왜 하룻밤 더 머물겠다는 거지? 떠오르는 질문들에 아무런 답을 할 수 없게 되자 현태는 더욱 불안해졌다. 답이 필요했다. 보통의 답을 내릴 수도 있었다. 저 사람들은 여행객이다. 펜션에 묵으러 왔다. 하루 더 쉬고 싶어졌을 뿐이다. 그러나 현태가 원하는 답이 아니었다. 그것들은 진실이 아니었다.

"어제 낮에 누가 왔었어. 검은 왜건을 타고 푸른색 등산 모자를 쓴 남자."

"그게 누군데?"

"낚시하러 온 사람. 묵을 곳을 찾는."

"그런데?"

"그냥 가버렸어. 그래서 네가 했던 말이 떠올랐어. 손님이 아닐지도 모른다."

현태는 지난밤 자신이 했던 말을 떠올렸다. 마트를 나설 때부터 천천히 자신을 따라왔던 흰색 포터도. 작은 마을이라 대개가 이차선 도로였기 때문에 포터의 움직임이 훤히 보였다. 현태가 천천히 달리자 포터도 현태를 추월하지 않고 속도를 맞췄다. 일부러 갓길에 차를 멈춰 세웠을 때 포터는 현태보다 조금 앞질러 가서 차를 세웠다. 차에서 내린 남자는 몸이 찌뿌둥한지 좌우로 목을 꺾고 앞뒤로 허리를 돌리며 현태의 차 쪽으로 걸어와 차창을 두드렸다. 현태는 그때 모든 게 끝났다고 생각했다. 창문을 내리자 남자는 길을 물었다. 현태는 자신도 초행이라 잘 모른다고 얼버무렸다. 현태는 남자가 차 안을 훑어본다고 느꼈다. 남자가 차로 돌아가 떠나는 것을 지켜본 다음에야 현태는 반대 방향으로 차를 몰았다. 펜션으로 돌아가고 싶지 않았다. 거기는 이미 들통난 장소 같았다. 종희와 함께 있는 것이 더 위험하지 않을까. 현태는 멀리 달아나자고 마음먹고 한참 동안 차를 몰았다. 먼저 바다가 사라졌다. 건물이 높아지면서 하늘도 사라졌다. 산꼭대기까지 빽빽이 건물이 들어서 있었다. 거리에 사람이 많아졌다. 숨기에는 도시가 더 제격인 게 아닐까. 어느새 현태는 고속도로로 진입했다. 사방의 차들이 다 자기를 쫓는 것 같았다.

현태는 다음 인터체인지에서 빠져나와 펜션으로 향했다. 도착했을 때는 자정이었고 어떤 변명을 해도 말이 안 될 것 같지만 현태는 자신이 겪은 일을, 그에 대한 자신의 생각을 솔직히 털어놓았다. 종희의 반응이 어땠더라? 그런 것까지 선명하게 기억나지는 않았다. 현태는 당장이라도 누가 찾아와 자신의 손목을 낚아챈다고 해도 놀라지 않겠다고 마음을 다잡았다. 하지만 정말 누가 나타난다면, 푸른색 등산 모자가 바로 그런 사람이어도 현태는 놀라지 않을 수 있을까.

종희가 잠깐 산책을 하고 오겠다며 펜션을 나섰다. 해변을 따라 걷다가 돌아올 것이다. 현태는 함께 가자고 하지 않았다. 방에 가만히 앉아서 이층의 움직임에 귀를 기울였다. 두 남녀는 오전 내 객실에만 머물렀다. 펜션 바로 앞에 있는 바다에도 나가지 않았다. 어제 실컷 구경을 한 걸까. 소리도 거의 나지 않아서 방에 있기는 한 건지 궁금해졌다. 현태는 청소를 핑계 삼아 이층으로 올라갔다. 걸레로 복도를 닦으며 방 쪽으로 귀를 기울이자 가벼운 웃음소리가 한 번씩 새어나왔다. 왜 웃는 것일까. 무엇을 상상하며 웃는 것일까. 모든 것이 이유가 될 수 있었다. 현태는 자신에게 가장 해로운 이유를 찾는 데 정신이 팔려 있었다. 그리고 그 단어가 들려왔다.

"오늘밤……"

현태는 그 단어를 듣고 오늘밤 무슨 일이 일어날 것이라는 걸 알았다. "밖에 누가 있나?" 하고 말하는 소리도 들었다. 짐짓 아무렇지 않은 척 계속 걸레질을 했다. 곧 웃음소리가 잠잠해지고 자신의 걸레질 소리만 들리자 현태는 방안의 손님들이 문에 귀를 대고 자신의 움직임을 좇고 있는 것만 같아 서둘러

일층으로 내려왔다.

종희는 조개를 주워왔다. 또 해변에 조개가 밀려왔다고 했다. 마을 사람들 몇몇이 나와 줍고 있었다고 했다. 종희는 아무 일도 없었다는 듯 쾌활하게 설명했다.

"이게 명주조개라는 사람도 있고 떡조개라는 사람도 있더라."

"어떤 게 맞을까?"

"뭔 상관이야. 둘 다 아닐 수도 있고."

현태는 고개를 끄덕였다. 종희 말대로 둘 다 틀릴 수도 있었다. 하지만 이 조개에도 분명히 이름이 있을 거라고 생각하니 궁금해졌다.

"아, 나 이거 인터넷에도 올렸었는데."

종희는 답이 달렸는지 확인했다.

"하하, 웃긴다. 답변이 뭐라고 달렸는지 알아?"

현태가 고개를 젓자 종희는 답변을 읽었다.

"명주조개 아니면 떡조개인 것 같습니다. 둘이 되게 비슷하게 생겼나보다."

종희는 명주조개와 떡조개 사진을 검색해서 차례로 현태에게 보여주었다. 둘은 종희가 잡아온 조개와 사진을 비교해봤다. 별 차이가 없는 듯해 어떤 이름이 맞는 건지 두 사람도 확신할 수 없었다.

"근데 사람들은 왜 일일이 그 많은 조개들을 분류하고 이름을 지어주는 걸까."

"어디에 독이 있는지 가려내야 하니까 그런 거 아닐까. 이 거 해감이 잘 안 되는 종류니까 삶은 다음에 검은 모래집을 잘라내라고 하더라."

"누가 그래?"

"마을 사람이겠지? 좀 나이가 있는 할머니였어."

종희는 바닷물에 발을 담그고 서서 그 설명을 들었다고 했다. 오래 살면서 독이 있는 건 피해왔을 테니 믿을 만했다. 실제로 처음 이 조개를 먹었을 때 모래가 제법 씹혔었다. 종희 말이 맞았다. 독을 피해야 한다. 위험한 것들에는 이름이 붙어야 한다. 종희는 밀려온 파도가 발목을 간질이며 휘돌아 나갈 때마다 자신의 발이 점점 모래 속으로 파묻힌다고 생각했다. 바다가 얕기 때문인지 물이 미지근했다.

"그거 알아? 새가 바닷속으로 들어가면 조개가 된대."

현태는 종희의 말에 그 모습을 머릿속으로 그려보았다. 종희는 그 이야기도 마을 사람에게서 들었다고 했다. 그거 알아요? 옛말에 새가 바다로 들어가서 조개가 된다는 얘기가 있어요. 새조개 같은 걸 보고 생각해낸 말일까요? 현태는 그 말이 무척 마음에 들었다. 새가 바다로 들어가서 죽지 않고 아주 다른 것이 된다는 이야기가.

있지."

"하지만 연인 사이도 아니라 하고."

"부부 아닐까. 여자친구가 아니라 아내라는 걸지도 몰라."

"그래, 그럴 수도 있겠다……"

아닐 수도 있었다. 빈 조개껍데기가 대야에 수북이 쌓였다. 식사를 마친 후 종희가 설거지를 하는 사이 현태는 에메랄드 룸에 몰래 들어가보기로 했다. 해변에서 펜션까지 직선거리는 가까워도 길이 없어 한참을 돌아가야 했으므로 해변에 있는 손님들이 금세 돌아오지는 못할 것이었다.

방은 조금 어질러져 있을 뿐 특별한 건 없어 보였다. 벗어놓은 옷이 침대에 던져져 있었고 싱크대에는 씻지 않은 컵이 있었다. 그리고 베란다 창 아래에 검은 백팩이 있었다. 현태는 그걸 열어보고 싶었다. 그 안에 뭔가 들어 있지 않을까.

"너 뭐하는 거야?"

설거지를 마쳤는지 종희가 이층으로 올라와 방문을 열고 소리쳤다.

"그냥, 확인하려는 거야."

현태는 역시 가방을 열어봐야겠다고 결정했다. 지퍼가 가방을 가를 때 짜릿한 느낌이 들었다. 종희가 달려와 말리려다 현태가 휘저은 팔에 얼굴을 맞았다. 현태는 미안하다고 말했지만 가방을 포기할 마음은 없었다. 종희는 얼굴을 감싸쥐고 밖으로 나갔다. 가방 안에는 얇은 카디건과 작은 파우치가 들어 있었다. 현태는 파우치도 열어볼 작정이었다.

"지금 뭐하시는 겁니까?"

에메랄드룸의 남자였다. 여자는 남자 뒤에 서서 어이없다는 표정을 짓고 있었다. 창밖을 보니 손님들은 여전히 해변에 있었다. 잘못 본 것이었다. 남자는 현태에게 달려들지 않았다. 문간에 서서 욕설을 퍼부어댔다. 현태가 천천히 자리에서 일어났을 때 남자가 말했다.

"씨발놈이, 미친 거 아냐."

그 말은 모든 것을 식게 만들었다. 현태는 달아올랐던 열기가 서늘해지는 것을 느꼈다. 불안감이 사라졌다. 이들의 정체를 알 것 같았다. 적이었다. 확신과 함께 서서히 안도감이 밀려왔다.

3

그날 밤 현태는 숨을 헐떡이며 방으로 돌아왔다. 종희에게 모든 것을 끝냈다고 말하고 싶었다. 얼른 도망쳐야 한다고도 말하고 싶었다. 하지만 종희가 보이지 않았다. 잠깐 베란다에 나갔나 싶었지만 거기에도 없었다. 화장실에도 불이 꺼져 있었다. 밖으로 나간 것일까. 정원에 있는 건 아닐까. 현태는 베란다로 나가 어딘가 있을 종희의 흔적을 찾으려 애썼다. 멀리 해변의 모래사장을 걷는 그림자가 하나 보였다. 종희일까. 종희일 수도 있고 아닐 수도 있었다. 창밖으로 몸을 내미니 차양에 가려 보이지 않던 달이 보였다. 달은 희게 빛나고 있었다. 해보다도 뜨거워 보였다. 바람이 없어 파도는 잔잔했다. 공기의 움직임이 거의 없어 풍경도 흐트러짐이 없었다. 모두가 정물 같았다. 한 장의 사진 같기도 했다.

해변을 걷던 그림자가 돌연 바닷속으로 뛰어들었다. 저것은 종희일까 아닐까. 먼바다 쪽으로 헤엄쳐간 그림자는 그쯤이면 좋다 싶었는지 헤엄을 멈추고 물위에 둥둥 떠 있었다. 한순간 바닷속으로 사라졌다가 다시 수면 위로 떠올랐다. 바다 위의 부표들이 흔들렸다. 그림자는 잠수해 들어갔다가 떠오르기를 반복했다. 수면 위로 올라오는 간격이 길어지면 현태는 가슴이 철렁했다. 지켜보고 있을 게 아니라 바다로 달려가 구해야 하는 것이 아닐까. 하지만 보지 않는 사이 사라질 것만 같아 눈을 뗄 수 없었다. 한참이나 그림자를 노려본 현태는 그것이 부표라는 것을 알았다. 현태는 눈동자를 바삐 움직이며 바다 위를 샅샅이 훑었다. 그림자는 어디로 갔는지 보이지 않았다. 다시 해변으로 돌아 나왔을지도 몰랐다. 더 멀리 가버렸을 수

도 있었다. 가라앉고 있을지도 몰랐다. 현태는 해변으로 달려
나갔다.

　다음날 해변으로 빈 조개껍데기들이 마구 밀려왔다. 종희는
그 현상을 일컬을 하나의 단어가 필요하다고 생각했다.

정확한 비밀

혜미가 자신의 비밀을 털어놓았을 때 나는 적잖이 실망했다. 무척 진부한 이야기였다. 고민이 있는데 누구와 상담해야 좋을지 몰라 혼자 속으로만 끙끙 앓고 있었다면서 한참이나 뜸을 들이다가 아무한테도 말하지 않겠다고 약속하라며 몇 번이나 다짐을 받아내고서야 꺼낸 이야기는 자신이 만나고 있는 남자에 대한 것이었다. 혜미의 고백을 들으면서 나는 내가 뭔가 새로운 이야기를, 내 호기심을 적당히 충족시켜줄 만한 색다른 이야기를 기대했다는 것을 깨달았다. 혜미가 느끼고 있을 곤란함과 낭패감 같은 것은 아랑곳하지 않고 그저 그 이야기가 나에게 일종의 오락으로 작동할 수 있기를 바랐고 그게 아니어서 실망했다. 술기운이 돌아서 그랬을 수도 있다.

가끔은 내게 어떤 도덕성 같은 것이 결여되어 있는 게 아닐까 하고 여겨졌는데, 혜미처럼 불륜을 저지르고 있다는 이야기를 들을 때에도 떠오르는 생각이라곤 안 피곤하나? 정말 부지런히도 산다, 같은 것들뿐이었기 때문이다. 어떻게 하면 누군가를 만나는 일에 그만한 열의를 가질 수가 있는 것일까? 발각될 경우 모두에게 비난받을 것까지 각오하면서. 내게는 그 모든 일이 하루를 두 번이나 살아야 하는 것처럼 느껴졌고 생각만으로도 피로했다.

혜미가 K와 만나고 있다는 이야기를 했을 때도 제일 먼저 든 생각은 그 남자는 도대체 스케줄 관리를 어떻게 하고 있는 걸까? 하는 것이었다. 그는 소설가이자 대학교수였고, 내가 알기로 갓 돌을 지난 쌍둥이 남매의 아빠이기도 했다. 쌍둥이 위로도 유치원생인 아이가 하나 더 있다고 했다. 그런 그가 계절마다 발표하는 글의 양도 상당했다. 소설, 서평, 추천사, 칼럼, 에세이 등등. 그는 일 년에 한 권씩, 어떨 때는 두세 권씩 꾸준히 책을 출간했으며 틈틈이 방송에도 출연했다. 잘생긴 얼굴은 아니었지만 안경이 잘 어울려 지적인 인상이었고 저음의 목소리로 유려하게 말하는 모습은 사람들의 호감을 사기에 충분했다. 그가 강연을 하는 곳마다 쫓아다니는 충성도 높은 팬들도 제법 있었고 한 달에 한 번 글을 올릴까 말까 한 인스타그램 계정의 팔로어도 몇십만 명이 넘었다. 강연이나 방송

등 대외 활동이 많으면서도 수업에 소홀하지 않았다. 학기마다 새로운 책들로 커리큘럼을 짜는 그는 학생들 사이에서 누구보다 빨리 신작을 읽는 사람으로도 유명했다. 과제에 피드백을 하는 일이나 학생들을 상담해주는 일에도 미흡함이 없었다. 몸은 하난데 어떻게 그 모든 게 가능할까?

"사실 임신했어."

그 말을 듣고서야 나는 좀 놀랐지만 최대한 티를 내지 않으려 노력했다. 머릿속으로 혜미가 선택할 수 있는 경우들이 떠올랐다. 1. 지운다. 2. 낳는다. 1의 경우가 많은 면에서 이치에 맞고 합리적이라고 느껴졌다. 2를 선택하면 그에 따라 파생되는 경우의 수는 훨씬 더 많아졌다. 2-1. K에게 말한다. 2-2. K에게 말하지 않는다. 2-1-1. K의 아내에게도 말한다. 2-1-2. K의 아내에게는 말하지 않는다. 2-2-1. 혼자 낳아 기른다. 2-2-2. 입양을 보낸다. 2-1-1-1. 이혼을 요구한다. 2-1-1-2. 이혼을 요구하지는 않지만 양육비를 요구한다. 2-1-1-3. 애를 낳아서 그 집에 줘버린다…… 물론 1의 경우에도 K나 그의 아내에게 말하거나 말하지 않는 선택지는 있었다. 내 생각에 혜미는 1을 선택하고 1-1과 1-1-1 역시 선택하는 쪽이 나을 것 같았다. 혜미 혼자서만 고민을 거듭하며 곤란해하는 것은 부당한 일이었다. 평소 선경이 K에 대해 했던 평가와 혜미가 현재 겪고 있는 사건을 겹쳐놓고 보니 더 황당했다. 이

순간에도 K는 아무것도 모른 채 쌍둥이 남매에게 이유식을 떠먹여주고 있을 거라 생각하면 너무 괘씸하지 않나. K가 계속 거짓된 삶을 살도록 내버려두면 안 되지 않나. 본인도 피곤할 것이다. 본인이 하지 못한다면 주변인이라도 나서서 그 굴레를 끊어줘야 한다. 그 후과에 대해서는 각자가 감당해야 할 것이며…… 잠깐, K에게 말하지 않으면서 K의 아내에게 말하는 경우도 있을까? 그렇게 할 필요는 없을 것 같지만 선택 가능한 경우들이 끝없이 떠올라 나는 혜미의 말에 단번에 반응하지 못했다. 모든 경우를 끝까지 따라가 완벽한 답을 구하기 전까지는 대답할 수 없는 사람처럼.

"많이 놀랐어?"

혜미는 내 반응을 충격으로 인한 마비 상태로 받아들인 듯했다. 그렇게 오해하도록 내버려두고서 가까스로 정신을 차렸다.

"그걸 말이라고. 이제 어쩔 셈이야?"

혹시 엉뚱한 선택을 할까 싶어 나는 혜미가 1번을 고르도록 설득할 말들을 떠올려보았다. 1번을 선택하면 며칠만 고생하면 되지만 2번을 선택하면 평생을 고생해야 할 수도 있어, 우리 엄마처럼! 혼자서 아이를 키우는 건 쉽지 않은 일이야. 정부에서도 나 몰라라 하는 일이라고. K에게 말하더라도 그는 이 일을 완전히 모른 척할지도 몰라. 최악의 경우 비밀을 덮기 위해 널 죽이려 들 수도 있어…… 그런데 혜미는 이미 무엇이

합당한 일인지 판단을 내린 듯했다.

"같이 병원에 좀 가줘."

내 머릿속에 떠오른 얼토당토않은 이유들을 끄집어내지 않아도 되니 다행이었지만 한편으론 혜미의 청이 얼토당토않게 느껴졌다. 그 말을 듣고 바로 떠오른 생각은 왜 나야? 였다. 애초에 누구에게도 말하지 않고 혼자 가서 처리하는 쪽이 괜한 소문이 날 염려를 하지 않아도 되고 좋지 않나? 그런 걸 혼자 처리 못할 나이도 아니잖아. 어떤 심리적인 이유 때문이든 피치 못할 사정 때문이든 동행할 누군가가 필요하다고 해도 왜 하필 나일까. 우리는 이제 겨우 두 번 만난 사이일 뿐인데. 안 지 일주일 남짓밖에 안 된 사람에게 불륜 사실을 털어놓는 것도 흔한 일은 아닐 것 같긴 했다. 어쩌면 술 때문일까. 애초에 소주를 시키는 게 아니었는데 삼겹살을 앞에 두고 참지 못했다. 혜미도 내가 따라준 술을 거절하지 않고 마셨다. 그러고 보니 이미 아이를 지우기로 결심했기 때문에 군말 않고 마셨을 것이다. 내가 대답을 하지 않자 조바심이 났는지 혜미가 다시 말했다.

"부탁할 데가 없어서 그래. 부모님도 그렇고 내 친구들도 알면 다 기절할 거야. 당장 K한테 달려갈 사람들이야. 난 그냥 아무도 모르게 지우고 싶은데 혼자서는 도무지 못 가겠어. 그냥 수술 날 같이 병원 갔다가 끝나고 데리고 나오기만 하면 돼."

"수술 날짜가 언젠데?"

"14일. 같이 가줄 거지? 정말 고마워."

아직 가겠다고 말하지 않았는데. 나는 거듭 고맙다고 말하는 혜미의 얼굴을 보며 문득 그녀가 스케줄을 관리하는 방법도 궁금해졌다. 하지만 나는 혜미에 대해 아는 것이 거의 없었다. 나와 동갑이라는 것, 곧 차를 살 예정이라는 것, 고향으로 내려가 부모님이 운영하는 떡집 일을 도울 것이라는 것 정도가 내가 아는 전부였다. 오히려 K에 대해 아는 게 훨씬 더 많았다.

내 여자친구 선경은 데뷔한 지 얼마 안 된 소설가였다. 선경은 K와 사석에서 만난 적이 있었고 K의 제자들 중 선경과 비슷한 시기에 데뷔해 가깝게 지내는 소설가도 있었다. 어느 날은 선경이 티브이 채널을 돌리다가 교양 프로에 출연한 K를 발견하고는 K에 대해 한참이나 이야기하기도 했다. 선경의 평가는 무척 후했다. 학교가 망하지 않는 이상 정년이 보장돼 있어서 적당히 안주할 법도 한데 글이 낡거나 구려지지 않으며 작품을 보는 눈이 탁월하다는 것, 오십이 넘었지만 신인 작가들에게도 예의가 바르고 무엇보다 성실한 사람이라는 것. 무슨 일에서든 선경은 성실을 최고의 가치로 두곤 했다. 그렇게 성실한 사람이니까 바람을 피울 수 있었던 건지도 모

"물이 따뜻하더라."

현태는 작은 플라스틱 대야에 물을 받아 조개들을 쏟았다. 어떤 것들은 여전히 입을 꽉 다물고 있었고 어떤 것들은 힘이 없는지 아귀가 꼭 맞아 맞물려 있어야 할 껍데기가 살짝 벌어져 있었다. 개중엔 깨진 패각도 있었다.

"그러고 보니 조개는 완전한 한 쌍이네. 둘 중 한쪽만 깨져도 속살이 다 썩어 문드러지는 거야."

현태는 깨진 패각을 들어 냄새를 맡아보고는 쓰레기봉투에 버렸다.

저녁에 다시 확인해보았을 때 몇몇은 살을 밖으로 내놓고 물을 찍찍 쏘아댔지만 여전히 입만 살짝 벌린 것들도 있었다. 현태는 베란다 의자에 앉아 있는 종희를 불러 이미 상한 것은 아닌지, 먹어도 되는 것인지 물었다. 조개 하나를 들어 엄지와 집게손가락으로 눌러본 종희는 먹어도 상관없다고 말했다. 현태는 먹어도 안 죽는다는 종희의 말에 안심했다. 쏘아대는 말투나 빈정거림은 중요하지 않았다. 종희가 안 죽는다고 했으니 안 죽을 것이다. 그것이 중요했다. 위험한 것은 상한 조개 같은 게 아니었다. 종희는 아랫집 남자가 현태를 죽일지도 모른다고 말했었다. 엘리베이터에서 봤는데, 네가 죽는다고 해도 자긴 범인이 아닐 거라면서 웃더라. 세상에 사람 죽여놓고 자기가 죽였다는 사람이 어딨겠어? 어쩌다가 눈이 마주쳤는데 진짜 오싹했어. 그 사람 혼자 살지? 어디서 일한다고 들었는데 까먹었네. 옷에서 약간 비린내 같기도 하고 쇠 냄새 같기도 한 이상한 냄새가 나던데 갑자기 소름이 끼치는 거 있지.

얼추 해감된 조개를 끓는 물에 쏟자 금세 다 죽어버렸다. 다 삶은 다음에도 입을 꾹 다문 것이 있어 억지로 벌려보니 검은 모래로 가득했다.

종희와 현태가 저녁을 먹을 때 에메랄드룸의 두 남녀가 해변을 걷고 있는 것이 보였다. 멀어서 잘 보이지는 않았지만 나갈 때의 옷차림과 같은 것으로 보아 그 손님들이 틀림없는 듯했다. 현태는 종희가 일러준 대로 조개의 모래집을 잘라냈다. 종희는 모래가 거의 씹히지 않는다며 그냥 먹었다. 서걱거리는 소리가 현태에게도 들리는 것 같았다. 손님들은 해변에 멈춰 서서 바다를 보고 있었다. 오늘밤의 일을 계획하고 있는 것은 아닐까. 객실에서는 누가 들을까 염려되어 밖으로 나간 것일지도 몰랐다.

"저 사람들은 뭐하러 왔을까?"

현태의 물음에 종희는 어깨를 으쓱하더니 말했다.

"그냥 관광객이지 않을까?"

"관광객일까?"

"별로 관광은 안 하는 것 같긴 하지? 그냥 쉬러 왔을 수도

르겠다. 엠비티아이 유형을 따져보자면 아마 K는 J 타입일 것이다. 철두철미한 계획형 인간. 그런 것치곤 피임은 제대로 못하는 편인 듯했지만 인간이 한쪽으로만 치우칠 수는 없는 노릇이니까.

나는 혜미에게 선경에 대해 말하지 않았다. 말하지 않는 편이 혜미의 정신건강에도 좋을 것 같았다. 알게 되면 자신의 속사정을 모두 말해버린 걸 후회할지도 모른다. 하루에도 몇 번씩이나 내게 연락해 비밀을 지켜달라고 닦달해댈 수도 있다. 생각만 해도 피곤한 일이었다. 혜미는 내가 한 다리만 건너면 K와 아는 사람이라는 걸 영영 모를 것이다. 그편이 여러모로 낫다.

*

혜미와 나는 운전면허 학원에서 처음 만났다. 도로 주행 연수를 받기로 한 첫날이었다. 무슨 일인지 강사는 약속한 시간이 십 분이 지났는데도 나타나지 않고 있었다. 혜미도 나와 같은 처지였다. 나는 대기 의자에 나란히 앉아 있는 혜미에게 먼저 말을 걸었다.

"도로 주행 기다리시는 거죠?"

혜미는 경계의 눈빛으로 나를 한번 보더니 가볍게 고개만 끄덕였다.

"저도 그런데, 왜 강사들이 안 나타날까요?"

혜미는 손목의 애플워치만 들여다볼 뿐 아무 대꾸가 없었다. 답답해진 나는 접수대로 가서 상황을 확인하고 돌아왔다.

"십 분만 더 기다리라네요."

이번에도 혜미는 고개만 끄덕였다. 말을 걸지 말라는 뜻으로 여겨져 나도 더는 아무 말도 하지 않기로 했다. 모르는 남자가 말을 걸 때 경계하지 않을 여자는 거의 없으니까 나는 이해했다. 괜한 수작을 거는 이상한 놈으로 비칠 수도 있으니까. 혜미는 적당히 예의만 차리는 쪽이 안전에 이롭다고 판단했을 것이다. 나는 음악이나 듣자 싶어 가방에서 에어팟을 찾았다. 온갖 잡동사니가 뒤섞인 에코백 속에서 에어팟이 쉽사리 손에 들어오지 않아 남부끄러운 줄도 모르고 가방에 든 것을 의자 한쪽에 하나씩 끄집어냈다. 그때 K의 책도 나왔다. 선경의 책장에서 집어온 것으로 작고 얇아서 이동할 때 읽으려고 챙겼지만 막상 읽은 적은 없었다. 묘하게 내 쪽으로 등을 돌린 자세로 앉아 있던 혜미가 곁눈질로 내가 꺼내놓은 물건들을 살피는 것이 느껴졌다.

"저도 그거 읽었어요."

나는 혜미의 갑작스런 태세 전환에 잠깐 당황해서 분명 '읽었어요'라고 말했는데도 '그거'가 뭔지 바로 알아차리지 못했다.

"K 작가 좋아하세요?"

바로 다음 질문이 이어져 책 이야기라는 것을 알았다. 나는 K를 좋아하지도 싫어하지도 않았다. 소설가 누구를 좋아하고 말고를 판별할 정도로 독서를 즐기는 타입이 아니었다. 그나마 선경 덕분에 요즘 잘나가는 작가의 이름을 조금 아는 정도였다. 그래도 K의 경우 선경에게서 들은 이야기가 있었고 굳이 따지자면 호감인 쪽에 가까웠기에 나는 고개를 끄덕였다. 겨우 튼 말꼬를 놓치고 싶지 않았다. 에어팟 없이도 시간을 때울 수 있는 기회였다.

"다 읽지는 못했지만요."

혜미는 이해한다는 듯 고개를 끄덕였다.

"워낙 다작하는 작가잖아요. 언제 그렇게 쓸 시간이 나는 건지 모르겠어요."

나는 그때 선경에 대해 말할까 잠깐 고민했다. 제 여자친구가 소설가인데요, 그래서 K 이야기도 좀 전해들을 기회가 있었죠. 듣기로는 엄청나게 성실하다고 하네요. 하루에 서너 시간밖에 안 자는 쇼트 슬리퍼라고 해요. 쇼트 슬리퍼로 유명한 사람이 또 누가 있는지 아세요? 이명박이랑 도널드 트럼프요. 사람이 잠은 좀 자면서 살아야 한다는 뜻 아닐까요? 물론 그런 것도 다 사람마다 다른 거겠지만요. 아니, 하려던 얘긴 그게 아니라요. 그러니까 K는 조금만 자고도 왕성한 에너지가 샘솟는 사람인 거죠. 어떻게 보면 축복인데 어떻게 보면 좀 따분하지 않겠어요? 본인 입장에서는 충분히 잤는데도 시간이 남는 거잖아요. 그래서 결국 워커홀릭이 되고 말았는지도 모르죠. 애도 셋이나 있다고 들었거든요. 유치원에 다니는 애 하나랑 갓 돌이 지난 쌍둥이까지…… 애를 돌보고도 집안일을 하고도 수업을 하고도 투잡을 뛰고도 시간이 남는지도 모르죠. 아니면 와이프가 독박 육아를 하고 있는 걸까요? 신문에 실린 칼럼을 보면 그렇진 않은 것 같아요. 가정적인데다 꽤나 애처가거든요. 그런데 잠을 많이 잘 필요가 없는 사람인 거죠. 보통은 하루 여덟 시간을 자고 남은 열여섯 시간을 어떻게 쪼개 쓰면서 살아가는데, 그렇게 해도 때로는 버거운데, K는 세 시간만 자고 일어나서 스물한 시간을 빡빡 채워서 사는 사람인 거예요. 가끔은 할일을 다 하고도 시간이 남아도는 거죠. 그러니까 뭔가 또 일을 저질러버려야 하는 거예요. 소설 같은 걸 써버리고 마는 거죠…… 머릿속에 떠오른 그 모든 생각들을 말하지 않기로 한 것은 선경 때문이었다. 선경은 내가 어디가서 자기 얘기 하는 걸 싫어했다. 물론 이번 건 K에 대한 이야기였지만 선경은 그 역시도 좋아하지 않을 것이었다. 어떤 이유에서든 함부로 말을 옮기는 사람을 좋아하지 않으니까. 누굴 만나면 그 사람과 너 사이의 일들만 이야기해. 괜히 다른 사람 이야기 꺼내거나 연예인들 욕하면서 시간 버리지 마. 선경은 허락 없이 자신의 사진을 남에게 보여주는 것도 탐탁지 않아했다. 그럼 난 여친 자랑을 어떤 식으로 해? 하고 물으면 하지 마, 자랑을, 하고 단호히 대답했다. 사사건건 내 행동을 통제하려 했고 나는 거기에 군말 없이 따랐다. 나중에는 그렇게 하는 게 만족스럽기도 했고 우리가 오래 연애한 비결이 거기에 있다는 생각이 들기도 했다. 우리가 사귀는 게 비밀은 아니었지만 선경은 가끔 비밀인 것처럼 굴었다. 혜미처럼 처음 보는 사람과의 대화에서 굳이 드러낼 필요가 없는 내용이기도 했다.

"대필 작가가 있는 건 아닐까요?"

모든 말들을 삼키고 대신 그렇게 말한 건 당연히 농담이었는데 혜미는 그럴 리가 없다고 강하게 부정했다.

"그럴 사람 아니에요."

너무 정색을 해서 농담이었다고 말하기도 무안해졌다.

"잠깐 봐도 될까요?"

그러면서 내 손에 있던 책을 가리켰다. 나는 혜미에게 책을 건넸다.

"멘트도 있네요. 보통 이름이랑 날짜만 써주는데."

사인은 선경이 받아준 것이었다. 어느 출판사에서 마련한 송년회에서 만났다고 했다. 신인상 시상식을 겸한 행사였고 그해 상을 받은 사람이 선경의 친구여서 선경은 함께 스터디를 하는 친구들과 다 같이 송년회에 갔다. K의 책을 가지고 있던 것은 우연이었다. 딱히 사인을 받을 생각도 없었는데 어쩌다 K와 둘만 남은 테이블에서 어색한 대화를 이어가다 선경이 책을 꺼냈다. 열혈 팬이라고 생각하면 어쩌지? 그렇게까지 좋아하는 작가는 아닌데. 선경은 그런 생각 때문에 제 남자친구가 팬이에요, 하고 말하며 내 이름으로 사인을 받았다. 혜미는 사인이 진짜인지를 판별하려는 사람처럼 손끝으로 책장을 문질렀다.

장대영님
내내 건강하십시오.
2022년 세밑
K

*

첫 운전 연수를 마치고 집에 들어가자 선경도 막 도착했는지 욕실에서 씻는 소리가 들렸다.

"나 왔어! 자기 어디 나갔다 왔어?"

내가 들어오는 소리를 못 들었을까봐 나는 크게 외쳤다. 어느 날엔가 퇴근하고 집에 돌아왔는데 선경이 씻고 있길래 조용히 거실 소파에 앉아 있던 적이 있었다. 샤워를 마치고 알몸으로 나온 선경은 나를 보고 비명을 질렀다. 왔으면 인기척을 해야지. 도둑이라도 든 줄 알았잖아. 그렇게 말했으니 나를 봤다기보다는 어떤 인간의 형체만 본 것이었겠지만. 잠깐 물소리가 멎더니 선경이 "잘 갔다 왔어?" 하고 말하는 목소리가 들렸다.

"어!"

선경이 몇 마디를 더 덧붙였는데 이번엔 물소리에 묻혀 잘 들리지 않았다. 안 들린다고 외치자 선경은 더는 아무 말도 하지 않았다. 몇 분 지나지 않아 선경이 젖은 머리카락을 수건으로 털며 욕실에서 나왔다.

"어땠어? 할 만해?"

"그렇지 뭐."

"옛날에 말이야, 실기 제일 쉬웠을 때 있었거든? 자기 그때 땄어야 했어."

"이리 와서 앉아. 머리 말려줄게."

"됐어. 자기도 얼른 씻어. 피곤할 텐데."

선경은 급한 일이 있지 않으면 드라이기를 잘 쓰지 않았다. 너무 시끄러워서 머릿속이 울리고 두통이 생긴다고 했다. 너무 예민해. 선경과 만난 지 한두 달 됐을 때는 그런 게 다 유난

스럽게 느껴졌다. 가끔은 일부러 저러나 싶을 만큼 콘셉트처럼 여겨지는 것들도 있었다. 소음이나 반짝이는 조명을 지나치게 싫어하는 것, 사람들이 많은 장소를 두려워하는 것, 밀가루 음식을 먹으면 탈이 나는 것, 비행공포증이 있는 것 등 모든 것이 나로서는 잘 이해가 안 갔다. 처음 얼마간은 그런 선경을 고쳐보려고 했다. 같이 노래방도 가고 공연도 보러 가고 휴일 저녁에 쇼핑몰에도 가봤다. 내가 경비를 다 낼 테니 해외여행을 가자고 꼬드겨보기도 했다. 이제는 포기했다. 선경은 그렇게 생겨먹은 인간이고 그런 것들은 쉬이 고쳐지지 않는다. 가끔은 선경이 내게 맞춰주려 애쓰는 것이 느껴졌는데 그렇게 하루를 보내고 집으로 돌아온 날에는 마음이 불편했다. 게다가 선경과 만나면 만날수록 나 역시도 그런 걸 그다지 즐기지 못하는 인간이라는 것을 깨달았다. 남들 하는 대로 휩쓸려 다니며 남들 사는 만큼은 살고 있다고 안도했는데 정작 나 또한 그런 데에서 큰 기쁨을 느끼지 못하고 있었던 것이다.

"난 좀 있다가……"

"빨리 씻어. 씻고 편하게 쉬어."

듣고 보면 선경의 말은 틀린 게 하나도 없었다. 계속 미루면서 불편한 마음으로 있는 것보다는 일찍 해치우는 쪽이 훨씬 나았다. 나는 욕실로 들어가 샤워를 하고 나서 배수구에 뭉쳐져 있는 머리카락들을 모아 쓰레기통에 버렸다. 거실로 나오니 선경은 젖은 머리 그대로 바닥에 앉아 신문을 펼쳐놓고 손톱을 깎고 있었다. 교양인이라면 신문을 두 종 정도는 구독해야 한다면서 조선일보와 한겨레를 받아보고 있었지만 겨우 헤드라인 정도만 훑을 뿐이었고 대개는 손톱을 깎을 때나 택배를 포장할 때 사용했다. 선경은 내 쪽을 돌아보지 않은 채 "저녁은 뭐 먹지?" 하고 물었는데 딱히 먹고 싶은 게 떠오르지 않았다. 그 질문은 우리가 거의 매일 반복해온 대화거리였고 매번 쉽게 답을 내릴 수 없는 난감한 문젯거리였다.

"글쎄, 뭐 먹고 싶은 거 있어?"

"어젠 내가 골랐으니까 오늘은 네가 골라."

뭔가를 고르는 건 수고로운 일이었다. 나는 가까스로 냉동실에 얼려둔 추어탕이 있다는 것을 기억해냈다. 며칠 전 선경의 어머니가 보내준 갓김치와 궁채장아찌 같은 반찬도 있었다.

"우리 진짜 배달은 좀 줄여야 해."

"그렇긴 하지."

하지만 선경도 나도 요리에는 영 재주가 없었고 누구도 그걸 고쳐보려고 하지 않았다.

집 근처 맛집에서 사다놓은 추어탕은 냉동실에 꽤 오래 있었기 때문인지 처음 사왔을 때보다 맛이 덜했다. 둘 다 깨작거리기만 해서 많이 남았고 다시 얼려놓아봤자 아무도 먹지 않을 듯해 버리기로 했다. 내가 싱크대 앞에 서서 국물을 다 따라버리는 동안 선경은 싱크대 서랍에서 음식물 쓰레기봉투를 꺼냈다. 봉투 입구가 잘 펼쳐지지 않아서인지 선경이 신경질을 냈다.

"요즘 말이야, 손을 씻을 때마다 손이 부드럽다는 생각을 해. 손이 부드럽다, 지나치게 부드러워! 미끄럽게 느껴질 정도로 부드럽다니까. 요새 외출을 거의 안 해서 피부가 좋아진 걸까? 그런 생각도 했는데 이런 비닐 같은 게 절대 안 떼져. 어릴 때는 마트에서 좀 나이든 직원들이 왜 이걸 못 떼내나 했거든. 그런데 이젠 내가 그러고 있다니까. 셀프 계산대에서 봉투를 가져와서 입구를 벌려야 하는데 도무지 벌려지지가 않는 거지. 그때 알았어. 아, 내가 느낀 부드러움은 부드러움이 아니고 닳음이구나."

나는 선경이 하는 말이 도무지 무슨 뜻인지 이해하지 못했다.

"대영아, 나도 늙어가."

"몰랐어?"

선경은 나보다 세 살이 많았지만 처음 만났을 때는 나보다 훨씬 어려 보였었다. 그런데 몇 년 새 노화에 가속도가 붙었는지, 소설을 쓰는 게 워낙 머리를 많이 쓰는 일이라 쉽게 기력이 쇠한 건지 최근엔 확실히 나보다 나이가 많이 들어 보였다.

"너는 아니라고 해줘야지."

선경은 봉투를 집어던지고 방으로 들어가버렸다. 갱년긴가,

벌써? 나는 손가락으로 수전을 톡톡 쳐서 물을 묻히고는 봉투를 펼쳤다. 이 정도 일로 노화 운운하는 건 너무 태평한 소리였다. 다른 심각한 계기로, 이를테면 병으로 노화를 알게 되는 것에 비하면 귀여운 수준이었다. 선경도 모르진 않을 것이다. 어쩌면 자연스럽게 내게 설거지와 뒤처리를 미룬 것일지도.

"내일은 뭐 먹지?"

외쳐 물었지만 돌아오는 대답은 없었다.

*

"명은이라는 친구가 있었어요. 독실한 신자였는데 저를 위해서 자주 기도를 한다고 그러더라고요. 저한테 좋은 일 많이 생기라고. 고3 앞두고였으니까 주로 수능 잘 치라고 빌어줬던 거 같아요. 근데 너무 이상한 거예요. 새벽마다 성당에 가서 기도를 한다는데, 걘 원래 교회에 다녔거든요. 자기 집에선 성당이 제일 가까워서 거길 간다는 거예요. 아무튼 저를 위해서 거의 매일 기도를 한다고 했어요. 저는 그런 건 필요 없다고 생각했어요. 사실 좀 그렇잖아요? 그게 무슨 힘이 있어요. 뭔가 고대의 기복 신앙 같은 느낌이고 낯간지러운 거예요. 그래서 됐다고, 난 무신론자고 애초에 그딴 거 믿지도 않는다고, 내 인생은 내가 알아서 할 수 있으니까 나를 위해 기도할 시간은 다른 사람한테 쓰라고 말했죠. 지금 생각해보니까 확실히 좀 재수가 없긴 한데 그땐 그게 논리적이라고 생각했어요. 그런데 개는 정말 착한 애였거든요. 됐어, 내 맘이야, 계속할 거야, 그러더라고요. 그땐 그러고 넘어갔는데, 그뒤로 좋은 일이 생길 때마다 개 생각이 났어요. 명은이 기도발인가? 이런 것까지 빌어줬을까? 하고 말이에요. 사실 우리 가족도 절 그렇게 잘 챙겨주진 않거든요. 부모님은 완전 방목 타입이에요. 태어난 순간 이미 자기 몫의 복이 정해져 있다고 믿는 쪽. 그래선지 요즘도 가끔 이런 행운이 생기면 개 생각이 나요."

첫 연수 이후 그다음 주말에 운전면허 학원에 갔을 때 또 혜미를 만났다. 이번에는 눈이 마주치자마자 혜미가 지체 없이 알은체를 해왔다. 끝나고 같이 저녁을 먹지 않겠느냐는 말도 먼저 꺼냈다. 갑자기 저랑요? 저녁을요? 같은 마음이 완전히 없는 건 아니었으나, 선경이 소설 스터디가 있어 끝나고 저녁을 먹고 들어온다고 해서 혼자 뭘 먹을까 고민하던 참이었으므로 그 제안이 영 싫지는 않았다. 그렇다고 해도 선뜻 그러자는 대답은 안 나왔다. 그런 내 속마음을 읽었는지 혜미는 오픈 행사중인 학원 앞 고깃집 이야기를 꺼냈다. 반값이라네요. 일곱번째 손님한테는 선물도 주고, 경품 이벤트도 있대요. 그래서 오케이 하고 함께 고깃집에 갔는데 담배를 피우느라 혜미를 먼저 들여보내고 내가 몇 분쯤 뒤에 들어갔을 때 팡파르가 울렸다. 축하합니다! 일곱번째 손님입니다. 오픈을 몇시에 했길래 아직 일곱 팀밖에 못 받았지? 하는 생각이 먼저 들었지만 축하와 선물은 또 곧이곧대로 받았다. 저는 저쪽 일행인데요. 따지자면 여섯번째 손님에 포함되는 게 아닐까요? 그렇게 말하니 처음에는 사장도 난감해하는 것 같았지만 이미 울린 팡파르를 무르지는 않았다. 선물은 무선 충전기였다. 에코백에 넣어두면 또 언제 꺼낼지 알 수 없을 것 같은. 그리고 자리에 앉아 주문을 하고 음식을 기다리는 약간은 뻘쭘한 시간 동안 혜미가 내 운에 대해 칭찬을 해서 나는 명은을 떠올렸던 것이다. 이런 것까지 빌어줬을까, 하고.

"그 친구랑 아직 연락해요?"

"대학 가면서 끊겼죠."

대학에 가서도 방학 때 종종 만나기는 했다. 어떻게 지내냐, 대학은 다닐 만하냐. 명은은 내가 군대에 갔을 때 편지를 보내준 적도 있었다. 그러다 점차 뜸해졌다. 특별한 이유가 있던 것은 아니었다. 차츰 연락하는 빈도가 줄어들더니 이제는 연락을 안 하고 지내는 것뿐이었다. 명은은 간호대를 졸업하고 대학병원에서 일하다가 소개팅으로 만난 남자와 결혼을 했다고 들었다. 알고 보니 그 남편은 나와 같은 대학을 나온 다섯 학번 위의 선배였다. 그런 소식은 잊을 만하면 건너 건너서 들려왔다. 그러니까 연이 완전히 끊어진 것은 아니었다. 지금이라도 전화를 해서 잘 지내니? 오랜만이지? 하고 말을 걸면 명은은 어떤 반응을 보일까. 하지만 연락을 한다고 한들 나눌 이야기가 없었다. 아직도 나를 위해 기도를 하니? 라고 물어볼까. 어쩌면 명은은 그 말을 듣고 웃어버릴지도 모르지. 널 위해 기도하는 건 옛날에 그만뒀어. 나 이제 교회도 안 나가. 실은 그때도 말만 그렇게 했지 널 위해 기도한 적은 없었어. 그렇게 말할지도 모르지. 나한테 요즘 좋은 일이 많이 생겼는데 그때마다 네 생각이 났다고 하면, 명은은 또 뭐라고 할까.

"요즘으로 치면 썸 같은 거 아니었어요?"

"에이, 그런 건 아니에요."

"생각해보세요. 누가 그렇게 남을 위해서 기도를 해줘요."

"초등학교 때부터 친구였어요. 중고등학교도 같았고 같은 아파트에 살았거든요. 부모님들도 서로 알고. 친구끼리도 그런 일은 충분히 하죠."

"정말 우정으로 그런 것까지도 하나요? 친구를 위해서 어떤 일까지 해보셨는데요?"

나는 내 친구들을 떠올렸다. 오래전부터 알고 지낸 친구들. 이미 애아빠인 애들도 있지만 카톡 단체방에서는 여전히 입에 욕을 달고 사는 친구들. 돈 좀 빌려달라고 했을 때 우리 와이프가…… 하면서 거절했던 친구들. 그러면서도 꿍쳐놓은 비상금을 건넸던 친구들. 나는 걔들을 위해 뭘 했을까? 기도 같은 건 제일 쉽게 할 수 있는 일인지도 몰랐다. 크게 힘이 드는 것도 아니고 돈도 안 들고, 눈을 감고 머릿속으로 생각만 하면 되는 거 아닌가. 하지만 도무지 할 마음이 들지 않는 일이기도 했다. 그럴 정성이 없는 건지도 몰랐다. 내가 그런 일을 했다는 걸 알면 친구들 역시 내게 할 짓도 더럽게 없다고 한심해할 것이다. 내가 친구들을 위해 한 건 그저 술 약속에 안 늦고 같이 농담 따먹기를 한 것. 여자친구한테 차였을 때 위로해주고 주변에 소개해줄 만한 여자가 없는지 찾아본 것. 친구끼리는 서로 기도해주고 그런 일은 안 하는 걸까? 하지만 명은은 여자애였고 여자애들은 친구를 위해 그런 이상한 일을 하는 것 같았다. 게다가 명은은 교회에 안 다니면 지옥에 간다고 믿는 독실한 기독교인이었으니 나를 위해 기도를 했지만 그건 자신의 덕을 쌓는 일이었을지도 모른다. 어쩌면 내가 제일 엉망진창으로 사는 것 같아 불쌍해 보였던 걸까? 그렇다고는 해도 꼭 나를 고를 필요는 없었고 그걸 내게 말할 필요도 없었을 텐데……

"생각해보니 썸이었을지도……"

"생각해보니 아닌 것 같아요."

이번에는 혜미가 웃으며 명은과 나 사이에 있었을지도 모를 무언가를 부정했다. 그 말을 들으니 역시 아무것도 없었던 게 맞는 것 같았다. 있었어도 아무 상관도 없을 만큼 옛날 일이기도 했다. 혜미는 괜한 이야기를 했다고 생각했는지 얼른 화제를 돌렸다.

"근데 저도 그렇지만 면허를 늦게 따는 편이시네요. 몇 살이세요?"

"서른다섯이에요."

나는 수능을 치고 그해 겨울방학에 면허를 땄지만 몇 년 뒤 음주운전으로 면허가 취소되었고 그뒤로 십 년 동안 다시 면허를 딸 생각을 하지 않았다. 새로 만난 사람과 이야기하다가 운전이 화제에 오르면 그냥 면허가 없다고만 말했다. 다행히 그사이 운전할 일이 딱히 없기도 했다. 한때는 영영 운전을 하지 않을 생각도 했었다. 하지만 선경의 오빠가 자신이 타고 다니던 투싼을 싸게 넘겨주겠다고 해서 다시 운전할 마음을 먹었다. 회사를 그만두고 쉬는 중이어서 차를 굴리는 게 좀 부담인데다 빌라에 주차장도 없어서 처음엔 거절했지만 한 살이라도 더 젊을 때 선경과 함께 이곳저곳 여행을 다니고 싶기도 했고 주말에 소설 강좌를 하러 다니는 선경을 데리러 가고 싶기도 했다. 그리고 이제 나이도 먹을 만큼 먹어서 옛날 일들은 꽤나 희미해졌다. 나는 당연히 그때의 일을 후회하고 있다. 그때 나는 무척 운이 좋았다. 사고를 내기 전에 음주 단속에 걸려 면허를 취소당하는 데 그쳤으니까. 물론 사고가 나지 않았을 수도 있지만 그때 걸리지 않았다면 또 음주운전을 했을지

224

도 모른다. 그랬다면 또 어떤 일이 일어났을지도 모르고. 정말 운이 좋았다.

"아, 저랑 동갑이시네요. 저도 여태 면허도 안 따고 뭐했냐고 한소리 들었었거든요. 그런데 서울은 대중교통도 잘되어 있는데 버스 타고 지하철 타면 되지 않나요. 차 있어봤자 괜히 주차 때문에 신경쓰느라 피곤하기만 하고. 그리고 차도 못 사는데 이십대 때 운전할 일이 뭐가 있어요."

"그래도 차 있음 편하죠. 그리고 서울 벗어나면요, 차 없이 여행 가면 고생이잖아요. 어쨌든 있는 게 여러모로 좋긴 하죠. 자기 차 없어도 요샌 렌트도 쉽고 차 있으면 생활 반경이 확 넓어지긴 하니까요."

"꼭 오래 운전한 사람처럼 말하시네."

내가 운전을 했던 건 십여 년 전의 일이었지만 그래도 사오 년 동안 아버지의 차를 자주 끌고 다녔었다. 그리고 면허가 취소됐을 땐 아버지로부터 온갖 쌍욕을 다 들어야 했다. 내가 음주 단속에 걸린 것은 집 근처 교차로에서였는데 경찰의 연락을 받고 차를 가지러 온 아버지는 내 뺨을 후려쳤다.

육즙을 좔좔 흘리며 익어가는 삼겹살을 보고 있자니 참을 수가 없어져 "소주 한 병 시켜도 될까요?" 하고 물었을 때 혜미는 그러라면서 나이도 같은데 말을 놓자고 했다. 안 될 이유는 없어서 나는 고개를 끄덕였다.

*

그날 선경은 자정이 다 되어서 집에 돌아왔다.

"왔어?"

나는 잠도 안 오고 선경이 언제 오나 기다리기도 해야 할 것 같아서 티브이로 유튜브 영상을 보고 있었다.

"요즘 내가 죽고 싶다는 말을 너무 많이 한 것 같아."

선경이 현관에서 신발을 벗으면서 대뜸 그런 말을 해서 나는 애가 또 뭔 소리를 하려는 건가 싶어 다음 말이 나오기를 기다렸다.

"만약에 말이야, 신이 있는데 독심술은 할 줄 몰라서 내가 입버릇처럼 아무 생각 없이 하는 말을 곧이곧대로 듣고 나를 죽여주기로 하면 어쩌지? 나에게 은총을 베푼답시고 내가 가장 원한다고 짐작되는 죽음을 주기로 한다면 말이야."

"뭔 소리야. 밖에서 뭔 일 있었어?"

"내가 죽을 뻔했거든. 차에 치여가지고. 나 말고도 여럿이서 치일 뻔했거든? 다행히 다 피했지만. 사람들이 화가 나서 운전자를 끌어내려보니까 음주운전인 거야. 신고하고 왔어. 음주운전하는 놈들은 다 감방에 처넣어야 해. 차에 치일 뻔한 순간에 내가 바랐던 것들을 못 이루고 죽는구나 싶은 거야, 그 짧은 순간에. 그런데 생각해보니까 내가 진짜로 바라는 건 맨

날 속으로만 빌었고 막상 입 밖으로 내뱉은 말들이라곤 죽고
싶다뿐이었거든. 그래서 그런 생각이 든 거지. 이 멍청한 신이
독심술은 할 줄 모르는 거면 어쩌지."

"근데 너 소원이 뭔데?"

"베셀 작가……"

"그게 되겠어? 너도 한국 출판 시장에선 그런 거 될 수가 없
다며."

"꿈도 못 꾸나……"

"그럼 이제 베셀 작가 되고 싶다고 입 밖으로 말하고 다녀."

"그거 몰라? 원래 소원은 아무한테도 말하면 안 되는 거. 부
정 타."

"신은 독심술 못하는 거 같다며. 그럼 소문내야지."

"안 돼…… 그건 너무 남사스러운 일이야……"

도대체 어쩌고 싶다는 건지 알 수 없어서 나는 선경의 가방
과 코트를 받아들고 술냄새 나니까 빨리 가서 씻으라고 욕실
로 떠밀었다. 선경은 내 팔뚝을 붙들고 코를 킁킁거리더니
"근데 너도 술 마셨어?" 하고 물었다.

"냄새나? 저녁에 소주 딱 한 잔 했는데."

"누구랑? 너는 술이 오래가잖아. 술 먹고 다음날 저녁에 운
전해도 음주운전으로 걸릴 타입이야."

"그런가? 아무리 그래도 다음날 저녁까지는 좀 심하지 않

나?"

욕실로 들어가 문을 닫은 선경이 다시 문을 열고 말했다.

"누구랑 마셨는지는 왜 말 안 해?"

"어? 아, 운전학원에서 만난 사람이랑."

"운전학원은 이제 몇 번이나 더 가야 되는데? 그 사람 여자
야?"

"이제 한 번만 더 가면 되지 아마."

"두 개를 물었으면 둘 다에 답을 하라고."

"한 번에 하나씩만 물어. 여자야."

"둘이서 마셨어?"

"어."

"씨발놈이 갈수록 뻔뻔해지네."

선경은 농담인 듯 아닌 듯 웃으면서 그렇게 말하고 욕실 문
을 탁 닫았다. 선경도 내가 음주운전으로 면허가 취소됐었다
는 사실은 알지 못했다. 연인 사이에는 말이야, 비밀 같은 건
없어야 해. 언젠가 선경은 그렇게 말했다. 나도 그 말에 동의
했고 굳이 숨기는 법 없이 모든 것을 털어놓았다. 하지만 묻지
않은 일에 대해서는? 내가 먼저 나서서 이야기할 필요는 없었
다. 나는 눈을 감고 소파에 기대앉은 채 선경이 씻고 나오기를
기다리면서 내가 말하지 않은 것들을 털어놓아야 할지 고민
했다.

선경에게 꿀물을 타주려고 물을 끓이는데 욕실에서 뭔가 쿵 쓰러지는 소리가 났다. 깜짝 놀라서 "무슨 일이야?" 하고 외쳐 물었더니 선경이 신음하며 괜찮다고 말하는 소리가 새어나왔다.

"미끄러졌어."

"안 다쳤어?"

"나를 진짜 죽여주려고 하는 거면 어쩌지?"

"안 죽어."

샤워를 마치고 나온 선경은 내게 수건을 건네며 머리를 말려달라고 했다. 나는 흰머리가 눈에 띄기 시작한 선경의 머리카락을 탈탈 털어주면서 혜미에 대한 이야기를 했다. K에 대해서는 말하지 않았다. 오픈 이벤트를 한 고깃집에 대해서는 좀 장황하게 설명했다. 내가 받지 못한 1등 상품이 노트북이었다는 것까지도. 음주운전을 한 적이 있다는 이야기는 하지 않았다. 그리고 너는 쉽게 죽지 않을 거라고, 내가 새해마다 너의 건강과 장수를 위해서 빌고 있다고도 말했다. 그건 정말 사실이었다. 그것도 기도라고 할 수 있다면 말이다. 눈을 감고 손을 모으고, 그런 것들은 다 생략한 채 원하는 걸 머릿속에 떠올리기만 했다. 어쩌면 새해 첫 일출이라는 이벤트를 맞아 남들이 다 하는 행위를 따라 시늉만 한 것일지도 몰랐다. 하지만 뭔가를 빌어야 하는 순간에 퍼뜩 떠오른 것이었으니 내가 바라는 게 우리가 오래도록 행복하게 살아가는 것임은 틀림없었다.

*

나는 혜미가 자신의 비밀을 내게만 털어놓고 싶은 것이 아니라 모든 사람들에게 폭로하고 싶은 것이 아닐까 하고 생각했다. 내가 입방정을 떨고 다니길 기대하고 있는 것이 아닐까? 혜미에게 묻고 싶었다. 어떻게 내가 비밀을 지켜줄 거라고 믿어? 확신할 수 있었어? 겁나지 않았어? 비밀이 새나가면 어떤 일이 벌어질지 걱정되지 않았느냐고. 너는 날 잘 알지도 못하고 그러니 나를 신뢰할 수도 없었을 텐데. 그리고 너와는 고작 몇 번 이야기한 게 다인 내가 남들에게 그런 일을 말하는 걸 대수롭지 않아할 수도 있는데. 내게는 비밀을 지켜야 할 의무도 뭣도 없으니 입이 간질간질할 때 참고 견디는 일을 잘 해낼 수 있을 리가 없지. 어떤 비밀을 혼자서만 알고 있는 건 무척 외로운 일이기도 하잖아. 무엇보다 너부터도 너 자신의 비밀을 지키지 못해서 남에게 떠벌리고 말았잖아. 내가 그렇게 말하면 혜미는 뭐라고 할까. 말해, 모두 말해버려. 어쩌면 그것이 혜미가 바라는 일인지도 몰랐다. 내가 선경에게 말하고 선경이 자신이 아는 작가 몇몇에게만 말해도 소문은 금방 퍼져나갈 것이다. 하지만 퍼져나가기만 하고 아무런 일도 일어나지 않을 수도 있다. 사람들은 부적절한 일이 일어났다는 것을 알게 되어도 가끔은 그냥 모르는 척하고 말기도 하니까. 그냥 가십으로 즐기다가 잊어버리든가. 게다가 불륜이라는 게…… 그게 그렇게 나쁜가? 누군가는 어쩔 수 없이 상처를 받긴 하겠지만…… 세상에는 그것 말고도 상처를 받을 일이 너무나도 많다. 물론 받지 않아도 될 상처를 받았다는 생각에 억울해질 수는 있겠지만.

언젠가 선경은 비밀에 대한 자신의 견해를 밝힌 적이 있다.

그런 추잡스러운 걸 비밀로 삼지 말라고 했었나.

병원에 함께 가기로 약속한 날이 되었을 때 혜미에게서 전화가 왔다.

"병원에 오지 않아도 괜찮아."

"너 설마 마음이 바뀐 건 아니지?"

"아니, 그런 건 아니고 K가 함께 가기로 했어."

"다행이네."

"그럼 이만 끊을게. 내 번호는 지워줄래?"

"알겠어."

전화를 끊고 나니 문득 모든 게 다 의심스러워지기 시작했다. 사람들은 모두 비밀이 많구나. 내가 아는 것은 빙산의 일각일 뿐이겠지. 그러다 펼쳐 든 신문에서 K의 이름을 발견했다. '기도하는 일'이라는 제목의 칼럼이었다. 옆에는 입을 앙다문 표정의 K의 사진이 작게 붙어 있었다. 나는 별달리 기대하는 바도 없이 그 글을 읽어내려가다가 적잖이 놀랐다. '너에게는 비밀이 있다. 너는 아직 모르는'이라는 문장으로 시작하는 그 칼럼에는 내가 혜미에게 했던 이야기가 있었다. 누군가가 나를 위해 기도한다는 내용의 이야기. K는 자신은 기도의 힘 같은 건 믿지 않지만 점점 각박해져가는 세상 속에서 그런 간절한 마음을 갖는 일을 아예 저버리지는 말자고, 서로의 안위를 바라는 마음을 갖고 그걸 전달할 기회가 생기면 표현하자고 쓰고 있었다. 그리고 자신 역시 몇몇의 평안을 위해 노력하고 있다고도 했다. 우연이랄 수도 있을까? K가 나와 똑같은 일을 경험한 적이 있을까? 물론 그럴 수도 있을 것이다. 하지만 혜미에게서 전해들었다고 생각하는 편이 훨씬 더 자연스러웠다. 이런 시시콜콜한 이야기도 다 나누는 사이라니. 어쩌면 두 사람은 정말 서로를 사랑하는 건지도 모르지.

　가엾네.

　하지만 아무리 성실한 사람이라 해도 혜미에게서 들은 지 얼마 안 됐을 텐데 이렇게 빨리 글로 쓰는 건 어려울지도 모른다. 아닌가? 그 정도로 글을 써대는 작가에게 신문 한 귀퉁이에 실릴 글을 쓰는 것 정도는 수월한 일인가? 그렇다면 정말 우연이 아닌가? 그때 선경이 집으로 돌아왔다. 손을 씻고 나와서는 "뭐하고 있었어?" 하며 옆에 앉아 내 어깨에 손을 올렸다. 그러곤 내가 읽고 있던 신문을 들여다보았다.

"아, 이거…… 읽었어?"

"어?"

"「기도하는 일」 말이야."

"아, 응. 이거 읽고 있었어."

"화났어?"

나는 선경이 내가 화났을 거라고 짐작하는 이유를 헤아려보았다. 금방 답이 떠오르지는 않았지만 아주 멀리 갈 필요는 없었다. 내가 선경에게도 명은에 대해 말한 적이 있었나? 있었을 것이다. 나는 명은을 자주 떠올렸다. 사소한 행운이 생길 때마다. 혹은 그런 사소한 행운을 기다릴 때마다. 그러니 선경에게 명은에 대해 한 번쯤은 얘기했을 것이다. 나는 운이 좋은 편이었으니까. 그렇다고는 해도 선경이 K에게 그 이야기를 했다고는 선뜻 믿기가 어려웠다. 자기 이야기를 남에게 하는 걸 극도로 싫어하는 사람이니까. 그렇다면 본인도 다른 사람 이야기를 함부로 옮기지 말아야 하는 게 아닌가. 나는 그런 점에 화가 났다. 하지만 고작 그 정도 일에 화가 난다는 것을 인정하고 싶지 않기도 했다.

"화나지 않았어."

어쩌면 그건 우리 사이에 생긴 첫번째 비밀일까? 두번째,

세번째일 수도 있다. 아니, 아직 말해지지 않은 일들이 훨씬 더 많이 남아 있을지도 모르지. 나는 「기도하는 일」을 처음부터 다시 읽기 시작했다. 칼럼 속에 어떤 다른 이야기가 숨겨져 있지는 않은가 하고. 다른 의미가 내포되어 있지는 않은가 하고. '너에게는 비밀이 있다. 너는 아직 모르는⋯⋯'

가능한

밝은 어둠

제비가 허공을 가른다. 낮다. 제비가 낮게 날면 비가 온다. 잿빛 하늘과 금방이라도 비가 쏟아질 것 같은 축축한 공기에 제비 울음소리까지 울리면 누구나 잠수부가 된다. 깊은 물속에 들어와 있는 것만 같다. 바람이 한차례 훑고 지나가면 나무는 물풀처럼 흔들린다. 조도가 서서히 낮아진다. 잠수부가 되면 바닥에서 멀어지는 것이 어렵지 않다. 땅을 밀어내듯 발을 한 번 구르면 된다. 무릎을 굽혔다가 가볍게 땅을 밀어내고 공중으로 날아오른다. 한참을 헤엄쳐 올라가다가 문득 아래를 내려다보면 아무것도 보이지 않는다. 모든 것이 어둠에 잠겨 있다. 빗방울 하나가 이마에 툭 떨어진다. 정말 비가 올까. 지수는 멍하니 고개를 쳐들고 한참이나 하늘을 올려다보지만 첫

번째 이후로 다음 빗방울은 떨어지지 않는다. 하아아아아 내
뿜은 숨은 공중으로 멀리 흩어진다. 파도 소리가 체념처럼 들
려온다. 여기가 끝, 여기는 시작.

지수가 담벼락 아래 쪼그려앉은 지도 한참이지만 아무도 오
지 않았다. 지수는 옆집 처마 제비집에 제비가 들락거리는 것
을 훔쳐보고, 새끼들이 재재거리는 것을 지켜워하다가 집으로
들어갔다.

시멘트 마당에는 젖은 장화 두어 켤레가 널브러져 있었다.
부두 지척에 있는 마을은 부두만큼이나 공기가 척척해서 모두
장화를 신고 다녔다. 장화에서는 비린내가 났다. 빨랫줄에 매
달린 광주리에서는 생선이 말라가고 있었다. 껍데기를 벗겨
볏짚으로 살을 꿴 키조개들도 비린내를 풍기며 빨랫줄에 매달
려 있었다. 지수는 삼촌이 바닷속으로 잠수해 건져온 키조개
관자 하나를 뜯어 씹어 먹었다. 비가 오지 않아도 비가 온 것
처럼 축축했다. 비가 오지 않아서 생선도 조개도 걷어내지 않
았다. 파리가 생선 눈알에, 조갯살에 한참 붙어 있다가 날아갔
다. 시멘트 마당을 깨부수어 조그맣게 만든 화단은 패총이 되
었다. 파리가 윙윙거렸다. 패총 사이로 흰 고추꽃이 피었다.
배추도 몇 포기 자라고 있었다. 살이 통통 오른 녹색의 애벌레
가 부지런히 잎을 갉아먹었다.

지수는 무엇을 해야 좋을지 알 수 없어서 아무 짓이나 했다.

방바닥에서 데구루루 굴렀다가 패총을 헤집었다가 담벼락 틈에 난 잡초를 뽑았다가 지나는 개를 쫓았다가 뒷동산에 올랐다가 나뭇가지들을 하나씩 꺾어보았다가 이름을 알 수 없는 풀들에게 이름을 붙여주었다가 누가 버린 건지 잃어버린 건지 알 수 없는 것들을, 구슬을 옷핀을 신용카드를 운동화 끈을 안경을 줍기도 했다. 집으로 돌아가기 전에는 그날 주운 것들을 모두 바다에 집어던졌다. 자주 부둣가를 내달렸다. 테트라포드 위를 뛰어다니던 때도 있었다. 홍개비와 청개비, 새우와 떡밥이 메말라 붙어 있고 불가사리와 어린 생선이 물기를 다 잃고 죽어 있었다. 테트라포드 사이로 파도가 소용돌이쳤다. 테트라포드 틈에 귀를 대면 고동 소리가 났다. 소리를 지르면 깊은 동굴 소리가 났다. 그 위를 뛰어넘다가 발을 헛딛고 추락해 무릎이 깨진 친구가 하나, 머리가 박살난 낚시꾼이 하나. 그뒤로 테트라포드는 고기와 피의 맛을 알게 되어서 사람들을 자꾸 잡아당긴다고, 그러니 가면 안 된다고 지수의 할머니가 죽기 전에 말했다. 이미 치매가 진행된 지 한참 되어서 모두들 그 말을 듣고 와하하하 웃어넘겼다. 지수도 따라 웃었다. 그날 밤 가만히 누워 배꼽에 양손을 올리고 할머니의 말을 생각해본 지수는 날이 밝은 뒤부터는 테트라포드 가까이에 가지 않았다. 테트라포드가 고기와 피의 맛을 알게 됐으리라는 생각 때문은 아니었다. 영문도 모른 채 따라 웃은 게 할머니에게 미안해서였다.

뭐하냐.

마당에 내어놓은 플라스틱 의자에 앉아 종이비행기를 접고 있을 때 종우가 왔다.

비행기 접어.

발아래에는 물에 불었다 말라 우글쭈글하고 얼룩이 진 한 뭉치의 종이 더미가 쌓여 있었다. *잠수기 어선 잠수사들의 호소문*이라는 제목 아래에는 삼촌이 마을회관에서 컴퓨터로 쓴, *잠수사들은 손가락 굵기만한 호스에 목숨을 의지한 채 몇십 년 일을 하면서 인간다운 대접을 받기는커녕 동료 잠수사 일고여덟 명을 잃었을 때에도 숙명으로 받아들여야 했으며……* 라는 글이 이어졌다.

지수는 삼촌에게 그 글을 읽어달라고 몇 차례나 졸랐지만 삼촌은 이건 애들이 읽는 게 아니라고 했다. 지수가 그럼 동화책이라도 읽어달라고 조르자 아직도 한글을 떼지 못했냐고 야단을 쳤다. 지수는 단지 책을 읽어주는 삼촌의 목소리가 좋았을 뿐이었다. 먹고살기도 정신없어 죽겠는데 넌 무슨 동화책타령을 하고 앉았어. 그럼 또 지수의 엄마가 달려와 삼촌을 타박했다. 애가 읽어달라면 좀 읽어줄 것이지, 삼촌 그렇게 안 봤는데 사람이 참 매정하네요. 매정하다고요? 형수는 지금 제 사정 뻔히 아시면서 그리 말합니까? 그러는 형수야말로 애한

240

테 책 한번 읽어준 적 있습니까? 아니 삼촌은 무슨 말을 그렇게……

너도 접을래?

종우는 대답 없이 지수 옆에 철퍼덕 주저앉아 비행기를 접기 시작했다. 비행기를 다섯 개쯤 접은 다음에는 종이배를 접었다.

근데 이거 접어도 돼?

종우의 물음에 지수는 곰곰 생각했다. 접으면 안 될 것 같았다. 하지만 오랫동안 부엌 식탁 위에 올려져 있기만 했었다. 지수는 고개를 끄덕였다. 종우는 그 고갯짓에 안심이 됐는지 다시 종이배를 접기 시작했다.

두 사람은 온 동네를 싸다니며 비행기를 날렸다. 떠돌이 개인 콩이가 두 사람을 쫓아다녔다. 비행기는 멀리 날아가지 못하고 다시 돌아오기도 했는데 그럴 때면 둘은 비행기가 다시 돌아오지 못하도록 구깃거린 다음 바다에 던져버렸다. 구겨진 종이는 바다 위를 동동 떠다녔다. 던질 게 바닥난 뒤에도 두 사람은 방파제에 서서 무언가를 던지는 시늉을 했다.

바다 위에는 두 사람이 던진 종이 말고도 온갖 것들이 떠다녔다. 양식장에서 떠내려온 스티로폼 부표 조각이나 어딘가 매여 있다 풀려 나온 밧줄과 그물만으로도 바다는 어지러웠다. 마을 사람들도 비닐봉지를 담배꽁초를 과일 껍질을 상추를 조개껍데기를 버리곤 했다.

조개껍데기는 괜찮지 않나? 저기가 원래 집이니까.

종우가 방파제에 있던 조개껍데기를 바다로 던지면서 말했다. 방파제에 발을 꾹 붙이고 고개를 쑥 내밀면 바다가 그리 깊지 않아 속이 훤히 보였는데 바닥에는 빈 조개껍데기가 가득했다. 다른 마을 사람들이 버린 쓰레기도 해류를 타고 떠다니다 이곳까지 왔다. 바로 이웃 마을의 쓰레기도 있었고 일본이나 미국에서 온 쓰레기도 있었다. 지나던 어선에서 버린 쓰레기도 있었다. 온갖 곳에서 온갖 쓰레기들이 흘러들어왔다. 한밤에 몰래 와서 선착장에 쓰레기를 버리고 가는 사람들도 있었다. 그들은 대형 폐기물을 문짝을 냉장고를 소파를 의자를 버리고 갔다. 가끔은 개도 버렸다. 콩이도 이곳에 버려진 개였다.

콩이를 던져볼까.

지수는 자신의 말에 놀랐다. 종우가 들었을까봐 돌아봤지만 종우는 콩이가 손바닥을 핥아주는 데 정신이 팔려 있었다.

콩이는 어느 날 갑자기 마을에 짠 나타났다. 종우 말로는 바다에서 나타났다고 했다.

바다에서 건졌다고?

응, 욱이 형이 바다에서 건졌어.

파도에 밀려오고 또 밀려오던 콩이를 욱이 형이 건져주었다고 종우는 말했다.

바다에 뛰어들어서 안고 나왔어. 교복이 다 젖어서 물을 뚝뚝 흘리는데 슈퍼맨 같았지 뭐야.

욱이 오빠 그렇게 안 봤는데, 좋은 사람이었네.

종우는 콩이를 기르고 싶어했다. 지수는 어차피 주인도 없는 개니까 그렇게 하라고 말했지만 콩이는 종우가 데려가려고 하면 자꾸 달아났다. 그랬다가도 어느 틈엔가 곁에 와서 혓바닥을 빼고 헤헤거렸다. 종우는 콩이를 잡으려고 달려가다가 두 번이나 넘어졌고 결국 무릎이 깨져 피가 났다. 그래도 안 울고 콩이를 쫓아가서 조갯살로 꾀어 콩이를 잡았다. 몇 번 먹을 걸 받아먹은 다음부터 콩이는 종우를 따랐고 가끔 종우네 집 마당에서 잠을 자기도 했다. 하지만 완전히 종우네서 살지는 않았는데, 그때그때 먹을 걸 던져주는 사람들이 있어서 오늘밤은 이 집으로 내일 밤은 저 집으로 거처를 옮겨다녔다. 그래도 종우네서 머무는 날이 제일 많았다.

종우는 콩이의 떡 진 털을 쓰다듬으며 뿌듯해했다. 지수도 종우를 따라서 몇 차례 쓰다듬었다가 온몸이 가려워져서 얼른 집으로 달려가 손을 박박 씻었다. 다시 방파제로 가볼까 했을 때 비가 쏟아졌다. 종우는 집에 갔을까. 궁금해하다가 잠들었다.

다음날이 되어 바다로 가자 종우가 어제처럼 콩이와 함께 방파제에 있었다. 그 옆에는 처음 보는 개도 한 마리 있었다.

어젯밤에 비가 막 쏟아지니까, 누가 또 버리고 갔나봐.

비가 막 쏟아지는 것과 개를 버리고 가는 것 사이에는 아무런 상관도 없다고 지수는 생각했지만 종우의 말에 고개를 끄덕였다. 새로 온 개는 새하얘서 두 사람은 흰둥이라는 이름을 붙여주었다. 콩이와 흰둥이는 앞서거니 뒤서거니 나란히 걸어오다 멈춰서 서로의 냄새를 맡고 또 서로를 핥고 또 졸랑거렸다.

지수와 종우는 자주 홀로 방치되어 있었기 때문에 많은 것을 개들에게서 배웠다. 두 사람은 앞서거니 뒤서거니 같이 다니고 서로의 냄새를 맡고 서로를 핥아주고 서로가 어디까지 왔는지 돌아보았다. 온 동네를 싸다니며 남의 집을 엿보고 대문이 열려 있으면 마당으로 들어가 낮잠을 자다 나왔다. 혼자 있다가 심심하면 짐작만으로 서로가 있는 곳을 찾아갔다. 가끔은 단번에 찾고 또 가끔은 엇갈려서 지수는 우연한 일에 기뻐하거나 슬퍼하던 버릇을 점차 고쳐나갔다. 종우는 겨우 지수를 찾으면 종종 화를 내곤 했다. 내가 한참이나 찾았는데 어딜 갔었어! 그럴 때면 지수는 잘못이 없어도 미안했는데 그래서 미안해, 하고 말하면 종우도 금방 울 것 같은 표정으로 아니 내가 미안해, 하고 말했다. 그러면 싸울 일이 별로 없었다.

엄마와 삼촌은 함께 있을 때면 싸우기만 해서 지수는 언제부터 두 사람이 싸우기 시작한 건지 헷갈렸다. 아빠가 돌아오면 두 사람은 화를 참았다. 하루는 지수가 마당의 패총을 뒤집는데 아빠와 삼촌이 마당에서 담배를 피우며 이야기를 나눴다. 계속 이런 식이면 밥은 벌어먹고 살까 걱정인데. 보상금도 우리는 안 준다니까. 몹쓸 놈들. 지금도 안 늦었으니 다른 기술을 배워. 삼촌의 기술은 잠수였기 때문에 매일 바닷속으로 뛰어들어 조개를 건져 나왔다. 귀가 좋지 않아 주기적으로 감압 체임버에 들어갔다 나와야만 했다. 물속은 여기랑 많이 달라요? 하고 지수가 물었을 때 삼촌은 별로 다르지 않아, 하고 대꾸했다. 하지만 많이 다르지, 하고 덧붙였다. 지수는 다르다는 것인지 다르지 않다는 것인지 알 수 없었다. 알 수 없게끔 말을 했기 때문이었다. 그래서 지수는 종우와 노는 게 좋았다. 종우는 알 수 없는 말은 하지 않기 때문이었다.

종우는 언제나 땀을 많이 흘려서 몸이 짜고 축축했다. 콩이와 오랫동안 함께 놀아서인지 개 냄새도 살짝 났다. 이곳은 날씨도 한결같이 축축했다. 비가 올 듯 계속 흐리기만 한 대기는 습기를 잔뜩 머금고 있었다. 바람이 많이 부는 날이면 종우는 마스크를 쓰고 나타났다.

바닷가에 살면서 소금기가 섞인 바람을 많이 맞으면 피부가 빨리 삭는 거야.

지수는 그 말이 종우가 여태 한 말들 중 가장 해괴하다고 생각했다.

소금기가 가득한 바람은 양철 지붕도 자동차도 빨리 삭게 만들어. 우리 할머니가 늙은 것도 다 소금 때문이야.

소금이 사람을 늙게 만든다니, 그건 말도 안 돼. 사람을 늙게 만드는 건 나이인데 넌 무슨 소금 타령을 하고 앉았어. 한 해 한 해가 지나면 사람은 늙어.

그래, 그게 한 해 한 해가 갈수록 물기를 잃어버려서 그런 거라니까.

쪼글쪼글해지는 건 몸에 물이 부족해져서 그런 건데.

그러니까 소금 때문이라는 거야. 소금이 물을 훔쳐간다고.

무슨 소릴 하는 거야.

소금바람은 사람을 일찍 주름지게 만들어! 우리 할머니도 그렇다니까!

종우는 버럭 소리를 질렀다. 지수는 너네 할머니가 주름이 많은 건 네가 너무 멍청하기 때문에 시름이 깊어 그런 거라고 말하고 싶었다. 하지만 그 때문에 종우는 무슨 말을 해도 알아듣지 못할 것이므로 말하지 않기로 했다. 소금은 쇠는 썩게 하고 생선살은 안 썩게 하는데, 종우 말대로 사람 살이 소금바람 때문에 썩는다면 사람은 어느 정도는 쇠로 만들어진 것이 아닐까. 지수는 그날 일기장에 그런 의문을 써놓았다. 방학이 끝나고 학교에 가면 담임은 언제나처럼 '참 잘했어요' 도장을 찍어줄 것이다.

날씨는 계속 흐렸고 비는 오지 않았다. 먹구름이 하늘을 꽉 채웠고 바다도 시커멨다. 바람은 거의 없어서 배는 매일 출항했다. 지수의 엄마는 파고를 헤아리며 매일 새벽 기도를 했다. 누구를 향한 기도인지는 아무도 몰랐다. 지수도 모르고 아빠도 모르고 삼촌도 몰랐다. 엄마 자신도 모르기는 마찬가지였다. 엄마는 절에도 교회에도 나가지 않았다. 이장 아저씨의 배에서 일하는 네팔 출신의 수전처럼 힌두교도도 아니었다. 애초에 기도가 누군가를 향한 것일 수 있을까. 기도는 자신을 잠재우기 위해서 하는 일이었다. 엄마의 기도는 모든 불필요한 말을 없애고 필요한 말을, 바라는 말을 수없이 외는 식이었다. 반복 속에서 그 말에 익숙해지면 다른 말들은 모두 거짓처럼 느껴졌다. 가짜였다. 일어나지 않을 일이었다. 일어날 수 없는 일들. 그러고 나면 엄마는 조금 진정이 되었다. 형수는 무슨 쓸데없는 걱정을 하고 그래요. 삼촌은 자주 기도를 방해했고 그때마다 엄마는 입술을 악물었다. 일어나지 않을 일들. 일어날 수 없는 일들.

아무 색이 없는 바다는 하늘색에 따라서 바뀌었다. 바람이 세게 부는 날에는 흰 포말로 넘실거렸다. 거품들. 지수는 바닥에 침을 뱉었고 종우는 바다를 향해 오줌을 갈겼다. 야, 그러지 마. 우리는 바다에 사는 걸 잡아먹는다니까. 지수가 말려도 종우는 오줌이 마려우면 언제나 바다에 갈겼고, 바다에서 멀리 떨어져 있을 때에는 바다에 갈 때까지 참았다가 오줌을 갈기기도 했다. 걱정 마, 그렇게 멀리까지 오줌이 가지는 않아. 그래도 지수는 걱정이 되었고 종우가 제발 그러지 않았으면 하는 마음이 간절했다. 어느 날 바다에 오줌을 누는 종우의 자지를 보았을 때는 딱 잘라버리기 좋게 생겼다고 생각했다. 탯줄을 자를 때 같이 잘라버렸어야 했던 게 아닐까. 그러나 아무래도 안 될 일이었다. 지수는 마음속으로 몇 번이나 종우에게 사과했다. 콩이를 던져볼까 하고 생각했던 날 콩이에게 사과했던 것과 마찬가지로 수차례 사과의 말을 읊고서 지수는 자신이 아주 몹쓸 사람이라고 생각했다.

가끔 가로등도 안 켜지고 달빛만 겨우 은은한 밤이면, 종우는 바다에 대고 오줌을 누면서 자기 오줌이 바닷물과 부딪혀 발광하는 것을 보았다. 저것 좀 봐. 야광이야. 종우의 말대로 오줌이 떨어진 곳이 푸르게 빛났다. 야광이 심하면 적조가 온댔는데. 누가? 욱이 형이? 아닌데. 욱이 오빠는 바본데. 그런 거 모르는데. 욱이 오빠는 책만 읽어. 다른 건 몰라. 맨날 책상에만 앉아 있고 그래서 글씨만 잘 써. 집에 돈이 없어서 어차피 대학도 못 간대. 근데 공부밖에 할 줄 아는 게 없어. 헛똑똑이야. 밥은 벌어먹고 살까 걱정이야. 네가 왜 욱이 형 걱정을 해? 지수는 사실 마을 어른들이 하는 말을 주워듣고 내뱉었을 뿐, 욱이 오빠가 뭘 해 먹고 살든 자신과는 아무 상관이 없다고 생각했다. 걱정하지도 않았다. 밥은 벌어먹고 살까 걱정이야, 라는 말은 진짜 걱정이 된다는 뜻이 아니라 밥을 못 벌어먹고 살 것 같다는 뜻이었다. 지수는 그걸 설명하려다가 그것도 모르는 종우가 어리고 한심하게 느껴졌다. 아니 정말 걱정이 된다는 뜻으로 말했다고 해도 속마음도 그와 동일한 것은 아니다. 다른 사람에 대한 관심은 마땅히 취해야 할 삶의 태도 같은 건데, 사람들은 당연하다는 듯 그런 태도를 취하면서 살아가는 건데, 엄마 아빠한테서 배우는 건데 그건. 원래 속마음은 얘기하는 거 아냐. 속마음은 이불 속에 누워서나 생각하는 거고, 사람들 앞에서는 착한 말만 하는 거야. 아빠는 그렇게 말했었다.

다음날 양식장의 생선이 모두 폐사했다. 지수와 종우는 콩이와 흰둥이를 데리고 마을 뒷동산에 올라가 가까운 바다의 가두리 양식장을 내려다보았다. 나무에 가려 잘 보이지 않아 등산로 옆에 있는 벤치에 올라섰다. 배를 까뒤집고 수면 위로 떠오른 생선들이 햇빛 아래 반짝반짝 빛났다. 사람들이 죽은 생선을 건져내고 있었다. 수전의 모습도 보였다. 네가 어젯밤에 오줌 싸서 그래. 나는 맨날 싸는데 맨날 이렇진 않잖아. 네가 맨날 싸서 그래. 맨날은 아니야. 방금 맨날이라며. 자주, 라는 뜻이었어. 그래, 나도 그런 뜻으로 말한 거야. 어쨌든 나 때문이 아니야. 야광충 때문이야. 아빠가 그랬어. 나 때문이 아니야. 나는 적조가 싫어. 나 때문이 아니라고. 우리 엄마는 매일 새벽에 나가다가 오늘은 쉬기로 했는데 나갔어. 적조 때문에. 우리 엄마는 진짜 열심히 살아. 우리 엄마는 안 아픈 데가 없어. 아, 저기 우리 엄마다.

검은 장화를 신고 있는 양식장의 종우 엄마. 지수와 종우는 숲의 그늘 아래에서 햇살을 받아 물비늘이 번뜩거리는 바다를 내려다보았다. 멀리서 봐도 종우 엄마는 되게 열심히 사는 것 같았다. 푸르고 희고 눈부신 바다 위에서 검은 장화를 신고 흰 토시를 낀 채 바삐 움직이는 종우 엄마.

멍청한 게. 왜 넌 열심히 안 사냐.

지수는 종우의 뒤통수를 때렸다. 머리를 짧게 깎아 까슬하고 납작한 종우의 뒤통수. 때리고 보니 너무 셌다 싶어서 지수는 어떤 반격이든 받아들이겠다고 마음의 준비를 했는데 종우는 뒤통수를 긁적이며 그러게, 말하고는 벤치에서 폴짝 뛰어내렸다. 지수는 시무룩해 보이는 종우의 모습에 금세 미안해져서 걱정 마, 나도 열심히 안 살아, 하고 얼른 덧붙였다. 종우는 지수를 올려다보다가 너는 왜 열심히 안 살아? 하고 물었다. 지수는 대답할 말이 없어서 바다를 향해 수전의 이름을 부를까 했다가 말기로 했다가 다음 순간엔 그냥 불러버렸는데 들리지 않는 듯했다. 종우는 지수를 한번 보았다가 바다를 향해 큰 소리로 수전! 하고 외쳤다. 수전 형! 하고 또 외쳤다. 수전에게는 그 소리도 들리지 않는 것 같았다. 먹구름이 금세 하늘을 뒤덮었다.

집으로 돌아가는 길에 덩굴에 뛰어들었다가 빠져나오지 못하는 콩이를 끄집어내려고 낑낑대던 종우는, 학원에 보내달라고 하니까 아빠가 돈 든다고 집에 가만히 있으랬어, 하고 말했다. 고개를 숙인 채 한 말이어서 종우의 등뒤에 있던 지수는 제대로 듣지 못했다. 뭐라고? 다시 물어보았을 때 종우가 콩이를 끄집어내 양손으로 치켜들며 성공! 이라고 외쳤다. 뒤에서 흰둥이가 왕왕 짖었다. 그뒤로 며칠 동안 지수와 종우는 만나지 않았다. 지수는 차라리 빨리 방학이 끝났으면 하고 바랐다. 이 축축한 계절이 얼른 끝나버렸으면. 축축한 게 공중에만 머무르지 말고 그냥 죽죽 쏟아져 내렸으면. 빨리 비나 왔으면. 그다음에 맑게 갰으면. 해가 쨍쨍 나서 모든 것이 바짝바짝 말랐으면. 그리고 짠맛이 덜 났으면. 바람에서도, 종우에게서도.

지수가 집에 찾아갔을 때 종우는 마당에 서서 빨랫줄을 보고 있었다. 종우네 집은 지수네 집과 비슷하게 생겼다. 파란 철제 대문과 시멘트 마당과 패총이 된 화단과 슬레이트 지붕의 단층집도 똑같았다. 빨랫줄에는 생선이 걸린 채 말라가고 있었다. 빨랫줄 한쪽에서 거미가 거미줄을 치고 있었다. 뭘 이런 걸 다 보고 있냐 종우야. 지수가 다가가 묻자 종우가 너도 봐봐봐, 라고 해서 지수도 봤다. 뱃속에 저 실이 다 들어 있나. 지수와 종우는 한참을 서서 거미가 거미집을 완성하는 모습을 지켜보았고 다 끝난 다음에는 개미 한 마리를 잡아 줄에 걸어 주었다. 개미 불쌍하다. 그러게. 종우가 나뭇가지로 거미줄을 마구 휘저어버렸다. 거미 불쌍하다.

계속 먹구름이 잔뜩 껴서 부두의 마을은 내내 어두웠다. 바람은 무겁고 끈적거렸다. 밝다는 게 어떤 건지 알기 위해서는 밤을 기다려야만 했다. 밤에 형광등을 켜면 그제야 사방이 환하게 밝아졌다. 낮은 어둡고 밤은 밝구나, 지수는 그렇게 생각했다. 지수가 형광등을 켜놓은 채 잠들려고 하면 엄마가 와서 불을 껐다. 전기 아껴라. 이불을 덮고 배꼽 위에 양손을 모으고 누워 있으면 바깥에서 엄마 아빠와 삼촌이 나누는 이야기가 조금씩 들려왔다. 그게 무슨 소용이 있을까? 글쎄, 할 수 있는 데까진 해봐야 하지 않나. 지들 배 채울 생각이나 하고 말이야. 할 수 있을까요? 못할 건 뭐예요. 사람들도 다 동의했어요. 지수는 할 수 있는 일인지 할 수 없는 일인지 열심히 가늠하는 이야기를 엿듣다가 잠이 들었다.

새벽에 얼핏 잠에서 깼을 때 지수는 등을 긁고 싶었다. 문밖에서는 아직도 이야기가 이어지고 있었다. 삼촌, 방 청소좀 자주 하세요. 사람 사는 꼴이 말이 아니야. 지수는 등을 긁고 다시 잠에 빠졌다. 꿈속에서는 할 수 없는 일이라곤 없어서 아무 일이나 일어났다. 꿈속에서 지수는 흰 뭉게구름이 천천히 흘러가는 물속에 있었다. 수면 위를 올려다보자 사람들이

뜰채로 구름을 건져내려 했다. 잠에서 깼을 때는 비가 오고 있었다.

비바람이 몰아쳤다. 모두 화가 났다고 해야 할까. 모두 억울해했다. 바닷물이 마당까지 들이쳤다. 물을 퍼내는데 계속 전화가 걸려왔다. 지금 그게 문제가 아니라고요. 바다랑 너무 가까운 게 문제야. 적조가 심할 때에도 용케 살아남았던 양식장의 생선들이 모두 달아났다. 어쩌라고. 할 수 있는 걸 해. 할 수 있는 것은 없었다. 이제는 그야말로 모든 것이 물속에 있었다. 모두 물속에서 허우적거리고 있었다. 할 수 있는 것을 하자. 말은 쉽죠. 매번 이런 식이면 견딜 수가 없어. 모두 상황이 점점 더 나빠지는 것을 지켜보고 있었다.

지수네는 완전히 잠겼다. 뭔가 들고나올 겨를도 없이 마을회관으로 대피했다. 어른들은 지수에게 티브이를 틀어주고는 방책을 마련한다며 빗속으로 나갔다. 음악들, 춤들, 쇼들, 웃음들. 지수는 쏟아붓는 빗소리를 들으면서 그런 것들을 보았다. 종우네는 어떻게 됐을까. 콩이는 어디로 갔을까. 흰둥이는 어떻게 됐을까. 부두는 너무 작고 보잘것없으며 연약하고, 비는 너무 꾸준했다. 이따금 천둥번개가 치면 어둑한 밖이 잠깐 밝아졌다. 곧 티브이가 완전히 먹통이 되어 채널을 이리저리 바꿔도 화면이 나오지 않았다. 밖을 내다보자 온 사방이 다 물에 잠겨 있었다. 바다가 밀려오기 때문인지 비가 쏟아지기 때문인지 헷갈렸다. 방안이 젖지 않은 게 이상할 정도였다. 무엇을 할 수 있을까, 고민하는 지수에게 유일한 대안은 잠드는 것이었다. 잠은 지수를 위로하는 유일한 방식이었다. 지수는 문을 꼭꼭 닫고 이불을 뒤집어썼다. 불은 켜두었다. 가능한 한 빨리 잠들고 싶어서 조금 울었다. 감은 눈꺼풀 바로 아래까지, 귓바퀴 바로 밑까지 빗소리 바람소리 파도 소리 폭풍우 소리가 차올랐다.

이번 꿈속에서도 지수는 물속에 있다. 아무도 물을 겁내지 않는다. 물속에서는 모두 유영을 하고 물 바깥에서는 지표면 위를 걸어다니지만 물 바깥도 물속과 다르지 않은 느낌이다. 습도가 높기 때문일까. 차이는 염도뿐이다. 물 바깥에서는 소금기 없는 많은 비가 자주 쏟아져 내린다. 마을 사람들은 그 빗물에 몸을 씻어낸다. 비가 와서 다행이에요. 아무런 함의가 없는 말들. 살아 있어서 느낄 수 있는 여러 종류의 무력감이 있었다. 무력감을 떨쳐버리는 가장 좋은 방법은 나빠지는 거야. 그건 욱이가 시츄를 바다에 던지며 한 생각이다. 뒤에서 종우가 나타나지 않았다면, 종우가 모든 것을 다 본 게 아닐까 하는 의심만 들지 않았다면, 욱이는 바다에 뛰어들어 시츄를 건져내는 대신 가만히 지켜보기만 했을 것이다. 나는 이런 것도 할 수 있어. 꿈속에서 지수는 그렇게 생각한다. 지수는 물속에서 나와 물을 뚝뚝 흘리며 집으로 돌아가 샤워를 한 뒤 이불 속으로 들어가 잠든다. 포근한 이불이 좋다고 생각하며 이불을 꽉 끌어안으면 지수는 이불이 된다. 그러나 포근한 이불은 못 되고 축축한 이불이 된다. 흠뻑 젖고 만다. 새끼야, 여기서 오줌을 싸면 어떡해. 누가 이불을 세게 잡아당겨서 잠에서 깨면 물에 흠뻑 젖은 사람들이 지수를 빙 둘러싸고 서 있다. 누군가는 혀를 끌끌 차고 누군가는 지수를 집에 데려다주라고 말한다. 물바다잖아. 여전히 비는 쏟아지고 지수는 조금 전 꿈속에서처럼 온몸이 축축하다고 생각한다. 서서히 잠이 깨면 또 울고 싶어진다.

꿈이었어? 꿈이었어. 어디서부터 어디까지? 전부 다. 처음부터 끝까지. 그러니까, 어디가 처음이고 어디가 끝인데? 다른 옷은 챙겨 나오지 못한 지수는 마을회관에 있던 할머니의 옷을 빌려 입고는 자꾸만 늘어지는 바지춤을 치켜올리다가 그냥 방바닥에 벌렁 누워버렸다. 어느 틈엔가 온 종우가 옆에 누웠다. 방밖에서는 회관에 모인 어른들이 떠들어대는 소리가 들렸다. 그러니까 제가 뭐랬어요. 네가 뭐랬는데! 그땐 듣지도 않다가. 우리끼리 이런 식으로 싸워봤자 아무 의미도 없어요. 어차피 다 틀린 거 아닙니까. 무슨 말을 그렇게 해? 어떻게 계속 이렇게 살지. 배가 다 쓸려갔다면서요? 넌 그냥 닥치고 있어. 보상금 나올 테니까. 있는 놈들한테만 돌아가는 그거. 불 있습니까? 나가서 피워. 비도 오는데 어딜. 끝없이 비가 왔다. 창을 꾹 닫아도 빗소리가 사납게 건물을 두들겨댔다. 바람은 창문을 잡고 흔들어댔다. 지수와 종우는 방문을 닫아놨는데도 담배 냄새를 맡을 수 있었다. 그 냄새를 맡으니 몸이 조금 마르는 것 같았다. 내일은 비 그친대. 그친대? 아까 티브이에서 봤어. 지수는 빨리 비가 그치면 좋겠다고 생각했다. 한두 번도 아니잖아요. 넌 그냥 닥치라니까. 빨리 집으로 돌아가고 싶었고 사람들이 모여 있는 꼴은 보기도 싫었다. 종우는 어느새 잠이 들었다. 바깥의 사람들은 이제 저녁으로 먹을 음식을 준비하고 있었다. 불의 기운. 음식냄새들. 지수도 잠들었다. 잠은 모두를 위로하는 유일한 방식이었다.

해를 못 본 지 오래되었다. 며칠 동안 계속 비만 왔다. 비가 잠깐 오지 않을 때에도 하늘은 잔뜩 흐리기만 했다. 바람이 몹시 불었다. 태풍이 오면 해수를 마구 뒤섞어 일종의 정화 효과가 일어난다고 했다. 이제 마을에 그런 정화 효과를 바라는 사람은 없었다. 지수는 더이상 배꼽에 손을 가지런히 올린 채 잠들지 않았다. 습관적으로 그렇게 했다가도 슬그머니 옆으로 돌아누웠다. 꼭 죽은 사람의 자세 같아서였다. 그런 불길한 생각은 어디에서 솟아나는 걸까. 어떤 악몽을 꾼 이후로는 그런 자세로 잘 수 없게 되었다. 그렇게 하면 끔찍한 일이 일어날 것만 같았다. 아무리 떨쳐버리려고 해도 떨쳐낼 수 없는 게 있었다. 엄마의 기도법처럼 원하는 말만 수없이 외도 어떤 말들은 완전히 떨쳐지지 않았다.

비가 그친 마을은 엉망이었다. 바닷속도 물이 쫙 빠지면 이렇게 엉망일까. 종우는 젖은 집 대문 앞에 쪼그리고 있다가 지수가 지나가는 것을 보고 말을 걸었다. 사람 사는 꼴이 말이 아니야. 지수는 어디선가 들은 그 말을 저도 모르게 뱉어놓고는 종우에게 미안해졌다.

지수와 종우는 흰둥이를 찾으러 다녔다. 콩이는 종우네 집 마당에서 발견했지만 흰둥이는 사라지고 없었다. 땀을 뻘뻘 흘리며 질척질척한 흙길을 오르고 난 다음에는 정상 벤치에 올라서서 바다에서 불어오는 바람을 맞았다. 이제 어둡던 시절은 완전히 지나가고 완전히 환해진 것 같았다. 바다는 눈이 부셨다. 키가 컸던 해송이 몇 그루 부러져 있어서 경치가 더 잘 보였고 바람을 맞기에도 더 좋았다. 좀 따갑지 않아? 뭐가? 바람 말이야. 소금이 들어 있어서 그런 것 같아. 말도 안 되는 소리. 비 그치니까 좋다. 마을은 아직 복구 작업중이었다. 바닷물에 휩쓸리고 비에 잠긴 것들을 건져내 말리고 닦은 뒤 쓸 수 없는 것은 버리고 남은 것들은 고치는 중이었다. 금방 회복될 거야. 지수가 생각하기에 회복은 너무 멀었고 터무니없는 것 같았고 사람들이 무리해서 너무 많은 것을 이룬 게 아닐까, 하는 의문만 들 뿐이었다. 그럴까. 소금바람을 많이 맞으면 소금 인간이 된대. 할머니랑 그만 놀아. 지수의 말에 종우는 또 벤치에서 폴짝 뛰어내렸다. 흰둥이는 바다에 빠져 죽었나봐. 아니야. 그냥 도망간 거야. 그래, 그럼. 난 못 찾겠어 이제. 종우는 혼자서 산길을 내려갔다. 지수는 따라갈까 하다가 그냥 벤치에 앉아 있었다. 며칠 전 종우를 핥았을 때 점점 더 짠맛이 심해진 것 같았다. 어쩌면 종우는 정말로 소금 인간이 되는 것이 아닐까. 짠맛이 나는 종우를 계속 핥으면 닳아 없어지는 것이 아닐까. 점점 물기를 잃고 말라가다가 어느 날 사르르 무너져내리는 것이 아닐까. 이미 몸속은 다 바스러져 있는 것이 아닐까. 지수는 종우를 쫓아가 크게 이름을 불러보았다. 종우는 단번에 뒤를 돌아보았다. 왜? 흰둥이 찾았어? 지수는 고개를 저었다. 같이 가자. 둘은 손을 잡고 마을로 내려가 복구 작업을 하는 사람들 틈 속에서 잔심부름을 했다.

며칠 뒤 바다에서 시신 한 구가 밀려왔다. 마을 사람은 아니었다. 낚시꾼이었다. 양식장이 망가지고 생선들이 모두 쏟아져나오자 그걸 낚으러 왔던 사람이라고 했다. 온몸에 흠씬 두들겨맞은 흔적이 있었다.

저리 가, 보면 안 돼.

마을 사람들이 지수와 종우를 쫓아냈다. 쫓겨나기 전에 지수와 종우는 충분히 보았다. 보지 않게 하려고 둘을 쫓아내는 마을 사람들의 표정까지도 보았다. 이런 날씨에 갯바위에 올라가 서 있었으니 미끄러질 수밖에 없지. 이런 날씨에 바다에 빠졌으니 파도에 두들겨맞았겠지. 마을 사람들은 그렇게 말하고 다녔다.

여름방학이 끝나기 전에 종우네는 이사를 간다고 했다. 멀지 않은 시내라 종우는 자주 놀러오겠다고 했다. 지수가 종우네 집에 마지막으로 놀러갔을 때는 드물게 날씨가 맑았다. 구름도 없고 해는 쨍쨍 빛나서 종우네로 향하면서 지수는 땀을 뻘뻘 흘렸다. 대문을 슬쩍 밀자 종우가 무언가를 발로 퍽퍽 밟아대고 있는 것이 보였다. 애벌레였다. 지수와 눈이 마주치자 종우가 다급히 말했다. 이건 배추벌레야. 배추를 다 뜯어먹는다고. 잎에 구멍이 숭숭 난다니까. 너는 배추 안 키우잖아. 배추벌레는 나빠. 배추를 뜯어먹는다니까. 너도 배추 먹잖아. 너도 배추벌레야. 아니야, 난 아니야. 맞아, 넌 배추벌레야. 아니야, 나는 그런 거 아니야. 실랑이를 벌이던 두 사람은 입을 꾹 다물고 한참을 아무 말도 않다가 배추벌레 한 마리를 살려주는 것으로 합의를 보았다. 살아남은 배추벌레는 시멘트 마당을 꾸물꾸물 기어서는 응달의 화단에 도착해 거기서 한참을 가만히 있었다.

지수가 또 종우를 찾아갔을 때는 이미 빈집이었다. 간다고만 했지 정확히 언제라고는 말한 적이 없어서 지수는 혹시나 하고 조금 기다렸다가 집으로 돌아왔다. 종우네를 한번 돌아보았을 때 그곳만 환해 보였다. 이 어두운 골목에서 슬픔은 너무 밝아 늘 들키고 만다.

계절은 흘러가지 않고 뚝뚝 끊어진 채 지나갔다. 텅 빈 제비
집. 종우네 집은 허물어질 거라고 했다. 종우네가 떠나면서 버
리고 간 짐들로 안팎이 야단이었다. 집안 벽지에는 바닷물이
차올랐던 흔적인 듯 누런 선이 그어져 있었다. 오랫동안 아무
도 집을 허물지 않았다. 어느 밤에 쨍하고 창이 깨지는 소리가
들렸다. 나중에 지붕은 저 혼자 무너져내렸다. 한 번도 키운
적 없던 담쟁이덩굴이 벽을 타고 기어오르기 시작했다. 담쟁
이덩굴은 그 옆집으로 옮아갔다. 파도처럼 밀려가고 또 밀려
오며 뻗어갔다. 여기가 시작인 것처럼, 또 끝인 것처럼. 그런
집은 점점 더 많아졌다.

유자차를 마시고
나는 쓰네

안개가 아주 짙었다. 티셔츠 위에 후드 티를 입고 점퍼까지 걸쳤는데 그 속으로 안개가 집요하게 파고드는 느낌이었다. 온몸이 젖고 젖어서 손톱 아래까지 다 축축해지는 기분. 물먹은 솜이라도 된 것처럼 한 걸음 떼기도 힘들어 결국 근처에 있는 바위에 엉덩이를 기댔다. 순간 냉기가 바지를 통과해 엉덩이로 고스란히 전해져 바로 일어나려고 했으나 물먹은 솜 같은 몸이 말을 듣지 않았다. 몸은 이제 지친데다 차가워지기까지 했다.

"삼촌, 정말 여기 있는 거 다 따가도 돼?"

내가 내뱉은 숨이 안개처럼 희게 쏟아졌다가 공중에서 흩어졌다.

"그렇다니까."

삼촌의 목소리가 그리 멀지 않은 곳에서 들려왔지만 모습은 안개에 파묻혀 유령처럼 흐릿하게만 보였다. 유령 같은 형체가 부지런히 움직이며 유자를 따서 어깨에 멘 자루에 넣고 있었다. 새벽 어스름의 희부연 안개 속에서도 노랗게 잘 익은 유자는 도드라졌고 은은한 유자향이 났다.

"정말 밭을 다 엎는대?"

"그렇대도."

삼촌은 자꾸 같은 말을 하게 만드는 내가 영 성가신 모양이었다. 유자밭은 벌써 건설회사에 팔려 리조트가 지어질 예정이라고 했다. 오랫동안 농지로 묶여 있었는데 근처에 도로가 건설되면서 일대가 다 개발 광풍에 휩싸였다. 바다가 바라보이는 언덕 위에 있는 곳이라 전망이 좋으니 리조트를 지어놓으면 꽤 멋지긴 할 것이다.

"그렇다면 더더욱 본인이 수확을 하고 싶지 않을까? 마지막이니까."

"여기 평당 얼마 받았는지 알면 놀랄걸? 이제 이런 육체노동을 감수하지 않아도 되니까 안 하는 거지. 몇십 년을 땄는데 뭘 또 마지막까지 따고 싶겠어."

"유자가 지긋지긋했을까?"

"그랬을지도 모르지."

그건 좀 슬프다고 생각했다. 좋아하지도 않는 일을 한평생 해왔다니. 나도 모르게 길게 한숨을 내쉬자 삼촌이 내 속내를 파악했다는 듯 말했다.

"지긋지긋해도 해야지 어쩌겠어. 나름대로 마지막 의식은 치렀을 거야."

물론 안 치렀을 수도 있다. 어쩌면 통장에 입금된 돈을 확인하는 것이 나름의 의식이었을 수도 있고, 아니면 의식 같은 건 아예 필요하지 않다고 생각했을지도 모르고.

"그렇게 앉아 있지만 말고 손 좀 거들어. 아무나 다 따가라고 했으니까 일찍 따가는 사람이 임자야. 가시 있으니까 조심해라. 찔리면 엄청 쓰릴 테니까."

"그래서 잠 좀 자겠다는 조카를 끌고 나왔어? 날도 추운데?"

나는 결국 엉덩이를 털고 일어나 면장갑을 끼고 유자를 따기 시작했다. 한두 개만 땄을 뿐인데도 슬슬 팔이 아파왔다.

"팔 빠질 것 같아. 죽겠어."

"너 고3이라고 너무 앉아만 있었어. 이제 수능도 끝났으니 좀 움직여야 해. 이 정도로 앓는 소릴 하면 어쩌냐?"

대한민국 고3이 엉덩이를 의자에 안 붙여놓고 싸다니기만 했으면 어떤 잔소리를 들었겠냐고 말하려고 했지만 잠이 덜 깨서인지 긴 하품만 나왔다. 삼촌에게 대꾸하는 건 포기하고

무거운 걸음을 차근차근 옮기며 삼촌이 준 작은 장바구니에
수확한 유자를 하나씩 넣었다. 장바구니가 무거워질수록 이상
하게 몸이 움직일 만해졌다. 한참을 유자 따는 일에 몰두하자
니 이마에 땀이 맺혔다. 아니 안개인가, 아침이슬인가. 초등학
교를 다닐 때 이 뒷동산을 뛰어다니며 술래잡기며 숨바꼭질을
하곤 했었다. 그때는 정말 미친듯이 뛰어다녔었는데 나이를
먹을수록 점점 뛰어다닐 일이 없어졌다. 정신을 연마한다는
이유로 몸을 움직이는 일에 소홀해져서였다. 실은 그게 더 중
요한 일인지도 모르는데.

"삼촌."

"왜."

"나 찔렸어."

이런저런 생각을 하다가 순간 유자나무 가시에 찔리고 말
았다.

"아프냐?"

"아니. 근데 찔릴 때 무슨 생각이 들었게?"

"무슨?"

"스파이더맨처럼 유자맨이 될지도 모른다는 생각."

"하이고…… 또 시작이네."

내 망상을 지긋지긋해하는 삼촌을 보니 어쩐지 신이 나서
내가 만들어낸 유자맨의 능력을 읊어주려 했는데 누가 나타나

는 바람에 시작도 못했다.

"일찍 왔네요?"

삼촌과 나는 소리가 나는 쪽을 바라보며 꾸벅 인사를 했다. 몇 해 전 새로 문을 연 카페의 사장이었다. 삼촌처럼 대학 진학을 위해 이곳 G시를 떠나 S시로 갔다가 다시 귀향한 사람이었다. 삼촌이 G시로 돌아온 것은 숙모를 따라서였다. 삼촌은 동향에 고교 동창이기까지 한 숙모를 만나 연애하다가 결혼을 약속하고 함께 고향으로 돌아와 터를 잡았다. 결혼까지는 우여곡절이 많았지만 결국 골인했고 일 년 전 교통사고로 숙모와 문재 오빠가 죽기 전까진 깨가 쏟아지는 생활을 했다. 카페 사장도 삼촌처럼 남편과 사별했지만 삼촌과 달리 씩씩해 보였다. 계획도 있었다. 사장은 G시로 내려오자마자 이곳저곳 빈 건물을 보러 다녔고 오래전 버려져 거의 다 쓰러져가는 폐가를 인수해 근사한 카페로 만들어냈다. 카페 파도. 파도를 형상화한 간판 앞에 서서 사진을 찍고 가는 사람들이 많았다. 하지만 커피값이 비싸서 정작 손님은 별로 없었다. 숙모와 문재 오빠가 죽은 뒤로 하던 일을 모두 그만두고 한량처럼 지내고 있는 삼촌이 거의 유일한 단골이었다. S시에 살았던 사람들끼리 통하는 데가 있는 걸까. 삼촌은 그곳 커피가 자기 입맛에 꼭 맞는다고 했다. 나는 커피맛은 잘 몰랐지만 그 카페가 좋았다. 우리 동네에 있는 건축물 중에 가장 잘생긴 곳이라는 생각도 했다. 내가 어릴 때부터 꿈꾸었던 공간과도 닮았다. 나는 어릴 때부터 유유자적이라는 이름의 카페를 차려야지 하고 생각했었다. 유자차와 유자호빵과 유자에이드와 유자김치와 유자잼과 유자샴푸와 유자비누와…… 하여튼 유자로 아주 오만 데다 칠갑을 한 그런 카페를 차려야지 하고. 그때 머릿속에 그렸던 카페의 외관이 카페 파도와 닮았다. 아니, 그건 사실이 아니다. 어린 내 머릿속에서 만들어진 것보다 파도가 훨씬 더 근사했다. 파도를 보자마자 나는 내가 원했던 게 바로 이런 거야! 하고 생각했었다. 하지만 삼촌을 따라 종종 드나들면서도 정이 붙지는 않았다. 이유가 뭘까 오래 곰곰이 생각한 끝에 사장이 너무 친절하기 때문이라는 결론을 내렸다.

"놀고먹는 신세에 이런 기회를 놓칠 수가 있나요."

"저 따갈 건 좀 남겨주세요."

"아직 많이 남았어요."

나는 꾸벅 인사만 하고 두 사람에게서 점점 멀어졌다. 유자맨의 능력이 발현되지 않을까 기대했지만 당연히 그런 일은 없었다. 두 사람이 나누는 대화가 안개를 뚫고 드문드문 들려왔다.

"한 해 한 해 갈수록 수확량이 전년만 못하다더라고요. 한철 용돈벌이로는 충분했는데 이젠 약값도 안 된다고. 그것 때문에 속앓이를 하셨으니 차라리 이렇게 팔아버린 게 훨씬 잘

된 일인지도 모르겠어요."

"이거 따가시면 카페 메뉴에 유자차도 생기는 거예요?"

"유자차는 집집마다 너무 흔해서 여기서 팔긴 좀 그렇고, 유자스콘이라도 만들어볼까 싶어요."

유자스콘이라는 단어에 눈이 번쩍 뜨였다. 그건 또 어떤 맛일까. 상상하며 나는 유자를 진짜로 따지는 않으면서 따는 척만 하는 내 손을 사진으로 찍었다. 이른아침의 외출에 따라나선 건 인스타에 올릴 사진 한 장은 건질 수 있겠다는 판단이 앞섰기 때문이기도 했다. 사진을 찍는 소리가 조용한 유자밭에 울려퍼지자 삼촌이 소리쳤다.

"너 또 농땡이 부리지 말고 하나라도 더 따!"

"따고 있다고!"

소리가 조금 덜 나는 라이브 포토로 모드를 바꾼 다음에 사진을 몇 장 더 찍었다. 삼촌이 타박하니 얼른 하나라도 더 따자 싶던 참에 유자 대신 다른 걸 발견했다.

유독 유자가 많이 달려 있는 나무 아래에서였다. 근처에 떨어져 있던 제법 길쭉한 나무 작대기로 나뭇가지를 툭툭 치니 유자 몇 개가 힘없이 떨어졌다. 그렇게 쉽게 떨어지는 걸로 보아 너무 익은데다 상처도 생겼을 것 같아 버려두려고 했는데 그중 생채기 하나 없이 깨끗하고 샛노란 유자가 눈에 띄었다. 그걸 주우려고 허리를 숙였다가 흙속에서 귀퉁이가 조금 삐져

나온 철제 함을 발견했다. 나는 원래 계획대로 상처 하나 없이 깨끗한 유자를 주워 장바구니에 넣었다. 그리고 바로 허리를 펴는 대신 아예 쪼그려앉아 철제 함 주변을 나무 작대기로 살살 파보았다. 아직 기온이 영하로 내려간 적이 없어 땅이 얼진 않았을 텐데 오랫동안 비가 오지 않아서인지 생각처럼 잘 파지지 않고 흙먼지만 일었다. 그래서 별수없이 삼촌에게 도움을 요청했다.

"삼촌! 빨리 와봐! 빨리!"

호들갑스러운 내 외침에 뭔 일이라도 났나 달려온 삼촌과 사장은 내가 가리키는 것을 보고 약간 맥이 빠진 것 같았다.

"하이고…… 또 시작이네."

그러면서도 삼촌은 내가 들고 있던 작대기를 가져가서 힘주어 철제 함 주변을 파기 시작했다. 곧 모습이 훤히 드러난 철제 함은 조금 녹이 슨 걸 빼면 찌그러진 데 없이 멀쩡했다. 원래는 선물용 과자가 담겨 있던 상자 같았다.

"어떻게 해? 열어봐? 안에 이상한 거 들어 있는 거 아냐?"

"내가 열래."

나는 삼촌에게서 상자를 전달받아 조심스럽게 뚜껑을 열었다. 사장은 진작 흥미를 잃고 우리에게서 멀어져 유자를 따는 일에 집중하고 있었다. 상자 안에는 또다른 상자 두 개가 들어 있었는데, 각각에 네임펜 같은 것으로 쓴 이름이 희미하게 남아 있었다.

"민호랑…… 초아가 묻은 타임캡슐 같은 건가?"

"삼촌이 초아 열어봐."

나는 민호라고 쓰여 있는 상자를 열었다. 거기에 든 건 도무지 뭐였을지 알 수 없는 썩어 문드러진 쓰레기였다. 어떻게 그 안에 들어갔는지 공벌레가 기어나오기까지 했다.

"으엑."

나는 소리를 지르며 상자를 내동댕이쳤다. 초아 상자도 사정은 비슷했다. 하지만 나보다 훨씬 비위가 좋은 삼촌은 썩은 것들을 헤집어 그 안에서 펜던트를 발견했다.

"별거 없네."

그러곤 다시 뚜껑을 닫고 내가 내동댕이친 상자까지 주워 뚜껑을 닫아준 다음 원래대로 철제 함에 담아서는 흙속에 파묻었다. 그냥 내동댕이쳐도 될 것 같다고 생각했지만 굳이 말리진 않았다. 유자를 다 딴 사장이 돌아가기 전에 삼촌과 내게 내일 파도에서 함께 유자청을 담그면 어떻겠냐고 물었다. 유자스콘을 만들어도 남을 것 같은데 유자청을 담가본 적이 없어 가르쳐줄 사람이 필요하다고 말이다. 나는 왠지 내키지 않았지만 삼촌이 좋다고 고개를 끄덕였다.

우리가 돌아갈 때까지 사장 외에 다른 사람은 오지 않았다. 해가 환히 뜨자 안개도 슬슬 물러났다. 나는 돌아가는 내내 툴

툴거렸다. 이럴 것을 뭐 때문에 아침부터 나서자고 했냐, 아무도 안 오지 않았냐. 운동화에 흙이 잔뜩 묻은 것에 대해서도 툴툴대자 내가 신경질을 내거나 말거나 잠자코 있던 삼촌이 말했다.

"실컷 밟아둬. 이제 영영 밟을 일 없는 흙이니까."

그리고 보니 이 자리에 리조트가 들어서면 흙은 시멘트에 덮여 다시는 해를 보지 못하게 될 것이다.

"아……"

삼촌의 말에 나는 유자밭의 흙에 감정이 이입되어 한평생 응달에서 산 사람처럼 기분이 눅눅해졌다.

"추워?"

"춥지."

"뭐 덮을 거 갖다줄게."

"됐어. 삼촌, 왜 이렇게 나한테 잘해줘."

"그야…… 너는 나의 유자니까."

"뭔 소리야."

"너 나중에 커서 소설가 할 거랬지. 한자 공부 좀 해."

휴대폰으로 찾아보니 그건 조카라는 뜻이었다.

"쉬운 말을 왜 이리 어렵게 해."

주차해둔 곳까지 걸어가서 나는 운동화에 묻은 흙을 털어내려고 방방 뛰며 아스팔트 위에 밑창을 문댔다.

"먼지 대충 털었으면 아침 먹고 들어가자."

"됐어, 난 배 안 고파. 집에 가서 다시 잘 거야."

"자긴 뭘 자. 너네 엄마 아빠가 너 수능 끝나고 누워만 있는다고 좀 데리고 다니랬어."

"잘 거라고."

"그럼 너 걸어서 집 가라."

"아……"

걸어서 아예 못 갈 거리는 아니었다. 그러니까 어릴 때는 집에서부터 이 뒷동산까지 뛰어다니곤 했는데 막 수능을 끝낸 고3에게는 그럴 에너지가 없었다. 결국 삼촌의 포터 트럭에 실려 근처 돼지국밥집으로 갔다.

아침인데도 가게는 사람들로 북적거렸다. 아는 얼굴도 있어서 꾸벅 인사를 하며 들어서자 대뜸 누군가가 대학은 어디 가느냐고 물어왔다.

"저 안 가요, 대학. 아빠랑 고기나 잡으려고요."

"널 얻다 써? 누가 시켜준다던? 파도에 제대로 서 있기나 하려나."

"아님 여기 근처에 리조트 생긴다면서요. 거기 취직할라고요."

별생각 없이 한 말이었는데 갑자기 분위기가 싸늘해졌다. 삼촌이 내 점퍼를 세게 끌어당기며 쓸데없는 소리 말고 앉기

나 하라고 눈치를 줬다.

"저희 돼지국밥 두 개요."

주문하자마자 거의 바로 나온 국밥을 들이켜듯 먹고 가게를 빠져나왔다. 이제 집으로 가려나 싶었는데 삼촌은 이번엔 카페 파도에 가자고 했다.

"모닝커피 한잔해야지."

"열시나 돼야 열잖아."

"오늘 일찍 문 연다더라고. 아까 다 따면 커피 한잔하러 오랬어."

"삼촌, 파도 사장이랑 뭐 있지?"

"있긴 뭐가 있어."

"둘이 무슨 사이야?"

"무슨 사이긴, 친구지. 너 가기 싫으면 그냥 집에 내려줘?"

"아니, 나도 갈래. 거기 핫초코 맛있잖아……"

맨날 자판기 코코아 같은 것만 먹고 살았던 나는 파도의 핫초코를 처음 마신 날 큰 충격을 받았다. 그러니까 핫초코라는 것이 원래 초코맛이 나는 뜨거운 음료가 아닌 초콜릿을 녹인 듯한 점도가 있는 무엇이라는 걸 알게 된 것이다. 뜨끈한 걸로 속을 채우긴 했지만 그래도 또 달고 따뜻한 뭔가를 한잔 마시면 기분이 훨씬 좋아질 것 같았다.

파도 문 앞에는 'CLOSED'라고 쓰인 팻말이 걸려 있었지만 안에는 불이 켜져 있었고 삼촌이 문을 두드리자 사장이 나와 문을 열어주었다.

"여태 땄어요?"

"아뇨, 아침 먹고 왔어요. 아침 드셨어요?"

"네, 간단히 했어요. 어서 들어와."

삼촌과 나는 각각 아메리카노 한 잔과 핫초코 한 잔을 주문했다. 화장실에 가 손을 씻고 나왔더니 삼촌이 내 흉을 보고 있었다.

"얘가 그 마을 사람들 있는 데서 리조트에 취직할 거라고 헛소리를 한 거 있죠."

"아직 어리니까, 잘 몰랐겠죠."

삼촌 말로는 거기 있던 어촌계 사람들은 리조트 건설을 반대한다고 했다. 어쩌면 오늘도 일찌감치 밥을 먹고 시청에 항의하러 가려고 모인 걸지도 모른다고.

"산에 리조트 짓는다는데 왜 어촌계 사람들이 반대해?"

"거기 골프장도 들어오거든. 너 골프장 잔디 가꾸려고 농약을 얼마나 쳐대는지 알아? 그거 다 씻겨서 어디로 가겠어. 바다로 가지."

"왜 그런 걸 진작 안 알려줬어."

"그 정도로 눈치가 없는 줄은 몰랐지."

나는 삼촌이 하는 말에 더 토를 달려다가 지쳐서 그냥 테이블에 엎어졌다.

"핫초코 드릴게요."

때마침 핫초코가 나와서 나는 몸을 일으켜 찻숟갈로 곱게 떠서 입안에 넣었다. 그러고 나니까 삼촌이 뭐라 하든가 말든가 아무 상관이 없어졌다. 두 사람이 대화하는 동안 나는 휴대폰으로 인스타에 올릴 사진을 편집했다. 라이브 포토로 찍은 사진을 클릭하자 유자를 따는 손이 움직였다. 삼촌에게도 사진을 전송해줬다.

"이런 건 어떻게 만드냐. 동영상이야?"

삼촌은 내가 보낸 걸 확인하더니 사장에게도 보여줬다.

"동영상 아니고 라이브 포토로 찍으면 돼."

"그게 뭔데?"

"삼촌 옛날엔 나한테 신문물 가져다주는 사람이었는데 이제 늙은이 다 됐네. 라이브 포토도 몰라? 사장님은 알죠?"

사장이 고개를 끄덕이며 웃었다.

"모르니까 알려줘봐."

"사진 찍히기 전후로 일이 초 정도가 동영상으로 찍히는 거야."

나는 삼촌 옆으로 가서 내가 찍은 사진들 중 고양이 사진을 골랐다. 휴대폰 화면을 꾹 누르자 가만히 있던 고양이가 그루밍을 시작했다. 삼촌은 흥미로운 듯 오, 하고 쳐다봤다.

"일이 초 찍은 걸 얻다 쓰냐."

"쓸 데가 없나? 이거 매일 일 초씩 찍어서 한 달 치 만들면 꽤 근사하다? 삼촌도 〈애프터 양〉이라는 영화 한번 봐봐. 내 인생 영환데."

사장이 저도 그 영화 좋아해요, 하고 말을 보태며 영화에서 좋았던 장면을 이야기하는 동안에도 삼촌은 화면 속 고양이를 계속 눌러봤다.

*

처음에 나는 숙모를 별로 좋아하지 않았다. 그녀는 우리집에 인사하러 온 날 내 얼굴을 뚫어져라 보더니 처음 만난 내게 너는 나중에 커서 쌍꺼풀 수술만 하면 되겠다, 라고 말했다. 한창 외모 콤플렉스에 시달리며 다이어트중이던 사춘기의 나는 숙모의 말에 상처를 받았다. 고교 교사라던 숙모는 내가 상처받은 것도 눈치채지 못한 듯했다. 엄마가 성형 안 시켜준다고 하면 나한테 말해. 내가 수술비 대줄 테니까. 성형이 뭐 별거니? 그런 말도 했다. 그뒤 만날 때마다 매번 그런 식으로 내 콤플렉스를 건드리는 말을 해서 점점 더 싫어하게 됐는데, 더욱 싫었던 건 내가 싫어한다는 사실을 숙모도 잘 알고 있었다는 것이다.

숙모를 싫어한 사람이 나만은 아니었다. 가족들 누구도 숙모를 좋아하지 않았다. 숙모는 삼촌보다 열 살이나 많은 애 딸린 이혼녀였고 그애는 나보다 한 살이 더 많기까지 했다. 전남편은 췌장암에 걸려 죽었다고 했다. 할머니의 반대가 특히나 심했다. 어디서 궁합을 보고 와서는 남편 잡아먹을 팔자라 절대 결혼하면 안 된다고 했다. 전남편도 벌써 죽지 않았냐는 말도 서슴지 않았다. 그 말을 들은 삼촌은 할머니와 연을 끊는 한이 있더라도 결혼을 하겠다고 밀어붙였다. 다행히 숙모를 만나본 아빠와 엄마가 숙모를 마음에 들어했고 할머니를 설득했다.

"사람이 건강하더라. 밝고 씩씩하고. 한수한테는 그런 여자가 딱이야."

집에서 셋째인 아빠보다 열 살이나 어린 늦둥이로 태어나온 가족의 사랑을 독차지하며 자랐는데도 삼촌은 십대 때부터 우울증을 앓았고 대학 졸업 후 공무원 시험을 준비하는 동안에는 사람을 거의 만나지 않고 집안에만 틀어박혀 살았다. 다 포기하고 S시의 제법 큰 입시 학원에 취직해서도 명절에 볼때면 사람이 다 죽어가는 인상이었다. 그런 삼촌을 밖으로 끌어내 웃게 해주는 활기찬 숙모가 아빠와 엄마는 반가운 것 같았다.

삼촌의 결혼 얘기가 오갈 때 아무도 내 의견 같은 건 고려하지 않았다. 나 역시 처음엔 아무런 관심이 없었다. 나랑 같이 살 사람도 아니니까. 하지만 나중엔 결사반대의 심정이 되었는데, 숙모의 아들이 문재 오빠라는 사실을 알게 되었기 때문이었다. 나는 문재 오빠를 좋아했다. 문재 오빠는 서울에서 살다가 아버지가 돌아가신 후 외가에 맡겨져 자랐다. 나와는 같은 중고등학교를 나왔고 같은 학원에 다니기도 했다. 학원에 다니기 싫었지만 가까이서 문재 오빠를 보는 낙을 포기할 수 없어서 군말 없이 다녔었는데…… 마침내 할머니 승낙이 떨어지고 다 함께 식사를 하려고 모인 한정식집에서 나는 숙모의 아들이 문재 오빠라는 사실을 처음 알았다. 오빠도 조금 놀란 눈치였다. 우리의 분위기를 눈치챈 숙모가 웃으면서 말했다.

"너 우리 문재 좋아했구나. 어떡하지, 미안해서."

나에게는 하나도 웃을 일이 아니었고 세상이 다 무너지는 일이었기 때문에 숙모의 웃음소리가 아주 사악하고 가혹하고 원망스럽게만 들렸다.

"엄마, 그런 거 아니야. 그냥 학원에서 친하게 지내는 동생이야."

문재 오빠의 그 말도. 나를 향해서 늘 그렇게 환하게 웃어줬으면서.

"알겠어. 하여튼 이제는 마음 접어야 해. 사촌오빠랑은 어떻게 안 되니까."

학교를 마치고 집에 가다 숙모와 우연히 마주친 적도 있었다. 우리 학교 옆 학교에 부임해 왔다는 사실은 알았지만 마주칠 일은 거의 없었는데 그날 버스에서 만나자 숙모는 지나치게 반가워했다. 차가 고장나서 수리를 맡기는 바람에 버스를 탔는데 나를 다 만나다니 안 좋은 일들이 일어나는 중에는 좋은 일도 일어나기 마련인 것 같다는 말을 시작으로 계속 떠들어대서 함께 있던 친구들에게 삼촌과 결혼할 사람이라고 소개를 해야만 했다. 그랬더니 숙모는 자신이 문재 엄마라는 얘기부터 내가 문재 오빠를 좋아했다는 얘기까지 모두 쏟아냈다. 친구들은 내가 숙모를 욕하느라 했던 이야기들을 통해 그 사정들을 모두 알고 있었지만 몰랐던 척 고개를 끄덕였다. 숙모가 함께 저녁을 먹자고 계속 잡아끄는 통에 결국 친구들과 노래방에 가기로 한 약속을 취소하고 숙모 손에 이끌려 식당으로 향했다. 뷔페식 샤브샤브 식당이었는데 숙모는 대식가인지 끊임없이 음식을 가져왔다.

"너 우리 문재랑 잘 어울리던데, 나중에라도 영 포기가 안 되면 아줌마한테 말해. 삼촌이랑 이혼해줄게. 아닌가. 그래도 한번 호적이 얽힌 사이면 어떻게 안 되나."

나는 숙모의 입을 틀어막고 싶었고 왜 단호하게 거절하지 못하고 여기까지 따라와서 이 고난을 겪고 있나 후회했다. 그런 내 표정을 읽었는지 숙모가 날 물끄러미 보더니 말했다.

"너 나 싫어하지?"

그런 질문도 무척이나 경악스러워 나는 숙모의 얼굴을 말없이 바라보기만 했다. 숙모는 시선을 돌려 육수를 한 국자 퍼면서 대수롭지 않다는 듯 말했다.

"근데 난 네가 마음에 들어. 어렸을 때 날 닮았거든. 이런 얘기도 싫지?"

나는 숙모가 참 싫었지만 참 맞는 말만 한다는 생각을 하며 차돌박이를 연신 국물에 적셔댔다. 금세 익은 고기를 폰즈소스에 찍어 먹으니 쓸데없는 소리도 좀 참을 만해졌다.

"내가 어렸을 때 말이야, 옆집에 살던 아줌마를 정말 싫어했어. 매번 귀찮게 말을 걸고 이상한 농담을 하고 주책맞고 하여튼 마음에 안 들었거든. 그런데 크고 보니까 내가 그 사람을 좀 닮았다는 생각이 들더라. 그래서 이젠 그 사람을 안 싫어해. 못 싫어해. 나 같은 사람을 어떻게 싫어해? 너도 날 계속 싫어하려면 조심해. 나처럼 되지 않도록."

그날 밤 집으로 돌아와서는 친구들에게 전화해 또 한참이나 숙모를 욕했다.

내가 숙모를 싫어하는 마음을 키워가는 동안에 결혼식은 착실히 준비되어 삼촌과 숙모는 동네 수협 웨딩홀에서 조출하게 식을 마쳤고 우리집과 가까운 곳에 신혼살림을 차렸다. 가족은 멀리 살아야 돈독해진다는데 우리는 운좋게도 가까이 살면서 집안 분위기가 점점 더 좋아졌다. 저녁이면 한집에 모여 고기를 구워먹기도 하고 연휴에는 가까운 바닷가로 캠핑을 가기도 했다. 그날도 우리집에서 다 함께 치킨을 시켜 먹기로 한 날이었다.

학원에 갔다가 뒤늦게 도착한 내가 집에 들어서려고 했을 때 마당에 누가 서 있는 게 보였다. 숙모였다. 숙모는 마당가에 서서 누군가와 통화를 하고 있었다. 응, 응. 괜찮아, 좋아. 아냐, 걱정은 무슨. 걱정 없어. 자긴 어때? 그럼, 문재도 잘 지내지. 난 지금 한수 집에 와 있어. 좋지. 완전 사랑꾼이야. 숙모는 그런 말들을 짧게 툭툭 내뱉더니 상대의 말이 길어지는지 말없이 때때로 웃기만 했다. 나는 숙모가 "자긴 어때?"라고 말했을 때부터 휴대폰을 들어 동영상을 찍기 시작했다. 자기라니! 바람을 피우는 것인지도 모르니 증거 영상을 남겨둬야겠다는 생각에서였다. 상대의 말을 한참 듣다가 크게 한번 폭소를 터뜨린 숙모는 자기도 그 웃음소리에 놀랐다는 듯 얼른 웃음을 그치고 엷은 한숨을 길게 내쉬었다. 숙모의 입에서 흘러나온 흰 입김이 공중으로 퍼져나갔다. 한숨이 계속 더해져 안개처럼 숙모의 주변을 다 둘러싸버릴 것만 같았다. 나는 휴대폰 화면 속 숙모와 눈앞의 숙모를 번갈아 보았다. 화면 속에서는 입김이 잘 보이지 않았다. 입김이 사방으로 흩어져 더는 보이지 않게 됐을 때쯤 숙모가 말했다.

"사는 게…… 너무 달아……"

말을 마친 숙모가 고개를 돌리다가 나와 눈이 마주쳤다. 슬쩍 웃고 있으면서도 어쩐지 좀 슬퍼 보이는 표정이었는데 나를 발견하고는 안색을 싹 바꾸더니 환하게 웃어 보였다. 나는 너무 놀라서 동영상을 찍고 있던 것도 잊어버렸다. 사는 게 정말 달다……는 생각이 들 만큼 다정한 미소였다. 문재 오빠의 미소가 숙모를 빼닮은 거구나, 새삼 깨달았다.

"지영씨, 나 들어가봐야겠다. 응, 자기도 잘 지내. 건강하고."

전화를 끊은 숙모는 팔짱을 낀 채 호들갑스럽게 내 쪽으로 다가오며 "추운데 어디 갔다 왔어? 뭐 찍는 거야?" 하고 말을 붙였지만 딱히 답을 기대한 건 아니었다는 듯 내가 무어라 대꾸하기 전에 서둘러 안으로 들어가버렸다. 그날 밤 문재 오빠가 거실에서 잠들어버려 숙모와 삼촌도 하룻밤 자고 가기로 했다. 나는 쓰레기를 밖에 내놓고 오겠다는 숙모를 돕는다는 핑계로 뒤따라 나섰다.

"숙모, 물어볼 게 있는데요."

"뭔데?"

"지영씨가 누구예요?"

"지영씨?"

"아까 전화하는 거 다 들었거든요."

"아, 친구야."

"어떻게 아는 친군데요?"

숙모는 내 눈을 바라보며 잠깐 뜸을 들였다. 말을 할까 말까 고민하는 것처럼 보이기도 했다. 나는 어떤 진실을 듣게 될까 긴장되어 침을 꼴깍 삼켰다. 그 모습을 본 숙모가 하하 웃더니 입을 열었다.

"내 전남편이…… 그 사람이 병원에 꽤 오래 입원해 있었어. 그때 같은 병실을 썼던 환자의 보호자야. 우린 거기서 만나 친구가 됐거든. 지금도 종종 연락해."

"왜요?"

"왜? 왜 연락하냐고? 글쎄, 친구니까?"

나는 숙모의 대답을 듣고도 선뜻 이해가 가지 않았다. 그런 식으로 알게 된 사람과 계속 연락하면 죽은 전남편이 생각나서 괴로울 거라고 여겼기 때문이었다. 죽은 사람을 계속 떠올리는 건 무조건 괴롭기만 할 거라고 잘못 생각했던 탓이다.

*

유자를 따고 온 날 나는 피곤해 일찌감치 잠들었다. 새벽에 화장실에 가려고 잠깐 깼는데 삼촌 방에서 여자 웃음소리가 들렸다. 삼촌은 사고 이후로 삼촌 집보다는 우리집에서 잘 때가 더 많았다. 삼촌은 방에 들어가면 좀처럼 기척 없이 잠만 자곤 했는데 소리가 나니 무슨 일인가 싶어 귀를 기울이게 됐다. 삼촌 방에서 나는 웃음소리는 언젠가 내가 들어본 적 있는 소리였다. 나는 참지 못하고 방문을 두드렸다. 응답이 들려오지는 않았지만 슬그머니 문을 열자 이불을 반쯤 덮은 채 벽에 기대앉은 삼촌이 손에 쥐고 있던 휴대폰을 슬쩍 내려놓았다.

"안 자고 뭐해?"

"어? 어."

"뭐하냐니까 뭐가 어야."

고개를 든 삼촌의 눈이 축축하게 젖어 있어서 또 무슨 일인가 싶었는데 뭐라고 말을 걸기도 전에 눈에서 눈물이 툭 떨어졌다. 삼촌은 남사스러운 일을 들켰다는 듯 황급히 눈물을 닦더니 내려놓았던 휴대폰을 다시 손에 들고 말했다.

"아까 낮에 가르쳐준 거…… 라이브 포토. 내가 그동안 사진을 다 라이브 포토로 찍었더라. 그걸 이제야 알았네. 동영상을 하나도 안 찍어놓은 게 너무 후회됐었는데."

그렇게 삼촌은 숙모와 문재 오빠가 찍힌 사진들을 하나씩 눌러보고 있었던 것이다.

"이거 봐. 소리도 다 녹음되어 있더라."

삼촌이 사진 하나를 누르자 멈춰 있던 숙모가 어깨를 들썩이며 특유의 쾌활한 웃음소리를 쏟아냈다. 그러다 금방 다시 멈춰버렸다. 일 초 만에. 삼촌은 그 사진을 열 번이고 백 번이고 천 번이고…… 누를 기세였다. 나는 삼촌 옆에 앉아서 함께 사진들을 들여다보며 이것도 눌러봐, 저것도 눌러봐, 졸랐다. 삼촌은 즐거운 듯 내 요구에 일일이 다 응해주었다. 일 초씩만 있는 목소리들, 웃음들, 고함들, 짜증들, 비명들, 노래들, 한숨들…… 삼촌은 특히나 "한수야" 하고 자신을 부르는 숙모의 목소리가 담긴 라이브 포토를 좋아했다. 삼촌이 쓸데없는 짓을 저질러서 그만두라고 말할 때의 어조처럼 약간 신경질이 섞여 있었는데도 그랬다.

"이거 한 번만 더 듣자."

내가 빨리 다음 것도 눌러보라고 재촉해도 삼촌은 한번 더, 한번만 더, 하며 그 사진을 눌렀다. 한수야, 한수야. 한수야……

삼촌 방에서 나올 때는 우리 둘 다 실컷 웃고 울어서 눈이 아주 새빨개져 있었다.

다음날 우리는 예정대로 유자를 이고 지고 파도에 갔다. 사장은 칼과 도마와 큰 통과 설탕 등 필요한 것들을 다 마련해놓고서 우리를 기다리고 있었다.

"사실 유자청을 담글 때 크게 기술이 필요한 건 아니에요. 유자를 반으로 갈라서 속을 파내고 껍질을 채 썰어서 설탕과 일 대 일 비율로 병에 담으면 되거든요. 과육도 즙을 내서 같이 넣으면 좋고요."

사장도 다 알았을 것이다. 요즘처럼 검색만 하면 뭐든 다 찾을 수 있는 세상에. 만드는 동안 심심하지 않으려고 우리를 부른 것 같았다. 우리로서도 집안을 난장판으로 만들지 않아도 되니 좋았다. 우리는 업무를 분담했다. 삼촌이 잘 씻은 유자 꼭지를 따서 반으로 가르면 내가 속을 파내고 사장이 채를 썰기로 했다. 채를 써는 일이 제일 시간이 많이 걸릴 테니 나중에는 모두 그 일에 합류하기로 했다.

"그럼 시작해볼까요?"

그렇게 우리는 시작해보았다. 무한히 반복될 것 같은 그 노동 속에서 너저분한 일상의 잡담을 나누었다.

"하이고…… 침 다 튀어요."

맞는 말이었다. 아무도 마스크를 쓰고 있지 않으니 침이 다 튈 것이다. 그건 우리가 코로나 시대를 지나면서 절절히 깨달은 것 중 하나였다. 누가 기침하거나 케이크의 초를 훅 불어 끌 때면 침이 뿌려지는 모습을 상상하게 되었다. 우리가 말할 때 기침할 때 웃음을 터뜨릴 때 우리의 입속 비말이, 그러니까 침방울이 사방으로 퍼져나간다는 것을 절절히 알게 되었다. 하지만 이 유자청은 우리만의 것이 될 테니까 우리의 대화 속에서 튀어나온 침이 조금 섞이는 것 정도는 크게 개의치 않았다. 유자는 설탕에 포개어져 다디달게 절여질 것이고 겨우내 썩지 않을 것이다. 감기 기운이 있을 때마다 뜨거운 유자차를 마시고 그 새콤한 맛에 몸서리를 칠 것이다. 봄이 오기 전에 바닥날 테고.

"마스크 드릴게요."

본격적으로 떠들기 위해서인지 사장이 마스크를 가져와 나누어주었다. 같은 자세로 오래 앉아 있어 어깨며 목이 뻐근해질 때면 기지개를 켰다. 그때도 수다는 멈추지 않았다. 우리는 맡은 몫을 모두 다 해내고 이제 유리병에 채 썬 유자와 설탕을 켜켜이 쌓아 담는 단계로 넘어갔다.

"삼촌, 왜 안 썩어? 설탕에 절여놓으면?"

"글쎄, 검색해봐."

"손이 없잖아."

"시리한테 물어봐."

"시리야, 유자청은 왜 안 썩어?"

시리는 그건 잘 모르겠습니다, 하고 대답했다.

"민호랑 초아 말이야. 걔네들 타임캡슐도 설탕에 담갔으면 안 썩었을까."

"그럴 리가."

"그거 뭐였을까. 그거 썩어 문드러져 있던 거."

"어제 밭에 묻혀 있던 거 말이에요?"

"네, 박스에 뭐가 들어 있었는데 다 썩어 있었거든요."

"에구, 아깝네. 뭔지 몰라도 그 사람들한텐 의미가 있는 거였을 텐데. 잘 밀봉했으면 안 썩었을 텐데."

누구의 손도 안 타게 밀봉해서 물도 산소도 닿지 않게 하면 영영 썩지 않을 수 있는 것일까. 나는 내가 상자를 열었을 때 꾸물꾸물 기어나왔던 공벌레를 떠올렸다. 어쩌면 영영 썩지 않는 것도 못할 짓이라는 생각이 들었다. 그 상자 속의 것들이 썩어 문드러져서 다행이었다.

일찌감치 시작해서 점심 전엔 끝날 줄 알았는데 쉬엄쉬엄해서인지 양이 너무 많아서였는지 점심때를 한참 지나서야 일이 끝났다. 우리는 크게 기지개를 켜며 자축했고 뒤늦은 점심으로 김장김치와 수육을 먹었다.

"옆집 어른이 김치를 좀 주셔서 삶아봤어요."

"신세만 지는 거 아닌지······"

"커피 많이 팔아주세요."

거기다 우리는 유자막걸리까지 곁들였다.

"너 술은 어른한테 배워야 하는 거야."

삼촌은 짐짓 근엄한 체하며 내게 술을 줄까 말까 고민하다가 한 잔은 괜찮겠지 하고 따라주었다. 나는 아빠를 닮아서 술이 셀 거라 자신하며 인생 첫 술을 넙죽 받아 마셨다. 그런대로 마실 만해서 또 받아 마셨고 수육이 너무 느끼해서 또 받아 마셨다. 그러면서 무언가 많은 이야기를 했는데 기억나지 않았다. 다들 신이 나서 많이 웃었고, 유자와 설탕을 병입할 때 그 웃음소리도 함께 넣을 수 있으면 좋을 텐데 생각했던 것은 기억난다. 그 웃음들. 달고 새그럽고 따뜻하고 너저분한…… 유자차를 마실 때마다 나는 매번 새롭게 그 신맛에 놀라며 헛웃음을 짓게 될 것이다.

그러다 정신을 차렸을 때는 한차례 곯아떨어지고 난 다음이었다.

"죽을 때까지 원하는 걸 가질 수 없다는 걸 어떻게 받아들여야 할지 모르겠어요."

나는 카페 벽 쪽에 있는 긴 의자에 누워 있었다. 삼촌과 사장은 술을 주거니 받거니 하며 이야기를 나누고 있었다. 둘 다 약간 취기가 오른 것 같았다.

"뭘 얼마나 대단한 걸 바라길래 가질 수 없을 거라 단정부터 하세요?"

삼촌은 헛웃음만 지을 뿐 대답하지 않았지만 나는 답을 알 것 같았다. 그야…… 아무래도…… 죽고 없는 것이니까. 삼촌이 원하는 것은 삼촌 정한수와 아내 김미정, 아들 김문재로 이루어진 가족이고 정한수를 제외한 두 사람은 교통사고로 죽고 없다. 그러니까 삼촌은 자신이 원하는 걸 살아생전엔 절대 다시 이룰 수 없다.

"그런 생각 해본 적 없으세요?"

삼촌은 자신처럼 사별한 사장이 자신의 말을 이해하리라는 기대에 사로잡혀 갈구하듯 물었다. 사장은 무슨 이야기인지 깨달았다는 듯 얕게 탄식하더니 입을 열었다.

"저는 별로…… 행복하지 않았어요."

사장은 삼촌을 전혀 이해하지 못하는 눈치였다. 삼촌도 그런 사장을 이해하지 못했다. 다 가졌다가 한 번에 모든 걸 잃은 사람과 처음부터 가져본 적이 없는 사람 중에 누가 더 괴로울까. 나는 막 잠에서 깬 척 몸을 일으켰다.

"저 물 좀 주세요……"

사장은 때마침 잘됐다는 듯 얼른 일어났다.

삼촌이 생각보다 많이 취해서 집에 있던 엄마를 불렀다. 엄마의 차를 타고 집으로 향하다가 삼촌이 갑자기 술도 깰 겸 바닷바람을 쐬고 싶다고 했다. 엄마는 날도 추운데 안 그러던 사람이 웬일로 술주정이냐고 투덜거리면서도 한참을 달려서 해안 절벽 쪽에 차를 세웠다. 삼촌은 추운지 기침을 하면서도 차에서 내려 벼랑 앞에 섰다. 나는 괜한 걱정에 그 뒤를 따라갔다. 엄마는 누군가와 통화를 하며 우리를 지켜봤다. 바닷바람이 너무 세서 볼이 다 얼 것 같았다. 삼촌 얼굴도 술 때문인지 바람 때문인지 시뻘겠다. 삼촌은 먼바다 쪽을 보다가 한순간 아래를 흘긋 쳐다보았다. 그 시선 때문이었는지 나도 모르게 그런 말이 나왔다.

"삼촌, 죽지 마."

삼촌은 나를 멀뚱히 바라보다가 웃으며 말했다.

"어떻게 그래. 삼촌도 사람이잖아. 사람은 다 죽어."

그 농담은 숙모가 하는 농담을 닮아 있었다. 숙모는 대범했고 뭐든 대수롭지 않게 여기는 듯 보였다. 죽는 게 뭐 별거니. 언젠가 다 함께 놀러갔다가 번지점프를 할 기회가 있었을 때, 내가 줄이라도 끊어져서 죽으면 어떻게 하냐고 무서워하자 그렇게 대꾸했었다. 그건 너무 별건데. 진짜 별건데. 지금 생각해보니 그렇지만 그때는 왠지 무서운 마음이 없어졌었다. 아무래도 숙모의 씩씩한 말투와 표정 때문이었으리라.

"그런 재미없는 농담도 좀 하지 말고. 너무 끝으로 가지 마. 이쪽으로 와."

삼촌은 고개를 돌려 다시 나를 쳐다봤다. 나는 왠지 무서워져서 차에 타고 있는 엄마를 돌아봤다. 엄마가 나를 보더니 문을 열고 몸을 반쯤 내민 채 외쳤다.

"추운데 그만 가자! 삼촌도 청승 그만 떨고 얼른 오세요."

엄마가 소리치자 삼촌은 망설임 없이 우리 쪽으로 걸어왔다.

*

그해가 다 가기 전, 처음으로 기온이 영하로 내려간 날에 밀봉해두었던 병 하나를 꺼내 커다란 머그에 양껏 퍼담고 끓인

물을 붓자 새그러운 향이 퍼졌다.

"삼촌, 한번 마셔봐."

삼촌은 뜨겁지도 않은지 김이 모락모락 나는 유자차를 벌컥 들이켰다.

"맛있다."

"달지?"

"응, 달아."

"너무 많이 달지는 않아?"

"왜 어때서. 유자찬데 너무 달아야지."

삼촌이 유자차를 홀짝홀짝 마시는 모습을 가만히 지켜보다가 나도 한 모금 마셨다. 역시 너무 달았다. 숙모도 문재 오빠도 입맛이 똑 닮아 새콤달콤한 걸 좋아했으니 이 달달한 것도 분명 무척 좋아했을 것이다. 내가 태어나서 처음으로 만든 거라는 걸 알았다면 더 맛있게 마셔줬을 테고.

"삼촌, 유자차 맛있다. 내가 만들어서 더 맛있나봐."

"그러게. 이제 해마다 유자청은 네가 담가라."

사는 게 너무 달아서 때론 숙모와 문재 오빠에게 미안해졌다. 달고 따뜻한 걸 우리만 계속 먹는 것 같아서. 숙모를 몰래 찍은 동영상이 있다는 걸 삼촌에겐 말하지 못했다. 어쩐지 선뜻 삼촌에게 그 영상을 보여줄 수가 없었다. 사람은 지극히 행복할 때 느닷없이 슬퍼질 수도 있다는 것을 이제는 나도 알지만.

"진짜 달아."

나는 몸을 부르르 떨었다.

틈새 찾기

망한 인생의 천재[1]. 소설가 김지연을 이보다 더 잘 표현하는 다른 말을 찾기는 어렵다.

---

1) 전청림, 「망한 삶의 천재」, 「반려빛」(김멜라 외, 『2024 제15회 젊은작가상 수상작품집』, 문학동네, 2024) 해설. 전청림은 김지연의 「반려빛」을 일종의 '자본주의 리얼리즘'의 삽화로 읽어내면서 이 소설과 연결 가능한 정치적 감각을 최대한으로 끌어당겨, 김지연 소설이 즐겨 그리는 '망한 삶'이 신자유주의라는 '역사적 현재'를 리얼리스틱하게 보여주고 있을 뿐만 아니라 그것을 비판적으로 바라볼 수 있게 도와준다고 평가한다. 하지만 신자유주의가 대량으로 분비하고 있는 '망한 삶'의 형상이 아니라, 그토록 위태롭고 불확실한 삶일지라도 그것에 삼켜지지 않고 그 취약함 안에서조차 자신만의 기쁨과 슬픔을 찾아내는 데 성공하거나 실패하는 인물들의 개별적 순간들을 우리가 조바심 내며 따라 읽게 만드는 '망한 인생의 천재'의 면모에 대해서는 아직 더 읽어내야 할 것이 남아 있는 것 같다.

그는 확실히 망한 인생을 즐겨 그린다. 전형적인 삶이 주는 안정감을 추구하는 안지는 연애, 졸업, 취직, 결혼 등 남들이 해야 한다고 말하는 것 모두를 열심히 했고 그 결과 뭔가를 이뤄냈다고 생각했지만 아이가 막 돌을 지난 무렵에 바람난 남편이 이혼을 요구해온다(「좋아하는 마음 없이」). 문애는 세상이 미쳐 돌아가도 자신이 기댈 수 있고 또 자신에게 기대고 있는 애인만 있으면 "자신의 삶이 아주 망가지지는 않"(113쪽)을 것이라고 믿었는데 바로 그 애인이 어느 날 갑자기 돈을 좀 빌려달라더니 문애가 그럴 형편이 못 된다는 걸 알고는 같이 살던 전셋집의 보증금 중 자기 몫을 빼 나가 홀로 남겨진다(「긴 끝」). 미선은 오래 만난 애인과 지지부진하게 헤어졌는데 알고 보니 그 애인이 미선의 사촌과 직장 상사를 포함한 많은 사람에게 돈을 갚지 않고 잠적해버렸고 그 때문에 딱히 잘못한 게 없는데도 곤란한 입장이 된다(「포기」). 그리고 무엇보다 정현은 애인을 너무 사랑한 나머지 애인이 필요로 하는 것은 무엇이든 해주려 했고 급기야는 대출까지 받아서 돈을 만들어줬는데 애인은 정현과 이별 후 연락을 끊고 정현 곁에는 갚을 길 없어 보이는 빚만 남는다(「반려빚」). 정현은 묻는다.

나 망했어?(85쪽)

그렇게 돈 돈 돈 하며 아끼고 살아도 월급이 한 달만 밀려도 카드 연체 때문에 신용불량자가 될 처지에, 원금은 손도 못 대고 겨우겨우 이자만 갚고 있는 빚이 일억 육천이라며, 망했지 그럼, 몰라서 묻나.

정현에 비하면, 안지나 문애나 미선의 경우를 '망한 인생'이라고 하는 것은 너무 과장된 것이 아니냐고 묻고 싶을지도 모르겠다. 하지만 사람들이 흔히 쓰는 그 '망했다'는 말 자체가 과장된 것이라는 점에 대해서도 생각해봐야 한다. 요즘 사람들이 말을 그 용례에 따라 엄정하게 쓸 줄 모르고 별것 아닌 일에 호들갑을 떨며 상황에 맞지 않는 표현을 쓴다는 것이 아니라, 많은 사람이 약간의 계산만 해보아도 경제적으로나 정서적으로 윤택하고 안정된 삶을 일굴 수 있으리라는 희망을 더이상 붙잡고 있을 수 없기 때문에[2], 위태로운 현재의 삶이 약간의 충격만으로도 한 계단 아래로 굴러떨어지기 쉽고 자칫하면 '나락'까지 내려갈 것이 뻔하기 때문에, '과잉 경계 상태'에 있지 않으면 생존이 어려워지기 때문에, 작은 충격과 그에 따른 손실에 대해서도 예민하게 반응하게끔 자기도 모르게 훈련된다는 말이다. 걸핏하면 입 밖으로 나오는 '망했다'는 말은

---

[2] 희망을 유지하는 것이 도저히 불가능하다는 사실을 확인시켜주는 그 '약간의 계산'을 직접 노출하는 가장 인상적인 사례로 권여선의 「손톱」(『아직 멀었다는 말』, 문학동네, 2020)을 꼽을 수 있다.

그 말이 가리키는 상황의 표면에 대해서라면 과장된 것일 때가 많지만, 그 상황이 달라붙어 있는 전반적인 하강 구도 안에서는 과장이 아니다.

그 전반적인 하강의 구도가 김지연의 내러티브[3] 여기저기에 빼곡하게 표시되어 있다. "취업이 되지 않아 갈팡질팡하고"(16쪽), "다니던 회사를 그만두고 외주를 받아 (……) 일을 했는데 그즈음에는 들어오는 일이 거의 없었"(17쪽)고, "집이 있고, 차가 있고, 일 년에 한두 번 해외여행을 가고, 함께 여행 갈 애인이나 친구나 가족이 있는, (……) 그런 게 평범하던 시절도 있었는지 모르겠지만 더이상은 아니었"으며 "그건 아주 어렵게 얻을 수 있는 특별한 삶이었"(25쪽)고, "늘 매우 나쁨이거나 최악이거나 했으니까. 나쁨 정도야 감당할 수 있"(30쪽)다고 느낄 정도로 늘 최악을 살고 있고, 연인과 동거하다 헤어지고 나서도 각자의 보증금과 월세를 따로 마련할 여력이 없

---

3) 내러티브, 플롯, 스토리(이야기)에 대해서는 매우 다양한 이론이 있지만 내가 선호하는 것은 영국의 기호학자이자 커뮤니케이션학자인 폴 코블리의 설명이다. 그에 따르면 내러티브는 "기호들이 제 구실을 하도록 해주는 재현 행위의 특정 형태"다. "'이야기'는 묘사되는 사건의 총합"이고 "'플롯'은 이 사건들이 어떤 식으로건 연결되고, 그래서 서로 상관관계를 이루며 묘사되도록 해주는 인과관계의 사슬"인 데 비해 "'내러티브'는 이러한 사건들을 보여주거나 말해주는 행위이자 이를 위해 선택한 방식"이다. 어떤 이야기 충동도 "내러티브 형태를 덧씌우려 하지 않는 한 이야기로 영글어지는 법은 없다".(폴 코블리, 『내러티브』, 윤혜준 옮김, 서울대학교출판문화원, 2013, 19쪽)

어 부동산 계약 기간이 끝나기까지 헤어진 채로 함께 살아야 하고(이상 「포기」), "있는 놈들을 위해 아주 싼값의 육체노동에 부려지고 있었"고 "사고 또한 그 싼값 때문에 일어난 것이었"(「경기 지역 밖에서 사망」, 42쪽)고, "일본과 한국을 오가며 아이디어 상품을 떼다 국내 판촉 업체에 납품하는 일을 했는데 코로나 이후로 아예 일을 할 수 없게 되"자 "온라인으로 어떻게 해보려고 용을 써봤지만 잘 풀리지 않았고 빚만 떠안게 되었"으며 "개인파산 신청이라도 해야 되나 하는 참"이고 "이번 달 식비도 없어 배를 곯고 있는데" 가족도 "모아놓은 돈과 퇴직금을 코로나로 쉬는 일 년 동안 거의 다 써버렸기" 때문에 딱한 "사정을 듣고도 도와줄 수가 없"(「긴 끝」, 119~120쪽)다. 그리고 다른 무엇보다

서일은 전세 사기의 피해자였다. 정현과 동거를 하기 위해 서일이 살던 원룸을 빼려고 했을 때 집주인이 전세 보증금을 돌려줄 돈이 없다고 했다. (……) 그 전세 보증금은 고등학교를 졸업하자마자 취업한 서일이 이십대 내내 벌어 마련한 돈이었다. 주말도 없이 일해서 돈을 모은 서일은 (……) 보증금을 높여가며 반지하 원룸에서 지상 원룸으로 올라왔다. 서일은 정현과 동거하기로 결심한 후 자신의 전세 보증금으로는 가계약을 해둔 네일숍의 잔금을 치르려던

상황이었다. 서일은 그저 돈이 필요했다. 원래 자신의 몫인 그 돈이 있기만 하면 됐다.(「반려빛」, 82쪽)

개인적인 무능력, 불성실, 불운 때문이 아니라, 사회 전체가 개인에게 감당하기 어려울 만큼 강도 높은 활동과 참여를 요구하고 그러면서도 안정된 삶의 기반을 갖추기 어렵게 되어 있으며 심지어 "원래 자신의 몫인 그 돈"을 애초에 주지 않거나 빼앗아가는 계기가 구조화되어 있기 때문에 누구의 인생이라도 망하는 쪽으로 흘러가게 되어 있다. 그러느라 사랑이니 뭐니 하는 것도 이번 생에는 다 망하게 되어 있는 것이다.

*

'망한 인생의 천재' 김지연은 '퀴어' 작가다. 「반려빛」과 「긴 끝」에 레즈비언 커플이 나와서가 아니라, 김지연의 내러티브가 이른바 '정상'이라고 공인된 존재들, 기존의 범주·규범·평가 들에 잘 맞아떨어지는 존재들, 그것이 무엇인지 금세 알아차릴 수 있고 그래서 안심할 수 있는 존재들을 재확인하는 대신에, 그런 존재들에 미만하거나 초과하는 존재들의 삶을 관찰하고 그러는 가운데 새롭게 열리는 삶의 그 희미하고 위태로운 가능성을 탐색하는 동시에 거기서 살아 움직이는 다채로

운 정동을 포착하고 감응하고 발산하기 때문이다. 지극히 평범한 망한(망할) 인생일 뿐이면서도 규범적이고 관습적인 것들이 자신의 삶을 포화시키도록 내버려두지 않는 누군가가, 뭐라 이름 붙이기 어려운 자신의 느낌과 감정들을 소중하게 다루면서, 일상적으로 반복되는 리듬 어딘가가 어긋나게 하고 '다른 삶'의 가능성을 탐색할 수 있는 힘을 그것들로부터 공급받고 있기 때문에, 그 평범한 망한(망할) 인생이 도저히 따분한 것이 될 수 없게 만드는, 눈을 뗄 수 없는 것이 되게 만드는, 그런 퀴어한 순간들이야말로 김지연을 '망한 인생의 천재'로, 또 '퀴어' 작가로 만들어주는 순간들일 것이다.

그의 첫번째 소설집 『마음에 없는 소리』(문학동네, 2022)가 독자들에게 각인시켜준 것도 바로 그것이 아니었을까. 예컨대 「굴 드라이브」는 십수 년 만에 마주친 고등학교 동창 두 사람이 지난날의 갈등과 오해를 씻고 새로운 친밀성을 형성한다거나 반대로 잊고 있던 문제를 끄집어내 갈등을 폭발시키는, '우정'(혹은 '반反우정')에 대해 흔히 기대하게 되는 그런 멜로드라마 같은 이야기에는 잘 들어맞지 않는다. 동창이라고 해봐야 별로 친한 사이가 아니었을 뿐 아니라 그 시절 '나'를 은근히 괴롭혔던 반장이 오랜만에 재회한 '나'를 자기 집으로 초대한 것만으로도 벌써 불편한 상황인데, 그럴 계제가 아닌데도 반장이 자신의 내밀한 이야기를 쏟아내기 시작했을 때 '나'나

독자는 이 이상한 분위기를 어떻게 받아들여야 할지 갈피를 잡기 어렵다(반장의 이야기가 그렇게까지 충격적인 내용을 담고 있는 것은 아니지만, 낯선 사람이나 마찬가지인 '나'에게 들려주기에는 너무나 갑작스럽고 내밀한 것이기 때문에 반장의 이야기는 정말이지 '외설적'으로 들린다. 그 이야기는 굴처럼, 평소라면 단단한 껍데기 아래 감춰져 있어야 하는, 말캉거리고 연약하고 비린내 나고 미끄덩거리고 징그럽고 군침 돌게 하는 것처럼 들린다. 이 소설의 제목 '굴 드라이브'는 판매용 굴을 트럭에 싣고 배달하는 에피소드에서 비롯된 것이고 바닷속 굴 유생幼生의 이미지와 혼동되는 작은 눈발을 뚫고 상경하는 마지막 장면과 호응하는 것이기도 하지만, 반장의 이야기를 비롯해 이 소설의 후반부에서 강하게 풍기는 외설적인 것(굴)을 향한 충동(드라이브)과도 무관하지 않다). 실직한 탓에 재취업 등 이후의 일을 고민하고 있으며 그 일환으로 잠시 고향에 내려온 '나'의 생각들은 낯선 정동들로 장전돼 기존의 경로를 이탈할 것만 같다.

"사실 집에 초대한 건 옛날 일을 사과하고 싶어선데"(63쪽), "용서해줄 수 있어?"(64쪽) 같은 말이 긴장을 누그러뜨려주고 이제는 이 이야기가 익숙하고 편안한 쪽으로 흘러가리라는 기대를 하게 하지만 그 기대는 금세 배반된다. "〔용서─인용자, 이하 동일〕 안 해줄래. 그러니까 그냥 계속 싫어해"(68쪽), "씨발…… 하여튼 맘에 안 들어. 이러니까 싫어했겠지……"(64쪽)

같은 말들이 오고가지만 그렇다고 해서 우정의 반대쪽이라고 생각되는 갈등의 폭발 쪽으로 이야기가 흘러가는 것도 아니다. 뭐라 이름 붙여야 할지 알기 어려운 이 이상한 느낌과 감정들은 무엇일까. 세부적인 뉘앙스들에 너무나 예민하게 반응하기 때문에 자신과 주변 사람들을 괴롭히기도 하지만 바로 그렇기 때문에 어떤 상황이나 누군가에게 더 섬세하게 (튼튼하게는 아닐지라도) 얽혀들어가게 해주는 감수성, 간단히 용서하지 않았기 때문에 예기치 않게 생겨난 그리움, 작고 연약하기 때문에 늘 마음이 쓰이고 더 잘 돌봐주려고 애쓰지만 상황이 나빠지면 바로 그 애틋한 존재에게 먼저 드러내는 잔인함, 위태로운 대화의 경로를 따라 폭력적이라고 할 만한 무례함을 주고받으면서 양쪽 모두가 조금씩 얻고 있는 해방감, 싫어하는 것과 좋아하는 것의 혼동 등이 「굴 드라이브」의 후반부를 휘몰아친다. 위태롭게 느껴지는 이 흥분 상태가 인물들의 삶에 어떤 유익한 장면들로 이어질 수 있을지 아직은 알 수 없지만 그것이 인물들과 독자인 우리를 무기력하거나 무감각한 상태가 될 수 없게 만든다는 것은 분명해 보인다. 이 흥분 상태 속에서는 침해당했다거나 상처 입었다는 느낌과 해방감이 잘 구분되지 않고 싫은 것과 좋은 것, 고통과 쾌락이 뒤얽히게 된다는 점에서 '나'와 반장의 우정(그것을 우정이라고 부를 수 있다면 말이지만)이 내게는 거의 성애적인 것으로 느껴진다.

섹스를 거부하고 있기 때문에 애정이 식었거나 아니면 우정과 구분되지 않는 것처럼 보이는 장면에서 도저히 그것을 우정이라고는 부를 수도 없고 예전만큼 혹은 예전보다 더 절실한 연인 관계로 인정하게 만드는 뭔가를 찾아낼 수 있을지 더듬거리는 「사랑하는 일」(이 소설이 구시대적 발상에서 헤어나오지 못하는 아버지를 놀려대는 레즈비언 인정 투쟁의 통쾌한 소극笑劇인 것만은 아니다)이나 사제 관계에서의 존경·애정·염려가 세대를 격한 여성 동성애로 확정되지 않으면서도 집착·질투·수치·의존·의혹·원망과 강하게 뒤얽히는 「그런 나약한 말들」도 마찬가지다. 적어도 이런 소설들을 읽는 동안에는 우정이나 연인 관계나 사제 관계에 대해서 그런 것들이 우리에게 익숙한 것이라거나 그것들을 우리가 이미 다 알고 있다는 느낌을 유지하기 어렵다. 김지연의 소설은 그런 감정이나 관계들이 우리가 알고 있는 것보다 훨씬 더 낯설고 흥미로운 움직임으로 되어 있다는 사실을 실감하게 하고 우리를 그 낯설고 흥미로운 움직임 속으로 밀어넣는다.[4]

---

4) 트위터에서 이런 에피소드를 접한 적이 있다. 미국의 어떤 유치원 학부모 행사에서 양육자들은 자신의 아이가 직접 만든 책 『내가 제일 좋아하는 것들』을 볼 수 있는 기회를 얻었다. 한 양육자는 그 책의 어떤 페이지에서 자신의 아이가 '어떤 동물을 가장 좋아하나요?'라는 질문에 '효모'라고 답한 것을 보게 됐다. 그 양육자는 '어떤 색을 가장 좋아하나요?'나 '어떤 음식을 가장 좋아하나요?'라는 질문에 각각 '초록'과 '피자'라고 답한 것은 심상히 읽을 수 있었지만, '효

같은 소설집에 실린 「우리가 해변에서 주운 쓸모없는 것들」 도 물론 퀴어 소설이다. 그럴 만한 아무런 이유나 계기도 없이 모욕과 위협에 시달리는 어느 레즈비언이 스스로를 보호하느라 과잉 경계 상태가 될 수밖에 없었는데, 과잉 경계 상태가 된 자신이 아무데서나 위험의 증거를 찾고 타인을 함부로 가해자 취급하는 것은 아닌지 스스로를 의심하게 되고, 그러느니 차라리 사람들과의 접촉을 최소한으로 줄이고 비밀 요원처럼 숨어살 수 있기를 갈망하면서도, 애인과의 이 사랑스러운 관계를 누구에게도 발설할 수 없다는 사실이 억울하게 느껴지고, 그래서 아무도 없는 곳으로 가 발가벗고 수영을 하고 싶다는 은닉과 노출이 뒤섞인 소망을 품게 되고, 전 여자친구인 진영과는 실현할 수 없었던 그것을 현재의 여자친구와 하려고

___

모'라는 답을 마주칠 준비는 되어 있지 않았다. 당황한 양육자는 자신을 지켜보고 있던 유치원 선생님을 올려다보며 "효모라고요?" 하고 물었다. 그러자 선생님은 신난다는 기색을 가까스로 억누르며 이렇게 답했다. "그러게 말이에요. 그래서 제가 왜 효모가 제일 좋으냐고 물었더니 아이가 뭐라고 한 줄 아세요. 효모는 동물이라는 범주를 흥미롭게 만들어요, 라네요." 물론 개나 고양이는 사랑스럽지만, 그보다는 효모가, 동물에 대해 우리가 지니고 있는 진부한 이미지를 동요하게 해 동물이라는 범주 그 자체를 낯설고 흥미롭게 만든다는 사실을 이 유치원생은 누구에게 배우지도 않고 깨우친 모양이다. 이 아이는 물론 탁월한 어린이 퀴어 비평가인 셈인데 우연히도 이 아이의 양육자는 『트랜스젠더의 역사』(루인·제이 옮김, 이매진, 2016)의 저자인 수전 스트라이커다. 이 에피소드의 원출처는 Susan Stryker, *When Monsters Speak: A Susan Stryker Reader*, ed. Mckenzie Wark, Duke University Press, 2024, p. 59. 내가 이 에피소드를 접한 것은 https://x.com/RadicalHamsters/status/1825837317170548998.

하면서 자꾸만 진영과의 어긋남을 회상할 때 그것이 어느 정
도는 현재의 여자친구를 배신하고 진영에게로 돌아가고자 하
는 행위인지 아니면 오히려 진영과의 관계에서 치유할 수 없
는 상처를 입은 여자가 정확히 자기 자신인 그 상처 입은 몸으
로써 현재의 여자친구에게 충실하려 하기 때문에 그 상처가
더욱 아파오는 것인지 판정하기 어렵게 만들고, 서로 다른 방
향에서 출발하고 서로 다른 주파수로 떨리고 있는 이 모든 복
잡한 감정들이 한 사람 안에서 들끓고 있어 몹시 어지럽고 까
다롭고 위험하게 느껴지면서도 간절하고 고유하다는 점에서
이 소설은 퀴어하다.

　그러나 다른 한편으로 「우리가 해변에서 주운 쓸모없는 것
들」은 퀴어하지 않다. '나'는 진영에게 자신이 아프고 불안했던
일들을 말하지 않았다. 그렇게 하는 것이 진영을 보호하고 배려
하는 일인 동시에 둘의 관계가 오래도록 이어질 수 있게 하는 방
법이라고 생각했기 때문이다. 자신의 나쁜 순간들로부터 진영
을 잠시 떼어놓고 자신이 회복되면 그때 다시 진영과 좋은 순간
들을 만들어가고 싶었기 때문에 그랬다. 하지만 공동의 것이 될
수도 있을 문제를 혼자만의 것으로 만드는 사람은 사랑하는 사
람이 아니다. 적어도 진영에게는 그렇게 생각됐다. 사랑은 서로
에게 좋은 것만을 주려고 애쓰는 것이 아니고 모든 것을, 나쁜
것까지도 서로가 함께 겪고 겪게 해주는 것인데. "말했어야지."

"마음 졸이게 했어야지." "같이 졸이게 해줬어야지."(30쪽) 침해하는 사랑이 아니라면, 기꺼이 침해되는 사랑이 아니라면, 그건 사랑이 아니지. 그런 것은 다 식어버리고 굳어버리고 말라비틀어질 게 뻔하지. "여기 이렇게 죽어 있는데 무슨 영생 같은 소리야."(33쪽) 진영의 이런 목소리들이 내게는 매우 인상적이고 또 금세 수긍할 수밖에 없는 것이고 그 때문에 내게는 「우리가 해변에서 주운 쓸모없는 것들」이 앞의 세 소설보다 더 강렬하면서도 슬프고 또 아름답게 느껴진다. 하지만 이런 식으로 요약 가능한 하나의 주장을 뽑아내고 그것에 찬동하는 식의 독해라는 것은 사랑에 대한 우리의 생각과 느낌들을 낯설고 흥미롭게 하기보다는 기존의 이상화된 사랑의 이미지를 재확인하는 데 기여한다. 그것이 나의 독해만의 문제는 아니고 작중 화자인 '나'가 후회하듯 진영과의 일을 회상하며 자신이 진영에게 잘못한 순간들을 되짚고 있기 때문에 이 소설은 독자에게 그런 식으로 읽을 것을 부추기는 면이 있다. 그렇다면 이 소설은 특정한 방식으로 수행되는 사랑을 이상화하거나 특권화하는 셈이 된다. 진영의 과감한 사랑에 비하면 '나'가 추구하는 조심스럽고 안온한 사랑은 사랑이 아니라는 식으로. 진영의 사랑이 우월한 사랑의 형태로 끌어올려지고 그런 한에서 다른 형태의 사랑을 불충분한 것으로 보게 만든다는 점에서, 사랑에 관한 이 각별히 인상적인 소설에 의

외에도 퀴어하지 않은 효과가 수반된다.

　무슨 말을 하고 싶은 것이냐 하면, 서로를 침해하고 또 기꺼이 침해되기를 원하는 그런 과감한 사랑을 하라는 명령이 하나의 정식定式으로 승인되고 이후의 소설들이 그 정식을 다양하게 변주하며 반복하고 강화하는 일이 퀴어 작가인 김지연의 내러티브에서는 일어나지 않는다는 것이다. 그래, 진영의 사랑은 정말 멋져, 그런데 그러면 '나'의 사랑은 잘못된 거야? 다른 형태의 사랑은 기각되어야 마땅한 거야? 침해하고 침해당하는 무모하고 위태로운 사랑만이 사랑이라면 '좋아하는 마음 없이' 시작하는 사랑(「좋아하는 마음 없이」)이나 '그렇게까지?'의 심정으로 이어가는 사랑(「포기」)이나 '익숙함'과 '권태' 속에서의 사랑(「긴 끝」)은 불가능한 거야? 사랑의 본질이 무엇이든 그것은 사랑의 주체들이 처해 있는 현실의 다양한 조건들과 교섭하면서 그에 적응하거나 굴절된 모습으로 그때그때 다르게 나타나는 거 아니야? 사랑이라는 일반 개념이 무엇이든 그것의 완성 혹은 끝은 있을 수 없고 그래서 언제나 그것을 다시 다르게 생각하게 해주는 예외적이지만 구체적이고 현실적인 사랑을, 그것에 사랑이라는 이름을 계속 붙여줘도 될지 어떨지 머뭇거리게 만드는 사랑을 발명하고 실천하는 사람들이 또 있지 않아? 김지연의 두번째 소설집 『조금 망한 사랑』의 내러티브들은 그런 질문들에 응답하면서, 폭풍우 치는 정동 속에서만이 아니라 그런 나약하고 희미하고 약간 망한 사랑들 속에서도 일상의 리듬이 어긋나고 새로운 삶의 가능성을 탐색할 수 있을지를 지켜보고 있는 듯하다.

*

「포기」는 과거에는 가능했거나 가능할 것으로 기대됐던 '평범한 좋은 삶'이 더이상 가능하지 않다는 사실, 평범한 삶이라는 것은 만성적인 위기 상황과 다르지 않다는 현실 인식을 배경으로 한다. 이런 현실에서라면 삶을 생존 이외의 것으로 이해하거나 상상하기 어려워지고 그 나머지 것들은 마땅히 포기되어야 한다. 이 소설에 우울하고 무기력하고 움츠러든 분위기가 만연해 있는 것은 그 때문이다. 그 분위기가 일상적 '포기'의 양식인 것이다. 이 소설에서 인상적으로 반복되는 구절 중의 하나는 "그렇게까지?"(16쪽)인데 그것은 뭔가를 포기하지 않고 조금이라도 집요하게 해내려는 기색을 내비칠 때 만나게 되는 반응이다. 연인이었던 미선('나')과 민재의 이별 이야기이기도 한 이 소설에 설레고 애틋하고 그립고 슬픈 장면이 하나도 나오지 않는 것도 이것이 포기의 내러티브이기 때문이다. 미선은 민재를 가리키거나 떠올릴 때도 어떤 애정이나 증오의 표현을 수반하지 않고 그저 이름으로 부르거나 "더는 만나지 않는 친구"(38쪽)라고 한다. 대학생 시절 두 사람이 동거하던 짧은 시기를 회상하는 장면도 실용적인 이유로 생계를 함께하는 두 청년의 생활상의 문제를 다루고 있다는 느낌 이상의 것을 주지는 않는다.

하지만 이 무기력하고 무성애적인 듯 보이는 내러티브가 자기 안에서 희미한 정동을 감지하기 위해 계속 더듬거리고 있다는 인상을 주는 때가 있다. 예컨대 "나〔미선〕는 민재가 해주는 설명을 들으면서 왠지 말이 안 되는 이유들도 납득하게 되는 순간이 좋았다"(23쪽)거나 "그 둘은 아주 같기도 하고 아주 다르기도 했다. 민재였다면 아주 세세하게 설명할 수 있었을 것이다"(33쪽) 같은 대목에는 '생존을 위한 체념적 적응의 리듬'과는 '다른 것'이 있고 미선은 그것에 반응한다. 그것이 뭐가 됐든 그 '다른 것'을 미선은 아직 '덜' 포기했고 거기서 아주 은밀한 자기만의 기쁨과 슬픔을 남몰래 길어올리고 있다. 그것이 미선을 적응의 리듬의 꼭두각시이거나 대체 가능하며 언제든 쓰고 버려질 소모품에 지나지 않는 것이 되지 않을 수 있게 해줄 것인지, 아니면 그와 같은 어리석은 경로 이탈에 대해 사회적·경제적 처벌을 받고 '더 망한 인생'이 될 것인지, 그것도 아니면 아무런 일도 벌어지지 않고 단지 '적응의 리듬'만이 반복될지 아직은 알 수 없다. 하지만 '다른 것'을 찾아내고 거기에 반응하는 그 나약한 힘은, 모든 것을 장악한 듯 보이는 적응의 리듬 안에서도 '다르게 살기'를 가능한 것으로 만들어주는 숨구멍과도 같은 작은 틈새들을 더듬고 찾아다니는 힘이기도 하다.

덧붙여 이렇게도 말할 수 있을 것이다. 그와 같은 나약한 힘 하나를 간수하기 위해서 다른 모든 힘들을 절약하느라 우리 삶에 그런 무기력하고 무성애적인 듯 보이는 장면들이 이어지는 것이라고. 동면에 든 동물들이 그렇게 하는 것처럼. 그저 저활성화 상태로 버티기만 하면 봄이 온다고 장담하는 것이 아니다. 현재에서 빠져나갈 수 있게 해주는 예기치 않은 '틈새'를 찾아 더듬거리는 일을 지속하느라, 정동 에너지의 재편을 도모할 수 있다고 말하려는 것이다. 그런 맥락에서 현재를 서둘러 끝내버리지 않고[5] 현재의 끝의 끝까지를 다 탐색하며 살아내는 '지연'의 전략, '긴 끝'의 전략이 성립할 수 있고 바로 그 전략이 김지연의 내러티브에서 자주 발견된다고 말하려는 것이다. 미선에게 "나중으로 미루는 버릇"(10쪽)이 있는

---

5) 낯선 시간의 도래를 촉진하기 위해 서둘러 현재를 끝내버리고 파국적인 것을 추구한다는 것은, 현재의 삶이 이미 '파국 이후'라는 감각 위에서는 성립하지 않는다. 김지연을 비롯한 최근의 많은 작가들은 '파국 이후'라는 감각을 공유하고 있는 듯하다. 이런 감각에서는 현재를 서둘러 끝낸다는 것이 커다란 변화를 불러일으키는 혁명적인 행위가 아니라, 그 안에 절대로 없다고는 단정할 수 없는 희미한 가능성들을 고려하지 않는, 혹은 삶 그 자체를 끝장내버리는 몹시 부주의하고 성급한 제스처 이외에 아무것도 아니게 된다.

것도 우연은 아닌 것 같다. 「포기」는 물론 적응의 리듬을 위해 많은 것을 포기하는 이야기이지만 틈새를 찾아 더듬거리는 일을 포기하지 않기 위해 다른 것들을 포기하는 이야기이기도 하다. 그렇다고 해서 그 포기가 덜 안타까운 일이 되는 것은 아니지만.

끝이 미뤄지는, 그래서 연장된 현재 안에서 무엇인가 다른 것을 만날 가능성을 조금 더 붙들 수 있게 되는 '지연의 리듬'은 「긴 끝」에도 나온다. "이 경기〔이별 후에도 지속되는 찬희와의 관계〕는 언제 끝이 날까. 언제 끝났는지 어떻게 알 수 있을까. 문애는 자신이 할 수 있는 모든 것을 총동원하고 싶었다. (……) 문애는 끝을 내고 싶었다"(131쪽, 강조는 인용자, 이하 동일)고 할 때 이 문장들은 물론 '끝을 내는 것'에 대해 말하고 있지만, 그러나 자세히 들여다보면 끝나지 않는 것에 대해, 그런데도 끝을 내고 싶어서 끝내지지 않는 그것을 샅샅이 뒤지고 할 수 있는 모든 시도들을 다 해보느라 오히려 끝에 도달하기까지의 경로가 길게 이어지는 것에 대해 이야기하는 것임을 알 수 있다. 그래서 제목도 '긴 끝'이다.

말장난을 하고 싶은 것은 아니지만 이즈음 김지연 작가에게는 끝을 미루는 '지연의 리듬'을 연습하는 것이 중요했던 것 같다. 이 연습은 「좋아하는 마음 없이」에서도 이어진다.

"그럼 이제 끝?"

"응, 끝."

"진짜 끝?"

"진짜로 끝."

안지는 모든 것이 완전히 끝일 수는 없다는 걸 알면서도 단호하게 말했다. 분명한 건 오늘 그들을 생각하는 일은 그만둘 거라는 것이다. 그러나 다음날에 다시 또 생각난다면 그땐 그냥 내버려둘 것이다.(167쪽)

이 지연된 끝, 늘어나는 현재 속에서, 안지는 흔히 떠올릴 수 있는 '엄마의 마음'에는 결코 부합하지 않는 퀴어한 자리를 찾아 더듬거릴 수 있는 기회를 얻는다. 다시 말해서 그저 '핏줄'이기 때문도 아니고 '좋아하는 마음'이 생긴 때문도 아니면서, 아기 때 헤어져 그동안 계속 서로의 소식도 듣지 못하고 남처럼 살아온 아들을 데려와 함께 살고 그 아이가 성인이 될 때까지 무사히 자랄 수 있게 곁에서 돕는 일을 자신이 할 수 있을지, 자신이 그 일을 진정으로 하고 싶어하는지에 대해 자신의 마음을 가지고 다양한 시험을 해볼 기회를 얻는다. 만약 안지가 '모자 관계'에서의 상투적인 각본(안지는 지금까지 망한 인생을 피하려고 그 상투성을 추구해왔지만 바로 그 상투성 때문에 망한 인생이 된 것이라고 생각하는 중이다)과는 다른 방식으로 그 작은 사람과 관계 맺는 일이 일어난다면 그것은 저 지연된 끝, 늘어나는 현재 속에서 행해진 다양한 시험, 계속되는 더듬거림 덕분일 것이다.

*

앞에서 언급한 세 소설에는 '지연의 리듬' 말고도 또다른 공통점이 있는데 그것은 '채무'가 관계에 중요한 계기가 되고 또 그것이 '친밀성'에 개입한다는 것이다. 「포기」의 미선이 이별 후에 그렇게 오랫동안 빈번히 민재를 생각해야 했던 이유 가운데 하나는 민재가 미선의 주변 사람들에게 갚아야 할 돈을 갚지 않고 잠적해버린 탓에 그 사람들이 (특히 호두가) 계속해서 미선에게 민재 이야기를 하기 때문이고, 「긴 끝」의 찬희가 문애를 떠난 이유는 적어도 표면적으로는 돈을 빌려달라는 찬희의 요구를 문애가 들어줄 수 없었기 때문이다. 「좋아하는 마음 없이」의 안지가 아들을 데려다 키우는 일에 대해 계속 생각하는 것은, 전남편의 사망 보험금을 안지가 수령하는 일이 없었더라면 그리고 전남편의 아내가 그 돈이 사실상 자기 몫이라고 생각해 안지에게 그 돈을 요구하지 않았더라면 일어나지 않았을 일이다.

친밀성을 채무 관계와 겹쳐놓는 구도는 「반려빛」에서 가장 두드러진다. 「반려빚」의 정현은 사랑하는 서일 때문에 큰 빚을 지게 되는데 그 빚이 정현의 모든 소비와 생활의 리듬에 간섭해오고 정현 또한 빚 갚을 궁리를 하느라 늘 빚에 대해 생각해야 했기 때문에 이제 서일이 남긴 빚이 반려처럼 느껴지는 지경에 이른다. 이러한 사정을 담고 있는 '반려빚'이라는 조어는, 우리에게 애지중지해야 할 만한 무엇인가가 남아 있다면 그것은 인간이나 동식물이나 사물 같은 존재가 아니라 아무리 노력해도 계속해서 불어나며 끊임없이 우리를 압박해오는 부채뿐이라는 자본주의 리얼리즘의 한 삽화를 드러내는 것으로 읽히기도 한다. 그렇다면 우리는 '반려빚'이라는 이 그로테스크한 조어와 그것이 반영하고 있는 현실을 비판적으로 바라보게 되는 것일까? 그런 식으로 반응하는 인물이 소설 속에 한 사람 등장하는데, 그는 정현이 자신에게 쏟는 사랑을 이용해 돈을 마련하고 그 빚을 정현에게 떠넘기고 일방적으로 연락을 끊었다가 처지가 곤란해지자 다시 정현을 이용할 차비를 갖추는 서일이다. "넌 진짜 뭘 아껴본 적이 없구나.[6] 어떻게 반려자

---

6) 여기서 서일이 하는 말을 '넌 진짜 뭘 소중하게 여겨본 적이 없구나'라거나 '넌 진짜 뭘 사랑해본 적이 없구나'라고 바꿔 쓸 수는 없을 것이다. 왜냐하면 오직 '아낀다'는 표현만이 '돈을 함부로 쓰지 않는다'는 뜻과 '어떤 대상을 소중히 생각하고 보살피고 위해준다'는 뜻을 동시에 지니면서 돈과 사랑이 얽히는 것을 가능하게 해주기 때문이다. 서일은 감히 반려라는 사랑의 말을 빚 따위의 말에 얽어놓았다고 정현을 타박하지만 그가 말하는 내용과 달리 그 '아낀다'는 표현

랑 빚을 비교해? 그건 반려라는 단어한테 모욕이야."(88쪽)
이렇게 생각하고 말하는 사람이 우리가 가장 신뢰하기 어렵고
또 경우에 따라서는 미워하게 되는 서일이기 때문에 그 건전
한 견해에 동의하기가 싫어진다. 빚에 짓눌린 채로, 그것이 서
일의 흔적이라는 듯 그것과 함께 살아가면서, 그것 때문에라
도 더 서일에 대한 생각들을 끝내지 못하는 정현을 지켜보는
동안에는, 서일과 같은 그런 '건전한' 방식으로 사랑과 빚을
대립시키고 빚이 사랑에 비해 그저 차갑고 더럽고 잔혹하기까
지 한 것으로만은 생각하고 싶지가 않다.

「반려빚」은 겉으로는 명랑하고 약간은 코믹한 분위기를 띠고
있지만, 그 아래서는 몹시 이상하고 위험하고 위태로운 생각들
을 우리에게 흘려넣는다. 사람들이 서로에게 그렇게까지 계산
적이 되고 알게 모르게 서로를 착취하고 있는데, 왜 사람을 아
끼는 일은 권장할 일이라고 하면서 빚을 아끼는 일은 해괴한 일
이라는 것이지? 오히려 빚은 내 삶의 모든 영역에 깊숙이 침투
해서 도저히 떼어낼 수 없게 달라붙어 있고 끊임없이 나를 관찰
하고 내가 빚에 대해 생각하는 것을 멈추지 못하게 만드니 내
옆에 있어주기로는 인간보다 빚에 더 나은 점이 많지 않나?[7] 이

때문에 실상은 서일도 정현과 똑같이 돈과 사랑을 얽어놓고 있는 셈이 된다.

7) 여담일 뿐이지만, 채무 관계에 친밀성을 겹쳐놓는 그로테스크한 악취미를 보
여준 작가가 김지연이 처음은 아니다. 다른 사례들이 더 있겠지만 내가 아는 최

렇게만 적어놓으면 그저 궤변처럼 보이지만 「반려빚」의 내러
티브 속에서는, 정현의 그 안쓰럽고도 이해되는 감정의 궤적
속에서는, 특히 정현이 꾸는 두 차례의 반려빚 꿈에서는[8], 그런

초의 사례는 1546년 처음 출간된 프랑수아 라블레의 『팡타그뤼엘 제3서』다. 거
인 왕자 팡타그뤼엘은 자신의 신하인 파뉘르주가 큰 빚을 진 것을 알고 채무를
청산하기를 권유했는데, 파뉘르주는 빚을 갚지 않겠다며 이런 궤변을 늘어놓는
다. 빚을 지고 있는 동안에는 내가 자신들의 돈을 무사히 갚을 수 있을지 없을지
걱정하느라 채권자들이 늘 내 안색을 살피고 문안인사를 오고 나를 위해 기도해
주는데 왜 내가 빚을 갚아야 한단 말입니까? "각자가 빌려주거나 빚을 지고, 모
두가 채무자가 되거나 채권자가 되는 다른 세상을 상상해보십시오. (……) 모
든 원소들 사이에 얼마나 큰 친화력이 있을 것인가! (……) 저는 이 광경을 바
라보느라 넋을 잃습니다. 인간들 사이에는 평화와, 사랑, 환희(……)〔가〕 돌아
다닙니다."(프랑수아 라블레, 『팡타그뤼엘 제3서』, 유석호 옮김, 한길사, 2006,
51쪽) 이 미치광이 같은 라블레조차도 채권자가 채무자에게 관심과 애정을 쏟
을 수 있다는 데까지는 생각했지만 채무자가 자신의 빚을 반려로 느낄 정도로까
지 미친 세상이 오리라고는 상상할 수 없었다. 라블레에게는, 채무자에게 쏟는
채권자의 관심은 확실한 것인 반면 남편에 대한 아내의 사랑은 도무지 믿을 수
없는 것이라는(모든 결혼한 남자는 오쟁이 진 남편이 될지도 모른다는 불안을
근본적으로 불식시킬 수 없다는) 농담을 늘어놓고 그 농담에 대응하느라 법학,
의학, 철학, 신학 등 온갖 학설들이 불려나와 광기 어린 우스개 토론이 벌어지고
그 때문에 내러티브가 온갖 견해들 사이를 헤엄쳐 다니며 현란한 현기증을 만들
어낸다는 것이 중요했던 것이지, 빚과 사랑 그리고 그 둘의 관계에 대해서는 아
무런 관심이 없었다. 김지연 작가는 빚과 사랑 그 둘을 한데 엮어 헝클어놓을 때
그 둘에 어떤 일이 벌어지는지 알고 싶어하고 또 우리가 그것을 알고 싶어하든
그렇지 않든 간에 이미 그런 일이 벌어져 있다고 말하고 싶어하는 것 같다.

8) 물론 두번째로 꾼 반려빚 꿈은 반려빚과의 확실한 이별을 뜻한다. 하지만 부
채 청산이 연인과의 이별로 장면화되어 있다는 점에서나, 정현이 서일과의 이별
에 진정으로 만족하고 있는 것인지 불확실하다는 점에서나, 고전적인 정신분석
학의 가르침에 따르면 이별하는 꿈은 바로 그 이별 장면을 통해서 헤어진 연인
을 한번 더 만나고 싶다는 소원의 반영이라는 점에서나, 반려빚과 이별하는 그

생각들이 어느 정도 납득되고 그 기이한 생각에서 좀처럼 눈을 떼기가 어렵게 돼 있다.

「반려빛」은 흡혈귀와도 같은 부채의 그물망에 걸려든 상태에서도 그 안에 다정하고 사랑스러운 무늬들을 새겨넣는 일이 일어날 수 있을지 없을지를, 그런 일이 일어난다면 부채의 그물망에는 다시 또 어떤 일이 일어날 것인지를 궁리해보고 있는 것일까? 아무리 생각해도 그런 궁리에 가망이 있을 것 같지 않지만, 돈의 리듬이 사랑의 리듬에 개입하는 것처럼, 끝까지 돈의 리듬에 포섭되지 않고 남아 있는 사랑의 리듬이 돈의 리듬에 아주 작은 틈을 낼 수 있을까 없을까, 하는 생각들에 정현의 에피소드는 시동을 걸어준다. 그것이 어떤 의미를 지닐 수 있을지 아직은 알 수 없다. 하지만 그것이 우리가 망할 인생의 리듬에 체념하고 그것에 완전히 몸을 맡기고 망하는 쪽으로 흘러가게만 내버려두지 않으면서, 또 반대로 망한 인생의 리듬 위에 기만적인 약속과 거짓된 미래를 투사하며 현실에 뿌리내릴 수 없는 허황된 생각과 느낌들을 강요하지 않으면서, 몹시 위태롭고 불안정한 현실 안에서라도 기존의 것과는 다른 리듬으로 이어지는 틈을 찾아 헤매고 더듬거리는 마음의 엔진에 시동을 걸어준다. 그 마음에 올라타 우리가 어디로 갈 수 있

꿈이 겉보기만큼 빛을 끔찍하게 여기고 또 청산하고 싶어하는 것 같지는 않다.

을지 그것은 정말이지 아직 알 수 없기는 하지만.

*

『조금 망한 사랑』에서 김지연은 이전의 소설들에서와는 달리 퀴어하지 않은 장면들 속으로 깊숙이 들어가 혹시 그 상투성 속에서도 그곳을 빠져나가게 해주는 틈새가 있을지 없을지를 더듬거리는 것처럼 보일 때가 있다. 「먼바다 쪽으로」「정확한 비밀」「경기 지역 밖에서 사망」이 그 사례가 될 것이다.

언제나 모든 곳에서 누구나 틈을 발견하는 것은 물론 아니다. 이름이 붙여지지 않은 것에 대해 불안과 폭력으로밖에는 대응하지 못하는 「먼바다 쪽으로」의 현태는 그것을 통해서만 주변 세계를 바라보는 그 편집증적 렌즈에 갇혀 끝내 틈새를 발견하지 못한다. 현태는 이름을 모르는 사물들, 정체를 알 수 없는 사람들에 대해 불안을 느끼고 그들이 대체 무엇이고 누구인지, 그것들이 무슨 위험한 짓을 저지르지는 않을지 두려워하다 발작을 일으킬 뿐이지만, 「정확한 비밀」의 장대영('나')은 나름으로 지적인 공정을 거쳐 자신이 무엇인가를 알 수 있거나 통제할 수 있다는 환상 속에서 은근히 거들먹거리고 있어 다른 결과에 이를 것 같지만 여기서도 틈새는 발견되지 않는다. 장대영은 스스로를 "선택 가능한 경우들이 끝없이 떠"오르는 사람, "모든 경우를 끝까지 따라가 완벽한 답을 구하기 전까지는 대답할 수 없는 사람"(206쪽)이라고 과대평가하고 상대방의 말이나 생각에 대해서는 그 의도를 함부로 넘겨짚고 "얼토당토않"(207쪽)다고 평가한다. 장대영의 신랄하고 냉소적인 생각들이 나름으로 날카롭기도 하고 논리적인 구석도 있기 때문에 그의 서술들에 독특한 매력이 있는 것도 사실이지만 그가 하는 일이라는 것은 근거가 부족한 의심 속으로 빠져들어 다른 사람들에 대해 잘못 판단하면서도 그런 판단을 내리는 자신의 모습에 우쭐해하는 것에 지나지 않는다. 이 소설의 마지막 장면에서 장대영이 품는 의심이야말로 얼토당토않다.

장대영에게는 오래전 장대영을 위해 기도해준 명은이라는 친구가 있었는데 명은의 에피소드에 묘한 구석이 있어 장대영은 그 이야기를 주변 여기저기에 몇 차례 했던 듯하다. 그러던 어느 날 장대영은 소설가 K가 쓴 칼럼 「기도하는 일」에 "누군가가 나를 위해 기도한다는 내용의 이야기"(232쪽)가 담겨 있다는 사실을 발견하고 그 직후 애인이자 소설가인 선경에게 "화났어?"(233쪽)라는 말을 듣는다(선경이 장대영에게 화났느냐고 묻는 이유가 장대영이 다른 여자와 몰래 술을 마시고 온 것을 두고 욕한 것에 대해 뒤늦게 사과한 것일 수도 있다는 식의 생각이 그에게는 떠오르지 않고, 무엇에 대한 사과인지 궁금해하지도 않고, 그저 선경의 사과가 K의 칼럼에 대한 것이라고만 생각해버린다). 모호하게 처리되어 있지만 이 대목에서 장대영은 다음과 같은 의심에 빠져드는 것으로 읽힌다. 내가 선경에게 들려준 이야기를 선경이 다시 K에게 들려줬고 그것을 가지고 K가 칼럼을 쓴 것일까? 소설가인 선경이 K와 안면이 있다는 정도는 알고 있었는데, 그런 사소한 이야기까지 나누는 스스럼없는 사이였다는 것인가? 내가 선경 몰래 혜미와 둘이 만나면서 낯선 여자와 새롭게 시작되는 친밀한 관계를 은근히 즐겼던 것 이상으로, 선경은 별 볼 일 없는 나를 대신해서 문단의 권위자인 K와 은밀한 관계를 맺고 있는 것일까? 그런데 K는 나와 최근에 가까워진 혜미와 혼외 관계에 있지 않나? K가 이번에는 선경과 그러는 것인가? 혜미도 어쩐지 나를 이용하려 든다는 의심이 들었는데, 결국 선경도 마찬가지인 것인가? "아니, 아직 말해지지 않은 일들이 훨씬 더 많이 남아 있을지도 모르지. 나는 「기도하는 일」을 처음부터 다시 읽기 시작했다. 칼럼 속에 어떤 다른 이야기가 숨겨져 있지는 않은가 하고. 다른 의미가 내포되어 있지는 않은가 하고. '너에게는 비밀이 있다. 너는 아직 모르는……'"(234쪽) 하지만 잘 생각해보면, '나를 위해 기도해준 명은 에피소드'를 장대영이 선경에게 말했는지부터가 불분명하고 설령 그런 일이 있었다고 하더라도 '누군가가 나를 위해 기도한다는 내용'의 보편적인 이야기의 출처가 바로 자신이리라고 생각하는 것부터가 망상에 가깝다. 그러니 선경에게 자기가 모르는 비밀이 있다는 의심은 장대영의 편집증을 보여줄 뿐 아무런 실체가 없는 것이다.

그런데 이 모든 사정들은 내러티브상에서 공백이 많게 처리되어 있기 때문에 우리는 「정확한 비밀」을 읽으며 대체 그 비밀이라는 게 정확히 무엇인지 알아내고 싶어지고 그러면 그럴수록 장대영이 자신에게 벌어지는 일들에 대해 의심하고 추측하며 망상에 빠져드는 것처럼 우리가 장대영을 대신해 서로 동떨어져 있는 것들을 끌어모으고 억지로 인과관계를 부여하면서 틈을 메꿔 매끄러운 시나리오를 만들어내지 않고는 견디기 어려워진다. 그때 우리는 틈새 없는 편집증적 세계를 재체험하게 된다. 그것은 우리가 이 낯선 손님들은 적일까 아닐까, 이제 곧 범죄가 일어날까 일어나지 않을까 궁금해하면서 결국은 현태와 비슷한 시각에서 현태의 주변 세계를 바라보게 되는 「먼바다 쪽으로」와 비슷한 효과를 생산한다.

이 두 편의 소설은 김지연의 다른 내러티브들에서와 마찬가지로 계속해서 탐색과 더듬거림과 시험을 거쳤는데도 끝내 기존의 리듬을 빠져나가는 틈을 발견할 수 없었다는 점에서, 게다가 그 탐색과 더듬거림과 시험 자체가 틈새 찾기를 불가능하게 만드는 편집증적 세계의 구축에 지나지 않는 것일지도 모른다는 것을 암시하고 있기 때문에 김지연 소설의 악몽에

해당하는 것처럼 보이기도 한다. 하지만 바로 이 악몽이 김지연의 내러티브가 낙관적이기만 한 쪽으로는 흘러갈 수 없도록, 틈에 대해 기만적인 꿈과 희망을 투사하는 데 만족하지 않도록 도와주는 것이기도 할 것이다.

*

「경기 지역 밖에서 사망」의 상욱은 누나인 선미에게 '범죄를 저지를 것만 같은 주체'로 비치는데("이젠 동생이 좀 늦게 오거나 연락이 잘 안 되거나 하면 가슴이 두근거려요. 밖에서 무슨 나쁜 일이라도 (……) 저지른 건 아닌가 하고요", 46~47쪽) 여기에는 근거가 없지 않다. 상욱이 제 나름으로 선량한 남자인 것은 분명하지만, 이 세계에는 '룰'이 있고 그 룰을 (재구성하거나 다양화해야 하는 것이 아니라) 따라야 한다고 믿고 그렇지 않은 경우를 범죄화한다는 점에서 상욱은 기존의 규범과 관습을 강화하며 이 잔혹한 세계와 공모하는 수많은 인간 중 하나가 되기 때문이다. "상대방에게 얕보이면 안 되는 거지. 호구 되는 거 순식간이지"라며 기만하고 착취하는 쪽이 아니라 기만당하고 착취당하는 쪽에 잘못이 있다고 판정하고, 규범이나 관습을 벗어나려는 시도에 대해서는 "멍청하게. 순진하게. 꼴사납게"(45쪽)라고 반응하며 그것을 억압하는 힘에

영합하려 들기 때문이다. 코로나의 여파로 선미가 실직한 상황에 대해서도 그는 "그러니까 진작 결혼이라도 했으면 좋았을 텐데. 이제 선미는 결혼을 하기에도 글렀다"는 식의 진부한 생각을 벗어나지 못하며 "그게 이 세계의 세계관"(44쪽)이라고 자신의 게으른 생각을 옹호한다. 자기 동네를 미주에게 안내하면서는 "〔여자가〕 잘 알지도 못하는 남자와 외딴곳에서 단둘이"(62쪽) 있을 때는 마땅히 남자를 무서워해야 한다고 믿고 여자를 무서워하게 만드는 힘이 남자인 자신에게 있어야만 한다고도 믿는다.

하지만 「경기 지역 밖에서 사망」이 상욱의 진부하고 하찮은 남성성을 비판하기 좋게 전시하면서 쓰인 것은 아니다. 오히려 이 소설은 상욱에게 그와 같은 상투적인 남성 각본만으로는 다 해명되지 않는 장면들이 있다는 사실을 놓치지 않으면서 얼핏 남성 각본에 갇혀 있는 것처럼 보이는 상욱이 거기서 빠져나갈 수 있는 틈을 발견할 수 있게 해준다. 그게 아니라면 적어도 상욱이 그것을 발견할 수 있을지 없을지를 지켜봐준다. 예컨대 상욱은 "늘 겸양을 떨며 하기 싫은 것을 하고, 막상 하고 싶은 건 양보하는"(43쪽) 선미를 보고 멍청하게, 순진하게, 꼴사납게, 호구 되는 건 순식간이라는 식으로 생각하지 않는다. 그는 그저 "마음이 상했다"(같은 쪽). 상욱은 미주와의 인터뷰 도중 신나게 떠들고 있는 자신의 '말'이 자신의 '실상'과 다른 것 같다는 느낌을 무시하지 않았고, 미주에게 호감을 느끼면서도 자신에게 관심을 기울여주고 인내심을 갖고 이야기를 들어주는 미주의 태도가 인터뷰를 진행해야 하는 "미주의 업무"(50쪽)에서 기인했으리라는 생각도 간단히 기각하지 않았다. 어떤 기준에서도 상욱이 비범하고 모범적인 인물이 될 수는 없겠지만 그는 적어도 진부하고 하찮은 남성성에 완전히 포화돼 있지는 않다.

바로 그렇기 때문에 아래 인용문에서 큰따옴표에 들어가 있지 않은 문장들 중 어디까지가 상욱의 생각인지가 모호해질 수 있고 그 모호함 속에 상욱을 위한 틈이 보이는 듯하다. 길지만 그대로 인용하기로 하자.

"여자들이 누구 때문에 제일 많이 죽는지 알아요?"

상욱은 신문 기사들을 떠올렸다. 매일같이 죽는 사람들. 죽어나가는 사람들. 휴게실에서 잠깐 눈을 붙였다가 깨어나지 못하는 사람들. 퇴근하지 못하는 사람들. 여자, 남자, 중년, 장년, 청년 할 것 없이 어떤 때는 그들의 가장 좋은 점이기도 했을 성실성의 대가로 죽어버렸다. **그런데 여자들은 또다른 방식으로도 죽었다.** 그냥 길을 걷다가 공중화장실에 갔다가 택시를 탔다가 골목길에서 주차장에서 밤에 새벽에 아침에 대낮에…… 왜 말대꾸를 하냐고 왜 안 만나주냐고 왜 겁도

없이 밤늦게 돌아다니냐고 왜 웃냐고 왜 안 웃냐고 추궁을
당하다가 죽어버렸다.

"남자친구 아니면 남편이에요."

그리고 사랑했던 사람들에게 죽임을 당하기도 했다. 가장
자주. 매일같이 그런 뉴스들이 쏟아져나왔다. 보지 않으려
고 해도 보이는 뉴스들. 너무 자주 쏟아져서 어제인지 한 달
전인지 일 년 전인지 헷갈리는 그런 뉴스들.(65~66쪽)

인용문에서 "그런데 여자들은 또다른 방식으로도 죽었다"
전까지가 상욱의 생각임은 분명하다. 스스로를 불안정한 위치
에 있는 노동자로 인식하고 있고 얼마 전에 산재를 입은 상욱
의 자의식이 여기 나열된 '성실한 사람들의 부당한 죽음'으로
번져나가는 것은 자연스럽다. 게다가 이 단락은 "상욱은
(……) 떠올렸다"로 시작하는 것이다. 하지만 "그런데 여자들
은 또다른 방식으로도 죽었다" 이후의 내용들은 어떨까. 모두
가 위태로운 삶을 살고 있고 부당한 죽음에 노출되어 있지만
그 위태로움과 부당함이 남자와 여자에게 공평하게 부과돼 있
다고는 도저히 말할 수 없다는 사실에 대해 약간은 비참하고
또 약간은 분노하는 뉘앙스를 담아 서술하는 저 문장들이 상
욱의 생각일 수 있을까? 그는 미주가 남자인 자신을 무서워해
야 마땅하다고 생각하고 낯선 곳에서 낯선 남자와 함께 있으

면서도 아무렇지 않아하는 미주를 보고 "이 여자는 왜 이렇게 겁도 없지? (……) 사는 게 무섭지도 않나?"(62쪽) 하고 생각하는 남자인데? 그러니 이렇게 생각하는 것이 합당할 것이다. 이 인용문은 먼저 미주의 질문("여자들이 누구 때문에 제일 많이 죽는지 알아요?")을 제시하고, 그 질문을 듣고 떠오른 상욱의 생각을 서술한 뒤에, 상욱은 생각할 수 없었던 것들을 서술자가 말해주고 그렇게 해서 서술자의 목소리가 미주의 관점에 가까워졌을 때 미주의 답변("남자친구 아니면 남편이에요")이 나온 뒤, 그 답변에 덧붙여 상욱에게 말로 할 수는 없었지만 그 답변의 여진처럼 이어지는 미주의 속생각을 기술한 것이다.

하지만 꼭 그렇다고 확정할 수도 없다. 이 인용문을 제외한 「경기 지역 밖에서 사망」의 다른 모든 부분에서 서술자는 객관적이고 중립적인 위치에서 서술하거나 상욱의 관점에 따라 무엇인가를 보고 말하기 때문이다. 미주가 말하고 행동하는 외면적인 부분은 기술될 수 있고 상욱이 미주의 생각이나 기분에 관해 어떻게 추측하고 있는지도 서술되지만 미주의 속생각이 노출되거나 미주의 관점에 따라 무엇인가를 보거나 말하는 장면은 없다. 그래서 미주는 그저 '어딘가 속을 알 수 없는, 호감이 가기도 하지만 약간 이상한 여자'로 상욱에게 비치는 것으로 그려져 있을 뿐이다. 그 점에서 보면 앞의 인용문의 후반부가 미주의 속생각이거나 서술자가 미주의 관점을 통해 진술하고 있다고 생각할 수는 없다.

요점은 인용문에서의 서술 체제가, '그런데' 이후의 생각들
이 상욱의 것으로도 상욱의 것이 아닌 것으로도 확정할 수 없
게끔 모호하게 처리되어 있다는 것이다. 그리고 그 모호함 속
에, 상욱이 그 진부하고 하찮은 남성성의 각본에서 빠져나와
그 안에서는 볼 수 없는 것을 보게 되고 어쩌면 '다른 삶' 쪽
으로 조금 더 움직이게 될지 어떨지 지금 당장은 알 수 없지
만, 그렇게 될 가능성을 미리 단정적으로 포기하지 않게 해주
는 틈이, 말하자면 상욱이 인용문의 후반부와 같은 생각을 떠
올릴 수 있는 틈이 있다는 것이다. 그것은 이 내러티브가 상
욱의 사소하고 자잘한 미덕들을 함부로 무시하지 않았기 때
문에, 그가 남성성의 각본에 완전히 포화되지 않았다는 사실
을 분명히 표시하고 있기 때문에 가능해진다. 미주로부터 "사
실 전 비건이거든요"(51쪽)라거나 "그런 멸칭은 쓰시면 안 되
죠"(68쪽) 같은 말을 듣고 지금의 상욱은 "그게 도대체 뭔 소
리야"(51쪽) 하고 생각하지만, 상욱에게 아직 접속되지 않는
그런 생각들은 그대로 사라지지 않고 상욱의 틈 어딘가에 자
리잡아 나중에라도 상욱의 리듬을 경로 이탈시킬 수 있기를
기다릴 것만 같다.

작가의 말

두번째 소설집이다. 이번 소설집에 실린 소설들을 쓰면서, 또 한 권의 책으로 묶으면서 주위의 도움을 많이 받았다. 그 도움이 없었다면 소설을 쓸 생각도, 소설집을 묶을 생각도 못 했을 것이다. 이런 모양이 되지도 못했을 것이다. 두번째는 좀 쉬울 줄 알았는데 더욱 곤혹스럽기만 했다. 아직도 더 고치고 싶은 부분들이 있다. 하지만 그러면 이 책은 영원히 출간될 수 없을 것이기에 이쯤에서 내려놓자고 마음먹었다.

어떤 부분에서 어떻게 영향을 받았는지를 구체적으로 설명하기는 쉽지 않다. 그 경계가 무척 희미하기 때문이다. 온전한 내 것은 아무것도 없다는 것을 안다. 그럼에도 이것이 지난 이 년여간 내가 쓴 소설들의 모음집이라고 세상에 내놓으려니 조금 민망하다. 그래서 책을 내는 순간을 최대한 미루고 싶었는지도 모르겠다. 그 때문에 여기저기 폐를 끼친 것 같아 죄송하다. 실은 그저 나의 게으름을 그럴듯한 말로 포장하려는 것인지도 모르겠다. 어쨌든 (거의) 다 마무리하고 작가의 말을 쓰고 있으니 홀가분하다.

이 소설집의 제목은 첫 소설집 『마음에 없는 소리』에 이어 이번에도 편집을 맡아준 김내리 편집자님이 지어주셨다. 두 번이나 만날 수 있어서 무척 행운이고 책에 잘 어울리는 제목을 얻은 것 같아 기쁘고 감사하다. '망했지만…… 조금이니까 괜찮겠지요……' 같은 메일을 주고받은 것이 생각난다. 함께 원고를 살펴봐주신 정민교 편집자님께도, 해설을 써주신 권희철 선생님께도, 추천사를 써주신 김연수 선생님께도 정말 감사하다. 내가 신세한탄을 할 때마다 어르고 달래며 빵을 사준 친구들에게도, 함께 글을 읽고 쓰는 동지들에게도, 사랑하는 가족들에게도 무한한 애정과 감사의 마음을 전한다. 미지의 독자분들에게도 미리 감사 인사를 남긴다.

2024년 10월

김지연

| 수록 작품 발표 지면 |

포기 ····· 『현대문학』 2022년 1월호

경기 지역 밖에서 사망 ····· 『우리는 서로를 보살피며―AnA 2』(은행나무, 2022)

반려빗 ····· 『문학과사회』 2023년 여름호

긴 끝 ····· 『릿터』 2022년 6/7월호

좋아하는 마음 없이 ····· 문장 웹진 2024년 7월호

먼바다 쪽으로 ····· 『창작과비평』 2023년 가을호

정확한 비밀 ····· 『문학동네』 2024년 봄호

가능한 밝은 어둠 ····· 『문학수첩』 2022년 상반기호

유자차를 마시고 나는 쓰네 ····· 『겨울 간식집』(읻다, 2023)

문학동네 소설집

조금 망한 사랑
ⓒ 김지연 2024

1판 1쇄 2024년 10월 21일
1판 4쇄 2025년 2월 14일

지은이 김지연
책임편집 김내리 | 편집 정민교
디자인 신선아 최미영 | 저작권 박지영 형소진 오서영
마케팅 정민호 서지화 한민아 이민경 왕지경 정유진 정경주 김수인 김혜원 김예진
브랜딩 함유지 박민재 김희숙 이송이 김하연 박다솔 조다현 배진성
제작 강신은 김동욱 이순호 | 제작처 영신사

펴낸곳 (주)문학동네 | 펴낸이 김소영
출판등록 1993년 10월 22일 제2003-000045호
주소 10881 경기도 파주시 회동길 210
전자우편 editor@munhak.com | 대표전화 031) 955-8888 | 팩스 031) 955-8855
문의전화 031) 955-2696(마케팅) 031) 955-8864(편집)
문학동네카페 http://cafe.naver.com/mhdn
인스타그램 @munhakdongne | 트위터 @munhakdongne
북클럽문학동네 http://bookclubmunhak.com

ISBN 979-11-416-0150-8 03810

www.munhak.com